# कहीं कुछ नहीं

कहानी-संग्रह

# कहीं कुछ नहीं

शशिभूषण द्विवेदी

राजकमल प्रकाशन

ISBN : 978-93-87462-58-8

**मूल्य :** ₹295



**पहला संस्करण :** 2018

**प्रकाशक :** राजकमल प्रकाशन प्रा. लि.
1-बी, नेताजी सुभाष मार्ग, दरियागंज
नई दिल्ली-110 002

**शाखाएँ :** अशोक राजपथ, साइंस कॉलेज के सामने, पटना-800 006
पहली मंजिल, दरबारी बिल्डिंग, महात्मा गांधी मार्ग, इलाहाबाद-211 001
36 ए, शेक्सपियर सरणी, कोलकाता-700 017

वेबसाइट : www.rajkamalprakashan.com
ई-मेल : info@rajkamalprakashan.com

**मुद्रक :** बी.के. ऑफसेट
नवीन शाहदरा, दिल्ली-110 032

KAHIN KUCHH NAHIN
*Stories by* Shashibhushan Dwivedi

माँ–पिता
पत्नी नीलम और छोटी बहनिया सुमन को
जिन्होंने हर हाल में मेरा साथ दिया

# क्रम

# छुट्टी का दिन

पूरा हफ्ता बीत जाता है छुट्टी के दिन का इन्तजार करते और जब छुट्टी का दिन आता है तो मन और भी आतंकित हो जाता है। पूरा दिन एक ऊब और बेचैनी के साथ कैसे कटेगा—सोचते ही मन और भी झल्ला उठता है। छुट्टी के दिन की दिनचर्या भी अजीब होती है। देर तक सोने की इच्छा के बावजूद नींद लगभग समय पर ही खुलती है। कुनमुनाया, अलसाया...थोड़ी देर और सो लेने की कोशिश में थोड़ा-सा वक्त और जाया हो जाता है। आख़िर न चाहते हुए भी उठना ही पड़ता है। हाथ-मुँह धोकर ट्रैक सूट पहनता हूँ। देखता हूँ पत्नी अभी तक मिट्टी के लोंदे की तरह बिस्तर पर बिखरी पड़ी है। उसे पता है कि आज छुट्टी का दिन है सो वह आज देर तक सोएगी। मन करता है कि उसके फैले हुए नितंबों पर एक जोरदार लात मारूँ मगर फिर खुद को सँभाल लेता हूँ। जानता हूँ कि अब चाहे-अनचाहे सारा दिन इसी के साथ गुजारना है सो सुबह-सुबह उसे चूमने में ही भलाई है। मैं उसे चूमता हूँ लेकिन सुबह-सुबह उसके मुँह की बास मेरे भीतर एक अजीब तरह की मितली पैदा कर देती है। मन करता है कि उसकी बिखरी हुई देह पर उल्टी कर दूँ, लेकिन कर नहीं पाता। बहुत-सी चीजें हम चाहकर भी नहीं कर पाते। जैसे हम चाहकर भी महँगाई को नहीं रोक पाते। हाँ, महँगाई से याद आया—दो महीने हो गए बिजली का बिल जमा किए। इस महीने जमा न किया तो कनेक्शन ही कट जाएगा। सोचा था इस छुट्टी में करा ही दूँगा, हर बार टल जाता है। हालाँकि बिजली-पानी का बिल जमा कराना भी किसी सिरदर्द से कम नहीं। छुट्टीवाले दिन वैसे भी आधे ही दिन बिल जमा होते हैं। फिर इतनी लम्बी लाइन लगती है कि पूछो मत। समझिए कि आधा दिन तो इसी में गया। मैं घड़ी देखता हूँ। सुबह के सात बज रहे हैं। मैं पत्नी को घर में सोता छोड़कर बाहर घूमने निकल जाता हूँ। सुबह घूमने के बहाने एक पंथ दो काज हो जाते हैं। दरअसल घर खर्च कम करने की कवायद में दो-तीन महीने पहले पत्नी ने घर आनेवाला अखबार बन्द करा दिया। पत्नी को लगता है कि अखबार खरीदना फिजूलखर्ची है और अखबार पढ़ना समय की बर्बादी। आखिर होता ही क्या है अखबारों में आजकल। वही रोज की बासी खबरें—चोरी, छिनैती,

बलात्कार, घोटाले...। लेकिन सुबह-सुबह अखबार पढ़ने की अपनी बरसों पुरानी आदत मैं चाहकर भी नहीं छोड़ पाया। सुबह-सुबह अखबार न पढ़ो तो लगता है कि दिन की ठीक से शुरुआत ही नहीं हुई। पहले मैं सुबह-सुबह बाथरूम में अखबार लेकर घुस जाता था और नित्यकर्म करते हुए पूरा अखबार चाट लेता था। फिर तरोताजा होकर बाहर आता था। तब तक पत्नी भी चाय बनाकर ले आती थी और हम इत्मीनान से चाय पीते थे। लेकिन अब वे सब बीते दिनों की बातें हो गईं। अब तो सुबह टहलने के बहाने चाय की दुकान पर खड़े-खड़े ही अखबार भी पढ़ लेता हूँ। हालाँकि शुरू-शुरू में खाली-पीली अखबार पढ़ने पर चायवाला भी मुझे बहुत तिरस्कारपूर्ण नजरों से घूरता था और बार-बार आकर पूछ जाता था कि साहब चाय चलेगी। मेरे मना करने पर वह बुरा-सा मुँह बना लेता। कभी-कभी तो ऐसा भी हुआ कि उसने सीधे-सीधे मुझसे कह दिया कि साहब गाहकों को बैठने दीजिए। धन्धे का टाइम है। आपका क्या है, आप तो मुफ्त में अखबार पढ़कर चले जाएँगे। धन्धा तो हमारा खोटा होगा। उसकी ऐसी बातों का मुझे सचमुच बहुत बुरा लगता था। इस बुरे लगने के चलते ही अब कभी-कभी मैं उसे हाफ चाय या सिगरेट का आर्डर दे देता हूँ और बदले में वह मुझे चुपचाप अखबार पढ़ने देता है। हालाँकि हाफ कप चाय के बदले घंटे भर उसे मेरा अखबार पढ़ना अब भी अखरता है, लेकिन बेशर्मी से मैंने अब उसकी ओर ध्यान देना छोड़ दिया है।

चाय की दुकान पर सबसे पहले मैं अपना राशिफल देखता हूँ, फिर मौसम का हाल। राशिफल में लिखा है कि आज कोई शुभ सूचना मिलेगी और धनोपर्जन होगा। मैं सोचता हूँ कि आज महीने की बीसवीं तारीख है। धनोपर्जन की तो कहीं कोई सम्भावना नजर नहीं आती, बल्कि खर्च ही खर्च होना है। यही हाल मौसम के हाल का है। उसमें लिखा है आसमान साफ रहेगा, लेकिन कहीं-कहीं हल्की बूँदाबाँदी हो सकती है। मगर यहाँ तो सुबह से ही जबरदस्त बारिश के आसार नजर आ रहे हैं। अखबार में और भी तमाम खबरें हैं—मसलन पेट्रोलियम मंत्री ने पेट्रोल और डीजल के दामों में जबरदस्त बढ़ोत्तरी के संकेत दिए हैं और कृषि मंत्री का कहना है कि महँगाई रोकने के लिए उनके पास कोई जादू की छड़ी नहीं है। केन्द्र इसके लिए राज्य सरकारों को दोष दे रहा है और राज्य सरकारें केन्द्र को कोस रही हैं। बयान, बयान और बयान। पूरा अखबार नेताओं और मंत्रियों की बयानबाजी से अटा पड़ा है। मैं सिगरेट के साथ हाफ चाय सुड़ककर अखबार रख देता हूँ और सोचता हूँ अब सिगरेट भी छोड़ ही देनी चाहिए। सेहत और खर्च दोनों लिहाज से यह एक अच्छा विचार है। हालाँकि यह अच्छा विचार इससे पहले भी मुझे सैकड़ों बार आया है लेकिन उस पर अमल करने का विचार रोज अगले दिन के लिए टल जाता है।

मैं देखता हूँ घड़ी में आठ बज रहे हैं और आसमान में बादल घने हो रहे हैं। मुझे जल्द ही नहा-धोकर बिजलीघर जाना होगा वरना बारिश से सब गुड़ गोबर हो

सकता है। मैं तेज कदमों से घर की ओर लौट पड़ता हूँ। घर में पत्नी रसोई में उठापटक कर रही है। यह उसकी रोज की खीझ है जो रसोई में बर्तनों पर निकलती है जिसे मैं रोज की तरह ही सुनकर अनसुना कर देता हूँ। लेकिन तभी उसकी खीझभरी आवाज आती है—''गैस खत्म हो गई है। कितने दिन से कह रही थी बुक करवा दो...लेकिन कोई सुने तब न...''

—''गैस के दाम भी बढ़ गए हैं।'' मैं कहता हूँ।

—''तो?''

—''तो...तो कुछ नहीं। आज बिजलीघर जाना है बिल जमा कराने।''

—''पहले गैस का कुछ इन्तजाम करो।''

मैं नहाने के लिए बाथरूम में घुस जाता हूँ। पत्नी की बड़बड़ाहट नल के पानी के शोर में गुम हो जाती है। मेरे नहाकर बाथरूम से बाहर आने तक पत्नी ने नाश्ता तैयार कर दिया है। नाश्ता करते हुए मैं गुनगुनाने लगता हूँ—गिलोरी बिना चटनी कैसे बनी...। लेकिन पत्नी मुझे अनसुना करते हुए बड़बड़ा रही है जैसे मैं उसे अनसुना करते हुए गुनगुना रहा हूँ।

—''सिलेंडर झुकाकर थोड़ी-सी गैस निकल आई, लेकिन जैसे भी हो दोपहर तक कहीं से भी गैस का बन्दोबस्त करो वरना खाना भी नहीं बन पाएगा। कितनी बार कहा कि दूसरा सिलेंडर बुक करवा लो। कभी अचानक गैस खत्म हो जाए तो ये दिन तो न देखना पड़े...मगर सुनता कौन है...''

—''अब ठीक है...बिजलीघर जाते हुए बुक करवाता आऊँगा।''

—''बुक वुक नहीं...गैस आज ही आनी चाहिए और अब्भी।'' मैं कोई जवाब नहीं देता और तैयार होकर घर से निकल पड़ता हूँ। दस बज गए हैं। बाहर हल्की बूँदाबाँदी शुरू हो गई है। शुक्र है कि मौसम को देखते हुए छतरी साथ लेता आया था। बिजलीघर पहुँचते-पहुँचते बारिश और भी तेज हो गई, लेकिन बिल जमा कराने वालों की लाइन में कहीं कोई कमी नहीं आई। बिल काउंटर के पास कीचड़ ही कीचड़ हो गया है। बारिश की फुहारों से बचने के लिए लोग ठेलमठेल मचाए हैं। लाइन इतनी लम्बी है कि लगता नहीं कि दो घंटे बाद भी मेरा नम्बर आ पाएगा। काउंटर क्लर्क इतना सुस्त है कि एक-एक आदमी पर दस-दस मिनट लगा रहा है। लोग कुनमुना रहे हैं और सरकारी कर्मचारियों की काहिली को कोस रहे हैं। बीच बीच में कोई काउंटर क्लर्क का जान-पहचानवाला आ जाता है तो उसका काम आउट आफ वे जाकर भी हो जाता है जिससे लाइन में लगे लोगों का गुस्सा बढ़ जाता है और हल्ला शुरू हो जाता है। हालाँकि इस हल्ले का कोई असर नहीं होता। बस लोग बड़बड़ाते रहते हैं और जान-पहचानवाले या दबंग लोग लाइन को धकियाकर अपना काम करा ले जाते हैं। मैंने घड़ी देखी साढ़े ग्यारह होने को आए। अब भी पाँच-सात लोग लाइन में हैं। मेरी बेचैनी बढ़ जाती है। लगता

नहीं कि आज मेरा नम्बर आ पाएगा। एक-एक पल भारी होता जा रहा है। ग्यारह बजकर पचास मिनट हो गए हैं। दो लोग अब भी मेरे आगे हैं। मैं हड़बड़ी में हूँ—भइया जरा जल्दी करो। काउंटर क्लर्क घुड़ककर मेरी ओर देखता है। उसकी घुड़की में एक हिकारत है।

—"काम ही कर रहा हूँ। कोई मक्खी तो मार नहीं रहा।" जानता हूँ कि क्लर्क से बहस करने का कोई मतलब नहीं, वरना अभी काउंटर बन्द कर देगा। बहरहाल, मेरा नम्बर आखिरकार आ ही गया। घड़ी में अभी बारह बजने में पाँच मिनट बाकी हैं। मैं जैसे ही बिल की रसीद उसकी ओर बढ़ाता हूँ, वह पेशाब का बहाना करके उठ जाता है। मैं उसकी इस हरकत पर खीझ उठता हूँ पर कुछ कह नहीं पाता। पाँच मिनट बाद क्लर्क लघुशंका से निपटकर लौटता है और ऐलान कर देता है कि टाइम खत्म हो गया है, अब कल आना। मेरा दिल धक्क से रह जाता है। दो घंटे की मेहनत पर पानी फिरता नजर आता है। अब मैं याचना की मुद्रा में आ गया हूँ।

—"दो घंटे से खड़ा हूँ सर...प्लीज जमा कर लीजिए बिल...वरना..."

—"वरना क्या? हम भी दो घंटे से काम ही कर रहे हैं, कोई झख तो नहीं मार रहे। इतनी ही जल्दी थी तो समय पर क्यों नहीं आए?"

—"प्लीज सर...बड़ी मुश्किल से आ पाया हूँ...मेहरबानी होगी...", मेरे चेहरे पर जाने कैसा तो दीनता का भाव है कि क्लर्क थोड़ा पसीजने लगता है।

—"अच्छा लाओ...लेकिन बाकी सब कल आएँ।" मेरी जान में थोड़ी जान आती है। आखिरकार मेरा बिल जमा हो जाता है, मगर पीछे से फिर वही शोर शुरू हो जाता है—प्लीज सर...प्लीज सर...लेकिन तब तक खिड़की बड़ी बेरहमी से बन्द हो जाती है। मैं खुश हूँ कि आखिरकार मेरा बिल जमा हो गया। मुझमें एक विजेता का-सा भाव घर करने लगता है।

बाहर बारिश और भी तेज हो गई है। घड़ी साढ़े बारह बजा रही है। अब मुझे फौरन गैस स्टेशन की ओर भागना होगा वरना घर में खाना नहीं बनेगा। गैस स्टेशन पहुँचते-पहुँचते एक डेढ़ बज जाते हैं, मगर बारिश थमने का नाम नहीं लेती। मैं लगभग आधे से ज्यादा भीग चुका हूँ। स्टेशन पहुँचने पर पता चलता है कि आज तो छुट्टी का दिन है। 'हे भगवान, अब क्या होगा?' मेरे हाथ-पाँव फूलने लगते हैं। मैं आस-पास लोगों से पूछता हूँ। रिरियाता हूँ। घर में गैस खत्म होने का हवाला देता हूँ। मेरे पेट में चूहे भी कूदने लगे हैं। घर में पत्नी भी भूखी होगी, मैं सोचता हूँ। तभी बीड़ी का सुट्टा लगाता हुआ एक दलाल-टाइप आदमी मेरे पास आता है। वह घूरकर एक नजर मेरी ओर देखता है।

—"गैस चाहिए?"

—"हाँ।"

—"ब्लैक में मिलेगा। तीस परसेंट एक्स्ट्रा।"

—''ये तो बहुत ज्यादा है। कुछ कम में नहीं होगा?''

—''लेना है तो बोलो वरना रास्ता नापो।'' मुझे पत्नी का खीझ और हताशा से भरा चेहरा याद आ जाता है। मैं फौरन हाँ कह देता हूँ।

—''कितना लगेगा?''

—''सात सौ रुपये।'' मैं पर्स टटोलता हूँ। पर्स में सिर्फ पाँच सौ रुपये हैं। मैं पाँच सौ रुपये उसे सौंप देता हूँ।

—''सिलेंडर घर पहुँचाओ। बाकी के पैसे घर पर दूँगा।''

—''सिलेंडर घर पहुँचाने के पचास रुपये एक्स्ट्रा लगेंगे।'' वह मेरी मजबूरी का फायदा उठा रहा है। मैं कहता हूँ—''ये तो ज्यादती है।''

—''ज्यादती-वादती कुछ नहीं। एक तो छुट्टी का दिन, ऊपर से मौसम देख रहे हैं।'' मैं झल्लाता हूँ मगर कुछ नहीं कर पाता। फौरन सिलेंडर घर पहुँचाने को कहकर उसके साथ चल देता हूँ। घड़ी में दो बज रहे हैं। बारिश अब भी रुकने का नाम नहीं ले रही। हालाँकि गैस मिल जाने से मेरे भीतर एक सुकून-सा आ गया है। अब बारिश से भीगी मिट्टी की सोंधी गन्ध मुझे अच्छी लगने लगी है।

सिलेंडर के साथ जैसे-तैसे मैं घर पहुँचता हूँ। ढाई बज चुके हैं। पत्नी का पारा सातवें आसमान पर है। मैं उसकी ओर ध्यान नहीं देता और गैसवाले का बकाया भुगतान कर उसे रवाना कर देता हूँ। पत्नी भी बिना मुझसे कुछ कहे सिलेंडर रसोई में रखवा लेती है और खाना बनाने जुट जाती है। कुकर की सीटी और खाने की खुशबू से मेरी भूख और भी बढ़ जाती है। इस बीच मैं रूठी पत्नी को मनाने की योजना बनाने लगता हूँ। साढ़े तीन तक खाना बनकर तैयार हो जाता है और मैं झटपट खाने बैठ जाता हूँ। खाना आज कुछ ज्यादा ही स्वादिष्ट लग रहा है। मैं भरपेट खाकर एक जोरदार डकार लेता हूँ। पत्नी भी चुपचाप खाना खाकर, बर्तन समेटकर रसोई में चली जाती है। मैं आराम की मुद्रा में थोड़ी देर टीवी देखने के लिए टीवी ऑन करता हूँ, मगर बिजली गुल है। कमबख्त बिजली में भी इन दिनों सात-आठ घंटे की कटौती होने लगी है। रोज-रोज के धरना प्रदर्शन के बावजूद बिजली की हालत इन दिनों बद से बदतर होती जा रही है। अभी चार दिन पहले गुस्साए लोगों ने बिजली विभाग के एसडीओ की उसके दफ्तर में सरेआम पिटाई ही कर दी। मगर सरकार के कान पर जूँ रेंगने का नाम नहीं लेती। हारकर मैं बिस्तर पर लौटकर लेट जाता हूँ। हालाँकि नींद फिर भी नहीं आती। मैं बार-बार घड़ी देखता हूँ। साढ़े चार बज चुके हैं। मैं पत्नी को मनाने की तरकीबें सोचता हूँ और उठकर रसोई में चला आता हूँ जहाँ पत्नी चाय बना रही है। इस बेचारी को छुट्टी के दिन भी आराम नहीं, सिवाय सुबह थोड़ी देर ज्यादा सो लेने के। मैं उसे पीछे से अपनी बाँहों में भर लेता हूँ। वह झुँझला जाती है।

—''क्या कर रहे हो...छोड़ो...खिड़की खुली है कोई देख लेगा।''

—''देखता है तो देखे...अब तो खुल्लमखुल्ला प्यार करेंगे हम दोनों।'' मैं रोमांटिक मूड में गुनगुनाने लगता हूँ।

—''क्या बात है...बड़ी मस्ती के मूड में हो।'' पत्नी की आँखों में शरारत है। उसका गुस्सा काफूर हो उठा है। मैं उसके इसी अन्दाज पर रीझ उठता हूँ। तमाम परेशानियाँ उसकी एक मुस्कान के आगे बौनी हो जाती हैं। मैं झट से उसके होठों को चूम लेता हूँ और उसे बाँहों में भरे-भरे नाचने लगता हूँ—''छुट्टी का दिन है कि मस्ती में हैं हम...मस्त-मस्त मस्ती...याहू...'' पत्नी प्यार से मुझे झिड़क देती है, ''अब बचपना छोड़ो और चलो चाय पियो।'' मैं चाय का कप लिये उसके साथ ड्राइंगरूम में आ जाता हूँ। अब तक बिजली भी आ गई है। हम टीवी देखते हुए चाय पीने लगते हैं। शाम के साढ़े पाँच बज चुके हैं। पत्नी बाजार चलने की फरमाइश करने लगती है। मैं उसका मूड खराब करना नहीं चाहता। हालाँकि मन-ही-मन आज हुए खर्च का हिसाब लगाने लगता हूँ। एक ही दिन में कुल चार हजार की चपत लग चुकी है। 'खैर...मौसम खुशनुमा है और छुट्टी का दिन खराब नहीं करना है।' मैं सोचता हूँ और फौरन बाजार के लिए तैयार होने लगता हूँ।

हम बाजार में हैं। शाम के सात बज रहे हैं। अँधेरा घिरने लगा है। बाजार में चारों ओर जगमगाहट है। लगता है जैसे मौसम का लुत्फ लेने पूरा शहर घरों से बाहर निकल आया है। नए-नए जोड़े हाथों में हाथ डाले इत्मीनान से टहल रहे हैं या आइसक्रीम खा रहे हैं।

—''कितने दिन हुए इतने अच्छे मौसम में हमें बाजार आए...न।'' पत्नी कहती है और मैं उसकी हाँ-में-हाँ मिला देता हूँ। टहलते-टहलते हम एक शापिंग मॉल के सामने आ जाते हैं। मॉल रंग-बिरंगी रोशनियों में जगमगा रहा है और अपनी भव्यता और वैभव से पूरे शहर को मुँह चिढ़ा रहा है। शहर में पिछले दो साल में पाँच मॉल और मल्टीप्लैक्स खुले हैं और सब एक से बढ़कर एक। इस बीच रेहड़ी और खोमचे वालों की एक पूरी दुनिया ही उजड़ गई है और साप्ताहिक हाट-बाजार का हाल बद से बदतर हो गया है। मॉल के आस-पास रेहड़ी और खोमचे लगाने की सख्त मनाही है और कभी भूल से भी किसी ने ऐसा दुस्साहस कर लिया तो उसके लिए पुलिस का जालिम डंडा तो है ही। बहरहाल, मॉल के आगे लम्बी-लम्बी गाड़ियों की लाइन लगी है और उसमें चढ़ते-उतरते लोग मुझमें बेतरह हीनभावना पैदा कर रहे हैं। वे किसी दूसरी दुनिया से आए हुए लगते हैं जिनकी जेबें नोटों से भरी हुई हैं और जिनके चेहरे पर कहीं किसी दुःख, परेशानी या मुश्किल के निशान नहीं हैं।

मॉल के भीतर जगमग रोशनियों के बीच वस्तुओं का पूरा बाजार है जिनके ऊपर उनकी कीमतों के टैग लगे हैं। यहाँ हर चीज ब्रांडेड है और ब्रांड की ही कीमत है। लोग यहाँ चीजें अपनी जरूरत के हिसाब से नहीं, ब्रांड के हिसाब से लेते हैं। एक ब्रांडेड जींस की कीमत चार हजार, जूता सात हजार और बित्ते भर का टॉप दो

हजार। मेरे बगल में खड़ी एक अल्ट्रा मॉड लड़की झटपट एक जींस और टॉप उठाती है और उन्हें आजमाने के लिए ट्रायल रूम में घुस जाती है। दो मिनट बाद जब वह बाहर आती है तो मैं देखता हूँ उन कसे हुए कपड़ों में उसका शरीर जैसे फट पड़ने का आतुर है। डीप नेक टॉप और लो हिप जींस में उसका शरीर और भी दिलकश हो उठा है। मैं पत्नी से नजरें बचाकर उसके शरीर के खुले गोपन अंगों को घूरने लगता हूँ और वह क्रेडिट कार्ड से पेमेंट कर बेपरवाही से टहलते हुए मॉल से बाहर निकल जाती है। पत्नी वहाँ तमाम चीजों को ललचाई निगाहों से उठा-उठाकर देख रही है फिर उनकी कीमतें पढ़कर मायूस हो जाती है और चुपचाप उन्हें यथास्थान रख देती है। कुछ जरूरी चीजों की खरीदारी के बाद हम जगमग रोशनियों के उस संसार से बाहर आ जाते हैं। घड़ी में साढ़े आठ बज रहे हैं। रास्ते में गोलगप्पे खाने के बाद अपनी तमाम-तमाम अधूरी इच्छाओं के साथ हम घर की ओर लौट पड़ते हैं। आखिर सुबह दफ्तर के लिए जल्दी उठना भी तो है।

# भूतो न भविष्यति

*यदि अल्लाह ने उनके लिए देश-निकाला न दे दिया होता तो दुनिया में वह उन्हें अवश्य यातना दे देता और आखिरत (परलोक) में तो उनके लिए आग की यातना ही है।*

—(कुरान-ए-पाक, सूरा अल-हश्र, 59)

नाना भूत पालते थे। जब वे मरे तो सारे भूत उड़ गए थे। मैं नाना की मौत पर नहीं जा पाया। गया होता तो शायद उनके उड़ते हुए भूतों को देख सकता।

नाना बहुत पढ़े-लिखे नहीं थे, लेकिन जाने कहाँ से उन्होंने रामचरित मानस और भगवत गीता रट रखी थी। उनका असली नाम तो पं. रामनिवास था लेकिन लोग उन्हें तुलसीदास ही कहते। दरअसल, वे तुलसी की माला पहनते थे और रोज रामचरित मानस का पाठ करते। इसीलिए लोग उन्हें तुलसीदास ही कहते। गांधीजी की तरह उन्होंने भी एक हाथ में लाठी ले रखी थी और अक्सर एक धोती में ही रहते। कुर्ता तो शादी-ब्याह में ही कभी-कभार पहना होगा। पूजा-पाठी आदमी थे और भयानक मुँहफट। किसी को किसी की माँ-बहन करानी हो तो लोग उन्हीं का इस्तेमाल करते। वे बहुत अक्खड़ और कड़क इनसान थे। हम बच्चे उनसे बहुत डरते थे। बखरी के ऊपर उनका अपना एक निजी एकान्त था। यह एक ऐसी जगह थी जहाँ जाने की किसी को अनुमति नहीं थी। नानी को भी नहीं। नाना वहाँ ताला लगा कर रखते थे। यहीं उनकी भूतगाह भी थी, मन्दिर भी और उनका अपना छोटा-मोटा खजाना भी। एक बार शरारतन मैं वहाँ घुस गया था। मैंने देखा था कि घुप्प अँधेरे में वहाँ एक दीया टिमटिमा रहा है बस। नाना टार्च की रोशनी में किसी चीज को ढूँढ़ रहे थे। वहाँ तमाम देवी-देवताओं की मूर्तियाँ और पोस्टर चिपके हुए थे। एक बक्सा था जिस पर नाना ने बड़ा-सा ताला लटका रखा था। मेरे लिए वह एक रहस्यमय दुनिया थी जहाँ भूत रहते थे! मुझे तब लगा था कि भूत इसी बक्से में बन्द रहते होंगे। मुझे डर भी लगा था, लेकिन चूँकि बक्सें पर ताला लगा था इसलिए उतना डर भी नहीं लगा था। उस दिन नाना कमोबेश अच्छे मूड में थे। टार्च की

रोशनी में उन्होंने मुझे देखा और प्यार से अपने पास बुलाया और बक्से का ताला खोला। जब वे बक्से का ताला खोल रहे थे तब मैं बहुत डर गया था क्योंकि मुझे पता था कि नाना भूत पालते हैं और अपने भूतों को इसी बक्से में ताला लगा कर रखते हैं। लेकिन आश्चर्य! बक्से का ताला खुलने के बाद उसमें से कोई भूत नहीं निकला था। बक्से में एक पोटली थी जिसमें कुछ फुटकर नोट और सोने-चाँदी के सिक्के थे। कुछ धार्मिक किताबें थीं। तंत्र-मंत्र का कुछ सामान। जमीन-जायदाद और मुकदमेबाजी के कुछ कागजात और दैनिक खर्चों के हिसाब-किताब की एक डायरी थी। इसके अलावा एक तुलसी और रुद्राक्ष की माला थी। साथ में था गांधीजी का फटा-पुराना ब्लैक एंड व्हाइट चित्र। बक्से में लेमनचूस और कुछ मिठाई भी उन्होंने सँभाल कर रखी थीं जिसमें से एक लेमनचूस और थोड़ी-सी मिठाई उन्होंने मुझे खाने को दी थी।

उस दिन चाँदा बाजार का साप्ताहिक मेला लगा था जहाँ की गुड़ की चोटहिया जलेबी बहुत प्रसिद्ध थी। नाना का अच्छा मूड देख कर मैं उनसे मेला देखने की जिद करने लगा था। उस दिन जाने क्या था कि मेरे कंजूस नाना बहुत खुश थे और उन्होंने मुझे मेला देखने के लिए एक रुपया भी दिया था। लेकिन मेरी दिलचस्पी नाना के भूतों में थी और मैं उनसे भूतों के किस्से सुनाने की जिद करने लगा था। मेरी जिद को दरकिनार करते हुए नाना ने बक्से से गांधीजी का चित्र निकाला और झाड़-पोंछ कर साफ करने लगे। फिर उसे किसी अनमोल अमानत की तरह उन्होंने बक्से में सँभाल कर रख दिया था। गांधीजी का चित्र मैंने अपनी स्कूली किताबों में देखा था और पढ़ा था कि उन्होंने अंग्रेजों से देश को आजादी दिलाई थी। मैं अपने अधकचरे ज्ञान के आधार पर नाना को गांधीजी के बारे में बताने लगा। नाना मुस्कराए मगर उनकी आँखों में आँसू थे। उन्होंने झाड़-पोंछ कर गांधीजी की तस्वीर सँभाल कर बक्से में रख दी थी। फिर बक्से से निकाल कर अपने मुकदमे के कागजात देखने लगे। दरअसल उनकी सारी जिन्दगी मुकदमेबाजी में ही गुजरी थी। मुझे याद है कि जब भी वे किसी मुकदमे के सिलसिले में कचहरी जाते तो धोती पर झक्क सफेद कुर्ता पहनते थे। सिर पर उनके बाल भी नहीं थे सो बिल्कुल गांधी की तरह ही लगते। जीवन में एक बार उनकी गांधीजी से मुलाकात भी हुई थी और देश की आजादी के लिए उन्होंने अपने भूत गांधीजी को सौंपने की पेशकश भी की थी। यह एक दिलचस्प किस्सा है जो नाना ने खुद उस दिन मुझे बताया था।

यह सन 42 के आसपास की बात होगी। नाना की उम्र उस समय बीस-इक्कीस साल रही होगी। गांधीजी ने 'अंग्रेजों भारत छोड़ो' का नारा दे दिया था। नाविक विद्रोह हो चुका था। द्वितीय विश्वयुद्ध भी समाप्ति पर था। नेताजी सुभाषचन्द्र बोस के नेतृत्व में आजाद हिन्द फौज के हौसले भी बुलंद थे और वह बर्मा के रास्ते भारत में घुसने की कोशिश कर रही थी। उधर हिटलर का अन्त हो गया था और मित्र देशों

की सेनाएँ विजयोल्लास में मस्त थीं। हिरोशिमा और नागासाकी में अमेरिका ने परमाणु बम फेंक कर जापान की कमर तोड़ दी थी। हालाँकि मित्र देशों की सेनाएँ जीत गई थीं, लेकिन इंग्लैंड को इससे खासा नुकसान उठाना पड़ा था और जिस ब्रिटिश शासन में सूरज कभी डूबता नहीं था, उसका सूरज अब धीरे-धीरे अस्ताचल की ओर जा रहा था।

ऐसे ही समय में नाना सुल्तानपुर के एक छोटे-से गाँव में अपने भूत-प्रेतों के साथ तंत्र-मंत्र में जुटे थे। भूतों के साथ उनका एक अजीब रिश्ता था। जैसे हम कुत्ते पालते हैं तो उन्हें खिलाना-पिलाना पड़ता है और उनकी देखभाल भी करनी पड़ती है, उसी तरह नाना को भी अपने पाले हुए भूतों की खाना-खुराकी उठानी पड़ती थी। इसके लिए उन्होंने एक रास्ता निकाला था। गाँव के किसी भी बड़े आदमी या औरत पर हफ्ते दो हफ्ते में वे अपना एक भूत छोड़ देते। कुछ दिन वह भूत उन लोगों को परेशान करता। हार कर उसके परिवार वाले नाना के पास आते और उन्हें 'भूत छुड़ाई' देते। नाना एक छोटा-सा अनुष्ठान करते और वह भूत उन्हें छोड़ कर नाना के पास वापस आ जाता। इस तरह भूतों का खर्चा-पानी भी चल रहा था और नाना का अपना काम भी। लेकिन कुछ भूत उद्दंड किस्म के थे और खुदमुख्तार भी। वे बिना नाना की इजाजत के भी किसी गरीब आदमी या औरत पर आ जाते। तब नाना को बड़ा गुस्सा आता। वे बिना कोई 'भूत छुड़ाई' लिए उस गरीब आदमी या औरत पर से भूत उतारते और उस भूत को कड़ा दंड देते।

अपने पाले हुए भूतों के कारण नाना की ख्याति दूर-दूर तक फैल गई थी और लोग उनसे डरने भी लगे थे। दूर-दूर से लोग भूत छुड़वाने उनके पास आते थे। नाना ज्योतिष भी जानते थे और सिर्फ माथे की रेखाएँ देख कर वे किसी का भी भूत-भविष्य बता देते।

नाना ने बताया था कि एक बार वे किसी मुकदमे के सिलसिले में सुल्तानपुर जिला कचहरी गए थे। वहाँ एक अखबार में उन्होंने गांधीजी का फोटो देखा था। फोटो में गांधीजी का माथा देख कर ही उन्होंने जान लिया था कि ये साधारण नहीं, कोई अवतारी पुरुष हैं। बस तभी से नाना गांधीजी के भक्त हो गए।

सुल्तानपुर में भी गांधीजी के आन्दोलन का प्रभाव था। सुबह-सुबह प्रभातफेरियाँ निकाली जातीं और 'अंग्रेजों भारत छोड़ो' का नारा बुलंद किया जाता। पं. रामनरेश त्रिपाठी तब सुल्तानपुर में कांग्रेस के बड़े नेता थे। गांधीजी का आन्दोलन यहाँ उन्हीं के नेतृत्व में चल रहा था। गांधी के त्याग, तपस्या, समर्पण और सत्याग्रह का नाना पर गहरा प्रभाव पड़ा।

गाँव लौट कर नाना ने अपने भूतों के जरिए गांधीजी के जीवन का पूरा इतिहास पता कर लिया। उन दिनों गांधीजी दिल्ली में इक्कीस दिनों के अनशन पर बैठे थे। नाना ने तय किया कि वे गांधीजी से मिलने दिल्ली जाएँगे और बस,

उन्होंने अपना सीधा-पानी, लोटा-गठरी उठाई और लाठी ले कर पैदल ही चल पड़े दिल्ली की ओर।

कोई पन्द्रह दिनों की पैदल यात्रा के बाद नाना दिल्ली पहुँचे थे। उन दिनों गांधीजी दिल्ली के बिड़ला हाउस में ठहरे थे। तब दिल्ली इतनी बड़ी और चकाचौंध से भरी हुई नहीं थी। फिर भी नाना दिल्ली की भव्यता देख कर भौंचक थे। जैसे-तैसे करके नाना दिल्ली के बिड़ला हाउस पहुँचे। वहाँ भारी भीड़ थी और नाना किसी को जानते तक नहीं थे। नाना ने कई लोगों से गांधीजी के बारे में पूछताछ की और बताया कि वे उनसे मिलने सुल्तानपुर से पैदल चले आ रहे हैं। लोगों को उनकी इस गांधी भक्ति पर आश्चर्य हो रहा था। कांग्रेस सेवादल के कुछ लोगों ने उनसे पूछा कि वे गांधीजी से क्यों मिलना चाहते हैं? तब नाना ने उन्हें बताया कि वे भूत पालते हैं और अपने भूतों को आजादी की लड़ाई में लगाना चाहते हैं और इसके लिए गांधीजी का आशीर्वाद चाहिए। कांग्रेस सेवादल के लोग नाना की इस बात पर खूब हँसे थे, लेकिन नाना ने जब उनकी खूब चिरौरी की तो वे उन्हें गांधीजी से मिलवाने को राजी हो गए। गांधीजी रोज सुबह और शाम प्रार्थना सभा में आते और सभी से मिलते। नाना को भी एक रोज सुबह प्रार्थना सभा में ही गांधीजी से मिलने का मौका मिला था।

नाना आजीवन उस क्षण को कभी भूल नहीं पाए।

प्रार्थना सभा में भारी भीड़ थी। नाना सुबह सूरज उगने से पहले ही वहाँ पहुँच गए थे। बल्कि सच तो यह है कि वह रातभर वहीं आसपास ही घूमते रहे थे। भीड़ में वे सबसे आगे थे। गांधीजी दो लड़कियों के सहारे प्रार्थना सभा में आए और हाथ जोड़ कर मंच पर बैठ गए। भजन चल रहा था—

*रघुपति राघव राजा राम*
*पतित पावन सीताराम*

और

*वैष्णव जन तो तेणे कहिए*
*जे पीर पराई जाणे रे।*

नाना भक्ति भाव से भौंचक सब सुन रहे थे। प्रार्थना सभा खत्म होने के बाद अपनी टूटी-फूटी हिन्दी में गांधीजी ने एक छोटा-सा प्रवचन भी दिया था। कहीं कोई आडम्बर या दुराव-छिपाव नहीं। नाना ने जीवन में पहली बार कोई ऐसा महात्मा देखा था। वैसे कई पहुँचे हुए सन्तों-फकीरों से उनका याराना था, लेकिन ऐसा फकीर उन्होंने पहले कभी नहीं देखा था।

प्रवचन के बाद गांधीजी लोगों के सवालों के जवाब देने लगे। नाना भी बोलने के लिए खड़े हुए। लेकिन भीड़ के सामने उनकी आवाज ही नहीं निकली। कांग्रेस सेवादल के लोगों ने उन्हें जबरन बैठा दिया। गांधीजी ने अपनी घड़ी देखी और उठ

कर जाने लगे। उन्हें भीड़ ने घेर रखा था। नाना को लगा कि अगर आज वे मौका गवाँ देंगे तो फिर कभी गांधीजी से अपनी बात नहीं कह पाएँगे। वे तेजी से उठे और भीड़ चीर कर गांधीजी के पास पहुँच गए। पहले उन्होंने गांधीजी के पैर छुए और बताया कि वे सुल्तानपुर से पैदल चल कर उनसे मिलने दिल्ली आए हैं। गांधीजी ने भर नजर उन्हें देखा और अचानक ठिठक कर खड़े हो गए। गांधीजी ने स्नेह से अपना हाथ नाना के सिर पर फेरा और आने का कारण पूछा। नाना ने सारी बात बता दी और कहा कि आप ये भूखे मरना छोड़ दीजिए। मेरे पास भूत हैं, मैं उन्हें अंग्रेजों पर छोड़ दूँगा और फिर देखना सारे अंग्रेज देश छोड़ कर भाग जाएँगे।

नाना की बात सुन कर गांधीजी धीरे-से मुस्कराए और बोले, ''मैं भूत-प्रेतों में विश्वास नहीं करता। लेकिन अगर तुम करते हो तो मैं तुम्हारे विश्वास का सम्मान करता हूँ। हालाँकि मैं यही कहूँगा कि तुम इन भूत-प्रेतों का चक्कर छोड़ कर देशसेवा का व्रत लो और ब्रह्मचर्य का पालन करो। ब्रह्मचर्य में बड़ी शक्ति है।''

नाना ने फिर एक बार उनके पैर छुए और आशीर्वाद माँगा। गांधीजी ने फिर उनके सिर पर हाथ फेरा और शिष्यों के साथ धीरे-धीरे वहाँ से चले गए। नाना हत्प्रभ खड़े उन्हें वहाँ से जाता देखते रहे। बहुत देर बाद उन्हें होश आया और वे वापस चल पड़े।

उस समय तक नाना के तीन-चार बच्चे हो चुके थे। उन दिनों शादियाँ बहुत बचपन में ही हो जाती थीं। उनकी भी हो गई थी। खैर...नाना ने उस दिन से संकल्प लिया कि अब वे बह्मचर्य का पालन करेंगे और नानी की तरफ देखेंगे भी नहीं।

नाना के इस संकल्प के चलते नानी को बहुत कुछ भुगतना पड़ा। गांधीजी के कहने से नाना ने ब्रह्मचर्य का संकल्प तो ले लिया था, लेकिन भूत-प्रेतों का चक्कर नहीं छोड़ा था। बल्कि अब इन भूत-प्रेतों को उन्होंने अंग्रेजों को देश से खदेड़ने के काम में लगा दिया था। अंग्रेजों की शक्ति धीरे-धीरे क्षीण पड़ती जा रही थी और कांग्रेस का आन्दोलन मजबूती पकड़ता जा रहा था। लगने लगा था कि अब अंग्रेज इस देश को हमेशा के लिए छोड़ ही देंगे। नाना जब यह सब सुनते तो उन्हें बड़ी खुशी होती और अपने भूतों की ताकत पर उन्हें भरोसा होने लगता। लेकिन जैसा कि पहले भी कहा कि नाना के सारे भूत उनके अपने नियंत्रण में नहीं थे। कई भूत उद्दंड और खुदमुख्तार भी थे।

उन दिनों देश में सांप्रदायिक दंगे भी शुरू हो गए थे और मुस्लिम लीग की तरफ से पाकिस्तान की माँग भी जोर पकड़ने लगी थी। नाना को लगता कि यह उनके उद्दंड भूतों की ही करामात है। वे उन्हें रोज दंड देते और उन्हें भूखा रखते। लेकिन देश के हालात सुधरने का नाम नहीं ले रहे थे। आखिरकार 15 अगस्त, 1947 को देश आजाद हो गया और साथ ही देश का विभाजन भी। नाना को अपने भूतों पर गर्व था और दुख भी। उन्हें लगता कि अगर उनके कुछ भूतों ने उन्हें धोखा नहीं दिया

होता तो देश का विभाजन नहीं होता। खैर...जो हुआ सो हुआ। इस बीच कश्मीर की तरफ कबायलियों की घुसपैठ शुरू हो गई और उधर बिहार, पंजाब और नोआखोली में दंगे। गांधी अकेले इन सबसे जूझ रहे थे।

गांधीजी ने शान्ति बहाली के लिए फिर एक बार आमरण अनशन शुरू कर दिया था। इस बार उनके साथ कोई नहीं था सिवाय नाना के भूतों के। इधर नाना अपने उद्दंड और खुदमुख्तार भूतों से दुखी थे और उन्हें दंडित करने के लिए तरह-तरह के अनुष्ठान कर रहे थे। मगर पता नहीं क्या था कि नाना के कुछ भूतों ने उनसे विद्रोह कर दिया था और उनकी कोई भी बात मानने को तैयार नहीं थे।

देश आजाद जरूर हो गया था, लेकिन कहीं भी कुछ भी ठीक नहीं चल रहा था। इसी बीच 31 जनवरी, 1947 का वह दुर्भाग्यपूर्ण दिन भी आया जब दिल्ली की एक प्रार्थना सभा में गांधीजी की हत्या कर दी गई। गाँव के एक लम्बरदार के यहाँ नाना को गांधीजी की इस हत्या की खबर मिली। खबर सुन कर नाना जैसे चेतनाशून्य हो गए थे और लाठी उठा कर बखरी के अपने अँधेरे एकान्त में जा घुसे।

तीन दिन तक उनका किसी को कुछ पता नहीं चला। वे बखरी के अपने उस एकान्त से बाहर ही नहीं निकले। तीन दिन बाद जब वे बाहर आए तो उनके चेहरे पर एक अपूर्व शान्ति थी।

इसके बाद से जैसे भूतों से उनका कोई रिश्ता ही नहीं रह गया था। न तो गाँव में उन्होंने फिर किसी पर भूत छोड़ा और न किसी से 'भूत छुड़ाई' ली। लेकिन भूतों ने उनका साथ तब भी नहीं छोड़ा था। अब गाँव में ही नहीं, घर में भी लोगों पर भूत चढ़ आता, लेकिन नाना इस सबसे निर्लिप्त रहते। अब लम्बरदार के घर जा कर उन्होंने देश-दुनिया की खबरें सुनना भी बन्द कर दिया था। उनका अधिकतर समय बखरी के अपने एकान्त में ही बीता करता था।

उस दिन नाना ने ये सारी बातें मुझे किसी दूसरे के साथ बीती हुई कहानी की तरह सुनाई थीं और बक्सा बन्द करके उस पर ताला लगा दिया।

इंदिरा गांधी तब देश की प्रधानमंत्री थीं और हम लोग बहुत छोटे थे।

गांधी के बाद अगर नाना किसी को पसन्द करते थे तो वे थे जवाहरलाल नेहरू। इंदिरा गांधी के बारे में उनकी राय कोई बहुत अच्छी नहीं थी। कहते, जब कोई रांड़ देश और घर की शासक हो जाए तो समझो बंटाधार है।

हालाँकि बहुत बाद में मामा की मौत के बाद मामी विधवा हो गईं और एक तरह से घर की शासक भी उन्हें नाना ने ही बनाया। लेकिन घर की भीत तभी से कमजोर होनी भी शुरू हो गई थी। मामा की मौत कैसे हुई, यह आज तक एक रहस्य है। इसके बारे में नाना ही ठीक-ठीक जानते थे। लेकिन नाना ने इस बारे में कभी किसी को कुछ नहीं बताया। मामा की मौत एक सड़क दुघर्टना में हुई थी। तब हम लोग बहुत छोटे थे और मुझे उनकी बस एक धुँधली-सी ही स्मृति है। एक

धुँधली-सी छाया जिसमें रात के अँधेरे में मैं मामा की साइकिल पर बैठ कर घर की तरफ जा रहा हूँ। बहुत कोशिश करने पर भी अब मुझे मामा का चेहरा याद नहीं आता। कादीपुर में मामा की साइकिल की एक दुकान थी। लेकिन लोग कहते हैं कि उनका असली धन्धा कुछ और था। दरअसल वे नेपाल के रास्ते गाँजे और अफीम की तस्करी करते थे। महज पैंतीस-चालीस साल की उम्र थी उनकी और इसी उम्र में वे लाखों में खेलने लगे थे। जब तक वे जिन्दा रहे, घर में पैसों की कोई कमी नहीं रही। सब अच्छा खाते-पहनते। उनकी शाही जीवनशैली देख कर गाँव के तमाम लोग उनसे जलते भी रहते और परेशान करने के लिए तमाम तरह के खुरपेंच करते।

मामा ने मामी और अपनी बेटियों के लिए तमाम गहने भी बनवा रखे थे। खेत में एक ट्यूबवेल भी लगवा दिया था। तब गाँव में एक-दो लोगों के पास ही ट्यूबवेल था। शायद एक ट्रैक्टर भी खरीदने वाले थे कि अचानक उनकी मौत हो गई। शायद उन्हें अपनी मौत का अन्देशा पहले से था इसीलिए मौत से कुछ दिन पहले बच्चों के लिए ढेर सारे कपड़े, खिलौने और राशन-पानी जमा कर दिया था जो अगले कुछ सालों तक चलनेवाला था।

माँ बताती हैं कि मामा की मौत का अन्देशा नाना को भी जरूर था क्योंकि नाना एक पहुँचे हुए ज्योतिषी थे। इस बात का प्रमाण इससे भी मिलता है कि जिस दिन मामा की मौत हुई उस दिन नाना ने उन्हें घर से निकलने को मना किया था। लेकिन मामा नहीं माने। सुबह रोज की तरह वे उठे, नहाया-धोया, पूजा-पाठ किया, खा-पी कर बच्चों को ढेर सारा प्यार किया और साइकिल ले कर घर से निकल पड़े। अभी वे घर से एक किलोमीटर दूर भी नहीं पहुँचे थे कि दूसरी तरफ से आ रहे एक ट्रक ने उन्हें बुरी तरह कुचल दिया। मौका-ए-वारदात पर ही तत्काल उनकी मौत हो गई। पुलिस ने इसे सड़क दुघर्टना का रूप दे कर मामले को रफा-दफा कर दिया, लेकिन घर में कोई भी इस बात को मानने को तैयार नहीं था कि यह एक दुघर्टना थी।

कहनेवाले तो यहाँ तक कहते हैं कि तस्करी के धन्धे में हुई दुश्मनी ही उनकी मौत या हत्या का कारण बनी थी। किसी ने बाकायदा सुपारी दे कर उनकी हत्या करवाई और हत्यारा कभी पकड़ा नहीं जा सका। नाना ने भी इस मामले में ज्यादा भागदौड़ नहीं की। बहरहाल, मामा की मौत के बाद अब घर में नाना के अलावा कोई भी पुरुष नहीं रह गया था।

घर में 35 साल की विधवा मामी थीं। नानी थीं। मौसी थीं और मामी की तीन लड़कियाँ थीं जिनमें से एक से हमें प्यार हो गया था। अब ठीक-ठीक याद नहीं कि पहले प्यार मुझे हुआ था या उसे। प्यार तो मुझे तीनों लड़कियों से था लेकिन शायद उनमें से एक को मुझसे खास प्यार था। हम लोग सुबह-सुबह गोरू चराने जाते। तब नाना के घर में ढेर सारी गाय-भैंसे होती थीं। दो झबरा बैल थे। दूध इतना होता कि

पीते नहीं बनता। नाना के घर में नियम था कि दूध बेचा नहीं जाएगा। मैं शरीर से कमजोर था इसलिए मुझे ज्यादा दूध दिया जाता। लड़कियों को दूध नहीं दिया जाता था। दूध पर सिर्फ लड़कों का ही अधिकार था। दूध को पहले मिट्टी की लाल मटकी में घंटों उबाला जाता। फिर जब वह लाल हो जाता और उस पर मोटी लाल मलाई पड़ जाती तब वह पीने को मिलता। ऐसा स्वादिष्ट दूध फिर मैंने जीवन में कभी नहीं पिया। नाना के घर में दूध, रोटी, घी और दाल ही ज्यादा मिलती थी। सब्जी कभी-कभार। दरअसल नाना के खेतों में दाल ही ज्यादा होती थी।

बरसों से नाना ने चूँकि नानी की तरफ देखना बन्द कर दिया था इसलिए घर के बाकी लोगों ने भी उन्हें उपेक्षित करना शुरू कर दिया था। घर की असली मालकिन अब 35 साल की विधवा मामी थीं। लेकिन मामी पर भी अब कभी-कभार रह-रह कर भुतहा दौरे पड़ने लगे थे। लोगों का कहना था कि यह दरअसल अकाल मृत्यु को प्राप्त मामा का ही भूत है जो रह-रह कर मामी पर आता है। हालाँकि नानी इसके लिए नाना के पाले हुए भूतों को ही दोष देतीं और नाना को सरापतीं। हालाँकि पता नहीं क्यों मुझे लगता है कि यह घर में नानी और मामी के वर्चस्व की लड़ाई थी जिसमें मामी ने भूत का इस्तेमाल किया था और घर पर अपना कब्जा जमा लिया था। या क्या पता यह मामी की अपनी दैहिक जरूरतों का ही प्रतिफल हो जिसने भूत के बहाने अपनी इच्छाओं को उघाड़ना शुरू कर दिया था। जो हो...लेकिन घर की माली हालत अब लगातार खराब होती जा रही थी और नाना ने भी अब उस पर ध्यान देना बन्द कर दिया था।

नाना ने भूतों को साधना बन्द क्या किया, घर में आए दिन लोगों को अब भूत दिखाई देने लगे थे। लोग अब दिन-दहाड़े भी अकेले कोठरी में घुसने से डरने लगे थे। जाने कब, कहाँ, किसको, कौन-सा भूत दिखाई दे जाए।

पापा उन दिनों ट्रांसफर हो गए थे। माँ अपने ससुराल में थीं और मैं ननिहाल में पड़ा था। दरअसल, ननिहाल मुझे ज्यादा प्यारा था क्योंकि यहाँ प्यार था। मामी, नानी, मौसी सब मुझे बहुत प्यार करते थे। मौसी रोज सुबह मुझे नहलाने कुएँ पर ले जातीं। कुआँ एक बाग में था। बाग में बहुत सारे आम के पेड़ थे। मौसी ढेले से आम तोड़-तोड़ कर मुझे खिलातीं, फिर कुएँ से पानी खींच कर नहलातीं। बाद में मौसी की शादी हो गई और वे अपनी ससुराल में कैद कर ली गईं।

बहुत बाद में जब मैं उसी जिले के एक इंजीनियरिंग कॉलेज में पढ़ रहा था, एक लड़का मुझसे मिलने आया। उसने मुझे एक पोटली दी और कहा कि यह तुम्हारी मौसी ने तुम्हारे लिए भेजा है। मैंने पोटली खोली। उसमें बच्चों का एक मोजा था जिसमें सिक्के भरे हुए थे। यकीनन यह मौसी के किसी बच्चे का फेंका हुआ मोजा था जिसमें मौसी ने अपने बचाए हुए पैसे रखे थे। एक-एक दो-दो रुपए के सिक्के। कुल मिला कर सौ-दो सौ रुपए रहे होंगे।

तीन-चार बच्चे पैदा कर मेरी सुन्दर मौसी सूख कर काँटा हो गई थीं। लेकिन मेरे लिए उनका प्यार अब भी वैसा ही था। उस दिन उस मोजे को देख कर मैं बहुत भावुक हो गया था। कहते हैं कि नाना का छोड़ा हुआ भूत कभी-कभी मौसी पर भी आता था। मौसी पर जब वह भूत आता तो मौसी एकदम सच-सच बोलने लगतीं। ऐसे ही किसी समय उन्होंने मौसा के अवैध सम्बन्धों का किस्सा सबके सामने कह सुनाया था और बहुत मार खाई थी। मौसी पर जब भूत आता तो वह एकदम चंडी बन जातीं। बाल बिखरा लेतीं। आँखें लाल और मुँह से घुर्र-घुर्र की आवाज करने लगतीं। दरअसल मौसी अपने मायके में बहुत लाड़-प्यार से पली थीं। सबसे छोटी थीं, इसलिए उनकी शरारतों पर भी कभी कोई उनसे कुछ नहीं कहता था। मौसी जो अपने मायके में दिन भर गाँव भर में कुलाँचे भरा करती थीं, ससुराल आ कर घर में बँध गईं। बस, सुबह टट्टी-फरागत के लिए उन्हें घर से बाहर जाने की छूट थी क्योंकि तब तक मौसा के यहाँ क्या खुद हमारे यहाँ भी लैट्रिन नहीं बनी थीं। दरअसल, उन दिनों घरों में पक्की लैट्रिन को सबसे फालतू की चीज माना जाता था। घर में सब होता—बरामदा, रसोई, कई-कई कमरे, जानवरों के लिए अलग बखरी, लेकिन नहीं होती तो पक्की लैट्रिन। पक्की लैट्रिन न होने से पुरुषों को तो कोई दिक्कत नहीं थी, क्योंकि वे जब चाहते खेतों में चले जाते। लेकिन महिलाओं की जान को साँसत थी। उन्हें सुबह चार बजे ही अँधेरे में उठना पड़ता और खेतों की ओर भागना पड़ता। पता नहीं दिन में महिलाओं को हाजत लगती थी या नहीं क्योंकि दिन में मैंने कभी उन्हें खेतों की ओर जाते नहीं देखा। हाँ, पेशाब के लिए जरूर घर के सबसे खराब कमरे से एक मोरी निकाल दी जाती जिससे वे अपना निपटान कर लें। तो मौसी के घर में भी तब लैट्रिन नहीं थीं और एक बार उन्हें दस्त लग आए थे। किसी औरत को दस्त लगने की बात गाँव में विश्वास-योग्य नहीं मानी जाती थी। माना जाता था कि ये कोई ऊपरी बाधा है जिसका इलाज पंडित-ओझा के पास ही है। तो मौसी को दस्त लगे तो ओझा बुलाया गया। इधर मौसी की हालत खराब से खराब होती जा रही थी और उधर ओझा दुनियाभर के टोटके कर रहा था। ऐसे ही समय मौसी पर चंडी सवार हुई और उन्होंने ओझा को धर पटका। ऐसा करते समय उनके दस्त निकल गए और पूरे घर में मार गन्ध फैल गई। इसके बाद तो मौसा और मौसी की सास ने मिल कर मौसी की जो कुटम्मस की कि कई दिनों तक उन्हें हल्दी-दूध पीना पड़ा।

मौसी के बारे में एक किस्सा और प्रचलित है। वह है उनके प्रेम-प्रसंग का। अब पता नहीं यह कितना सच है, फिर भी जुड़ा चूँकि यह नाना के भूतों के किस्सों से ही हैं इसलिए इसका भी जिक्र जरूरी है। मौसी की ससुराल में एक हलवाहा था। हलवाहा बूढ़ा था इसलिए उसने अपना काम अपने बेटे को सौंप दिया था। हलवाहे के बेटे का घर में काफी आना-जाना था। होता ही है। घर का काम करने वाले घर

में बेरोकटोक आते ही रहते हैं। इसमें अस्वाभाविक भी कुछ नहीं है। लेकिन जाने कब और कैसे हुआ कि उसकी नजर मौसी पर पड़ गई। मौसी सुन्दर तो थी हीं और घर में दुखी भी। औरत सुन्दर हो और दुखी हो तो दुनिया की बुरी नजर उस पर रहती ही है। हालाँकि यह कोई नियम नहीं है। (वैसे नियम तो किसी भी चीज का नहीं होता जैसे किसी कहानी का कोई नियम नहीं होता।) इसलिए औरत सुन्दर न भी हो और सिर्फ औरत ही हो तो भी दुनिया की बुरी नजर उस पर रहती है। लेकिन यहाँ मौसी सुन्दर भी थीं और दुखी भी। हलवाहे की नजर उन पर पड़ी तो उसका घर में आना-जाना बढ़ गया। हलवाहे ने मौसी के दुख को देखा तो उसका सीना चाक हो गया। उसने उस दुख पर मलहम लगाने की सोची। अब मलहम तो गाँव में मिलता नहीं था। उसके लिए शहर जाना पड़ता। इसलिए उसने मौसी के दुख पर अपने हाथों का ही मलहम लगाना शुरू कर दिया। जैसे ही मौसी के दुख पर हलवाहे के हाथों का मलहम लगा, मौसी को जूड़ी चढ़ गई। वे बुरी तरह काँपने लगीं। इससे पहले कि पूरी तरह भहरा कर गिर ही जातीं, हलवाहे ने उन्हें सँभाल लिया और अपने होठों से मलहम लगाना शुरू कर दिया। उसके ऐसा करने पर मौसी के दिल को ठंडक पहुँची। फिर तो लगभग रोज ही ऐसा होने लगा। बताते हैं कि मौसी भी उन दिनों बहुत खुश-खुश रहने लगी थीं। सुबह जल्दी गुनगुनाते हुए उठतीं। खेतों में निबटान को जातीं। घर आतीं। नहाती-धोतीं। घर की साफ-सफाई, लीपा-पोती, चौका-बासन सब बड़े मनोयोग से करने लगी थीं। अपने देवरों से उनकी हँसी-ठिठोली भी उन दिनों बढ़ गई थी। फिर एक दिन खबर आई कि मौसी ने आत्महत्या कर ली। अब यह आत्महत्या थी कि हत्या—यह आज तक रहस्य है। क्योंकि उस दिन मौसा शहर सुल्तानपुर गए थे कोर्ट-कचहरी के काम से। जिस दिन मौसा शहर सुल्तानपुर में थे ठीक उसी दिन मौसी ने भी आत्महत्या की थी। यह घटना आज तक रहस्य इसलिए भी बनी हुई है कि मौसी की देह का पोस्टमार्टम नहीं कराया गया था और रातोंरात उन्हें फूँक-ताप दिया गया था। अब तो यह भगवान ही जानता है कि यह सब कैसे और क्यों हुआ? लेकिन हाँ, एक बात मैं जानता हूँ कि मौसा मौसी को बहुत चाहते थे और इसका प्रमाण यह कि मौसी की मौत के बाद मौसा ने फिर शादी नहीं की। कई दिनों तक तो दुनिया-जहान से बेपरवाह तक रहे। फिर धीरे-धीरे इस दुनिया में लौटे। मैं जब भी मौसी की हत्या या आत्महत्या की बात याद करता हूँ तो मुझे मोजे में भेजे गए पैसों की बेतरह याद आती है जो आड़े वक्त में मेरे बहुत काम आए थे।

बहुत बाद में शहर में मौसा ने एक दिन मेरे साथ शराब पी थी और मौसी को ले कर बहुत दुखी हुए थे। हम छत पर बैठे पी रहे थे। मैं मौसी और अपने बचपन की बात कर रहा था। मैंने जानबूझ कर मोजेवाला किस्सा उनसे छुपा रखा था, लेकिन मौसा की आँखें गीली थीं और वे पश्चाताप में डूबे हुए थे। खैर...नाना के

घर में मामी की तीन लड़कियाँ थीं और तीनों से मुझे प्यार था। उम्र में तीनों मुझसे बड़ी थीं। मुझे सबसे बड़ीवाली ज्योति ज्यादा अच्छी लगती, लेकिन जान सबसे छोटीवाली मीनू मुझ पर देती थी। सबसे बड़ीवाली ज्योति की उम्र रही होगी सत्तरह-अट्ठारह साल। सबसे छोटी मीनू तेरह-चौदह साल की थी। मैं भी रहा होऊँगा आठ-दस साल का। हम लोग रोज सुबह स्कूल पढ़ने और गोरू चराने जाते थे। हमारा गोरू चराना और स्कूल पढ़ना एक साथ होता था।

यह स्कूल भी क्या था...एक खंडहर था। दो-तीन कमरों का एक टूटा-फूटा-सा खंडहर जिसमें अक्सर रात में गाँव के बच्चे टट्टी-पेशाब कर जाते और सुबह हमीं लोगों को फावड़े से उसे साफ करना पड़ता। इन स्कूली खंडहरों में न दरवाजे थे न खिड़कियों पर जालियाँ। बरसात में तो छत भी टपकती रहती थी। स्कूल में मात्र दो अध्यापक थे जिन्हें हम पंडिज्जी कह कर पुकारते। हालाँकि उनमें से एक तो जाति का पासी था, लेकिन हमारे लिए तो हर अध्यापक ही पंडिज्जी थे। दोनों अध्यापक बारी-बारी से स्कूल आया करते थे। कक्षा एक से आठ तक की जिम्मेदारी इन्हीं दो अध्यापकों के भरोसे थी। स्कूल एक ऐसी जगह था जिसके चारों ओर बड़े-बड़े टीले और गड़हे थे। जंगल था और झाड़ियाँ जिनमें हाथी भी छिप जाए तो पता न चले।

अक्सर तो हम लोग स्कूल के बाहर खड़े आम के पेड़ के नीचे ही पढ़ते थे। हमारी एक नजर स्कूल की पढ़ाई पर रहती तो दूसरी अपने-अपने गोरुओं पर। बड़े पंडिज्जी बड़े कड़क स्वभाव के थे। अक्सर छोटी-छोटी बातों पर बच्चों को इतना पीटते कि शरीर पर नील के निशान पड़ जाते। स्कूल में सबसे जरूरी काम हाजिरी रजिस्टर में अपनी हाजिरी दर्ज करवाना होता था। इसके बाद पढ़ाते-पढ़ाते पंडिज्जी अक्सर सो जाते और हम जंगल में रफूचक्कर।

मामी की बड़ीवाली लड़की ज्योति स्कूल में पढ़ती नहीं थी। वह हमारे साथ सिर्फ गोरू चराने आती थी और अक्सर हमारे ही साथ स्कूल में बैठी रहती। सत्रह-अट्ठारह साल की उम्र थी उसकी। शादी तय हो गई थी। हम लोग आस-पास के खेतों से चना-चबैना चुरा लेते और टीले पर बैठ कर आराम से खाते। गोमती के किनारे का बड़ा ही बंजर-सा इलाका था वह जहाँ आस-पास कोई नहीं आता था। बारह-तेरह साल की उम्र थी मेरी और उन दिनों भी मैं आज की तरह ही हरदम बेचैन और परेशान-सा रहा करता था। अक्सर टीलों के एकान्त में जा कर जोर-जोर से चीखता-चिल्लाता और रोता। माँ आस-पास नहीं थीं तब और मुझे माँ क़ी बहुत याद आती। मैं माँ की गोद में जा कर सो जाना चाहता था।

उस दिन भी मैं ऐसे ही बेचैन और परेशान था। स्कूल से भाग कर टीलों के एकान्त में रो रहा था। ज्योति ने मुझे अकेले में रोते हुए देख लिया था। वह मेरे पास आ गई थी और मुझे अपनी गोद में भर लिया था। मुझे नहीं पता था कि मैं क्यों रो रहा हूँ और शायद उसे भी नहीं पता था कि वह मुझे क्यों प्यार कर रही है।

उस दिन उसने मुझे बेतरह चूमा था। मैंने भी उसके तमाम खूबसूरत कुँवारे उभारों को प्यार से सहलाया था। वे उभार उसके लिए किसी फोड़े की तरह थे जिन पर मैंने अपने हाथों से मलहम लगाया था। मामी की सबसे छोटीवाली लड़की मीनू ने मुझे ऐसा करते हुए देख लिया था और तभी से उस पर भूत आने लगा था। हालाँकि उस बात को उसने किसी को नहीं बताया था, लेकिन उस दिन के बाद वह मेरे आस-पास ज्यादा रहने लगी थी। जब भी उस पर भूत आता तो वह बेतरह चीखने-चिल्लाने लगती। अपने कपड़े फाड़ देती और अपने शरीर के ताजा-ताजा उभारों को नोचने लगती।

एक दिन मैंने देखा कि घर की कच्ची भीत पर खड़िया से उसने अपने नाम के साथ मेरा नाम भी लिख रखा है। मैंने ही नहीं, गाँव के और भी बच्चों ने उसकी यह हरकत देखी थी और मुझे उसका नाम ले-ले कर चिढ़ाने लगे थे। हालाँकि ये भी बाद की बात है। उससे पहले एक दिन रात में मैं खा-पी कर नाना के साथ मचान पर सोने जा रहा था कि अँधेरे रास्ते में ही किसी भूतनी की तरह वह मुझे मिल गई। खुले बाल। वीभत्स चेहरा। मैं डर गया था और जब तक मैं चीखने-चिल्लाने की कोशिश करता, वह मुझ पर हावी हो चुकी थी। उसने मुझे बेतरह चूमा और अपने नुकीले दाँतों से मुझे जगह-जगह काट खाया। मैं संज्ञाशून्य था और बस हाथ-पैर पटक रहा था। उसने अपने शरीर के तमाम उभारों को मेरे शरीर पर रगड़ा और लगातार मुझे चूमती और काटती रही।

वह लगभग पागल हो गई थी और मैं पसीने से तरबतर। मेरी साँसे हँफनी की तरह चल रही थीं। कुछ डर से तो कुछ उत्तेजना से। जैसे ही उसकी पकड़ कुछ ढीली हुई, मैं तेजी से नाना के मचान की तरफ भागा। नाना ने मेरी हालत देखी तो चिन्तित हुए। उन्होंने मेरे माथे पर आए पसीने को अपने अँगोछे से पोंछा और मेरी हाँफती हुई साँसों को शान्त करने के लिए सिर पर हाथ फेर कर मुझे अपने सीने से लगा लिया। उन्होंने पूछा था कि आखिर क्या हुआ जो मैं इतना डर गया। उस दिन मैंने उनसे झूठ बोला था और उन्हें कुछ भी साफ-साफ नहीं बताया था। उनके बार-बार पूछने पर मैंने सिर्फ यही कहा था कि रास्ते में मैंने एक भूत देखा। नाना उस भूत की तफ्सील में जाना चाहते थे और उसका पूरा हुलिया पूछ रहे थे। वो भूत था कि चुड़ैल? उसने कैसे कपड़े पहने थे? उसके पैर किधर थे और दिखने में वह कैसा था?

मैंने नाना को कुछ भी नहीं बताया और उनके हर सवाल पर सिर्फ रो दिया। आखिरकार नाना अपने मचान पर मुझे अपनी गोद में ले कर सो गए और कहा कि अब चुपचाप सो जाओ। अब कोई भूत-प्रेत या चुड़ैल तुम्हारे पास नहीं आएँगे। और सचमुच उस रात वहाँ कोई नहीं आया। सपने में भी नहीं।

लेकिन उसके कुछ ही दिन बाद मामी की सबसे छोटीवाली लड़की मीनू पर भूत आया था और उससे भी पहले खुद मामी पर। दरअसल, मामी की सबसे

छोटीवाली लड़की मीनू ने स्कूल की खड़िया से अपने और मेरे बारे में जो कुछ लिखा था उसकी खबर मामी को भी लग गई थी। इस खबर से वे आगबबूला हो गई थीं। उन्होंने गुस्से में मुझे और मीनू को खूब पीटा था। मुझे कम और उसे ज्यादा। उसे तो इतना ज्यादा मारा था कि वह दसियों दिन तक हल्दी-दूध ही पीती रही।

रक्षाबन्धन पास ही था और मामी की योजना थी कि अपनी सभी लड़कियों से वे मेरे हाथ पर राखी बँधवाएँगी। राखी का दिन आया। मामी की बड़ीवाली लड़की ज्योति ने खुशी-खुशी मेरे हाथ पर राखी बाँधी। राखी बाँधते समय वह बड़े अजीब ढंग से मुस्कराई थी जिसका अर्थ मुझे कुछ दिन बाद समझ में आया। दरअसल, राखी बाँध कर भी वह मेरे साथ अपने अवैध सम्बन्धों को बनाए रख सकी थी और किसी को शक भी नहीं हुआ था। हम गोरू चराने जाते और टीले के पीछेवाली झाड़ियों में फिर-फिर वही खेल खेलते। लेकिन सबसे छोटीवाली मीनू ऐसा नहीं कर पाई। दरअसल, मेरी उसमें रुचि भी नहीं थी। खैर...मीनू ने मामी के सामने ही मुझे राखी बाँधने से साफ इनकार कर दिया था जिसकी ऐवज में उसने मामी के हाथों बहुत मार खाई, मगर उसने राखी नहीं बाँधी तो नहीं ही बाँधी।

इसके बाद उस पर और भी जल्दी-जल्दी भूत आने लगे।

जैसा कि मैंने पहले बताया कि मामी की बड़ीवाली लड़की ज्योति की उम्र उस समय 18-19 साल हो रही थी और उसी समय उसकी शादी सुल्तानपुर के एक निठल्ले वकील सीताराम पाठक के साथ कर दी गई थी जो सिर्फ कहने को ही वकील थे क्योंकि वे सुबह घर से पाँच रुपए ले कर कचहरी जाते और शाम को खाली हाथ लौट आते। उनकी वकालत खाक नहीं चलती थी और वे दिन भर कचहरी में चाय-नाश्ते के लिए मुर्गा फाँसते रहते और गप्प-गोष्ठी करके शाम को घर लौट आते। खैर...यह अजीब बात है कि इस शादी से मुझे बिल्कुल भी दुख नहीं हुआ था। मुझे सचमुच दुख तब हुआ जब मामी की सबसे छोटीवाली लड़की मीनू की शादी तय हुई जिसकी उम्र उस समय सोलह-सत्रह साल ही रही होगी। बीचवाली की शादी सबसे बाद में हुई और उस समय मेरी भी उम्र सोलह-सत्रह के आस-पास ही थी। जैसा कि मैंने बताया कि मामी की सबसे छोटीवाली लड़की मीनू की शादी सोलह-सत्रह साल की उम्र में ही हो गई थी और जब उसकी शादी हुई तो मैं वहाँ नहीं था इसलिए अपनी शादी पर उसकी क्या प्रतिक्रिया थी, मैं नहीं जानता। लेकिन बाद में जो हुआ वह सचमुच दहशतनाक था। दरअसल, लाख कोशिशों के बाद भी भूतों ने नाना का घर नहीं छोड़ा था। मामी की सबसे छोटीवाली लड़की मीनू की शादी जिस घर में हुई थी, वह खासा लालची परिवार था। शादी को छह महीने भी नहीं बीते कि दहेज की माँग शुरू हो गई और लड़की के साथ मार-पीट होने लगी। लड़की लड़ाका भी थी और उस पर गाहे-बगाहे भूत भी आते थे। ये तो बहुत बाद में मुझे पता चला कि उसका पति दरअसल नपुंसक था और इसी कारण वह बहुत

परेशान भी रहा करती थी। साल-छह महीना बीतते-न-बीतते वह ससुराल से हाथ-पैर तुड़वा कर मायके लौट आई फिर कभी न जाने के लिए। इसका ठीकरा भी नाना के भूतों के सिर ही फोड़ा गया। मैं तब वहाँ नहीं था, हाँ, इतना जरूर मालूम हुआ कि उसी समय नाना का चेला चेलाराम ग्राम प्रधानी का चुनाव लड़ रहा था। चेलाराम का मेरी इस तथाकथित प्रेम कहानी से क्या सम्बन्ध है, कह नहीं सकता, लेकिन चेलाराम का किस्सा भी है मजेदार। चेलाराम दलित समाज से आता था और नाना की चेलाई करता था। उसका असली नाम क्या था, किसी को नहीं मालूम। चूँकि वह नाना का चेला था इसलिए लोग उसे चेलाराम ही कहते और इस तरह उसका नाम ही चेलाराम पड़ गया। वह नाना के भूतों की देखभाल करता और नाना से उन्हें साधने के गुर सीखता। वह बचपन में ही नाना के पास आ गया था और एक तरह से नाना ने ही उसे पाला-पोसा था। जिस समय मामी की सबसे छोटीवाली लड़की की आत्महत्या की खबर आई, उस समय गाँव में प्रधानी के चुनाव होनेवाले थे और गाँव के कुछ उजबक किस्म के लोगों ने चेलाराम को चुनाव में लड़ा दिया था। यह वही समय था जब गाँव के दलित भी थोड़ा-थोड़ा दबंग होने लगे थे और अपने अधिकारों के लिए सजग रहने लगे थे। अनपढ़ चेलाराम को ग्राम प्रधानी से क्या लेना-देना, यह सूचना ही मेरे लिए चौंकानेवाली थी। इससे पहले ग्राम प्रधानी का पद गाँव के सबसे दबंग और इज्जतदार काश्तकार ठाकुर उदयभानु सिंह के परिवार के पास ही पीढ़ी-दर-पीढ़ी चला आ रहा था। लेकिन अब स्थितियाँ बदल चुकी थीं। ग्राम प्रधानी की सीट दलितों के लिए आरक्षित हो चुकी थी और लोगों ने मजाक-मजाक में उस पद के लिए चेलाराम को मैदान में उतार दिया था। संयोग ऐसा रहा कि चुनाव के कुछ ही दिन पहले दलितों के घरों में आग लगी थी और एक साथ दसियों घर जल कर खाक हो गए थे। इस घटना के लिए लोगों ने ठाकुर उदयभानु सिंह के परिवार वालों को जिम्मेवार ठहराया। अब सच तो भगवान ही जाने, लेकिन परिणाम यह रहा कि ठाकुर उदयभानु सिंह का आदमी इस चुनाव में हार गया और चेलाराम ने बाजी मार ली।

चुनाव से कुछ ही दिन पहले चेलाराम नाना के पास आया था और उनसे वोट और आशीर्वाद माँगा था। चेलाराम चूँकि नाना का चेला रह चुका था इसलिए उन्होंने उसे आशीर्वाद तो दिया लेकिन उसे वोट देने से साफ इनकार कर दिया था।

पता नहीं क्यों, लेकिन उनका मानना था कि चेलाराम इस चुनाव में धूर्तविद्या का इस्तेमाल कर रहा है। ठाकुर उदयभानु सिंह नाना के जजमान थे और नाना उनके खिलाफ जा नहीं सकते थे। इसलिए चेलाराम और उसके लोगों ने गाँव में यह अफवाह फैलाई कि दलितों के घरों में आग ठाकुर उदयभानु सिंह की तरफ से नाना के भूतों ने लगाई है और चूँकि चेलाराम नाना का चेला था और उनके भूतों के बारे में सब कुछ जानता था इसलिए उसने इस अफवाह की पुष्टि भी कर दी। दावा किया

गया कि नाना के इन बदमाश भूतों से सिर्फ चेलाराम ही निपट सकता है इसलिए सबने मिल कर उसी को वोट किया।

बताते हैं कि चुनाव से ठीक पहले चेलाराम ने इस सिलसिले में कोई गुप्त अनुष्ठान भी किया था।

भूत अब सवर्णों के पाले से दलितों के पाले में चले गए थे और चेलाराम चुनाव जीत गया था। इसके कुछ ही दिन बाद नाना की मृत्यु हो गई और माना गया कि चेलाराम का अनुष्ठान सफल रहा। यह सोच कर आज भी आश्चर्य होता है कि एक जमाने का पगला चेलाराम कैसे अपनी धूर्तविद्या में माहिर होता गया और एक-एक कर सफलता की सीढ़ियाँ चढ़ता गया। बाद के दिनों में उसकी सफलता और कारनामों की कहानी तो और भी रोमांचक है।

यह चेलाराम के विधायकी का चुनाव लड़ने और जीतने से पहले का किस्सा है। देशभर में रामलहर आई हुई थी और जगह-जगह से कारसेवकों का जत्था बाबरी मस्जिद को गिराने और राममन्दिर को बनाने अयोध्या की ओर कूच कर रहा था। मामी की सबसे छोटीवाली लड़की मीनू पर इन दिनों भूतों का आना भी बढ़ गया था जिसका इलाज अब सिर्फ चेलाराम के पास था। चेलाराम चूँकि नाना का चेला था और एक तरह से घर का आदमी था इसलिए बेर-कुबेर कभी भी उसका घर में आना-जाना लगा रहता। इन्हीं दिनों मीनू के साथ उसकी निकटता भी बढ़ी थी। उधर राममन्दिर आन्दोलन जोर पकड़ रहा था, इधर मीनू पर आनेवाले भूतों की आक्रामकता भी कम हो रही थी। लग रहा था कि घर में अब सुख-चैन आने ही वाला है। नाना की मौत के बाद चेलाराम पर मामी की निर्भरता भी बढ़ गई थी। हालाँकि खेती-बारी के तमाम काम तो मामी के बड़े दामाद सीताराम पाठक ही करवाया करते थे, मगर गाँव में चूँकि वे हमेशा रह नहीं सकते थे इसलिए वो सारी जिम्मेदारी भी चेलाराम के ऊपर ही आ गई थी।

घर में मीनू और चेलाराम की नजदीकियाँ इतनी बढ़ गई थीं कि गाँव में उन्हें ले कर अब कानाफूसी भी शुरू हो गई थी। लेकिन चेलाराम का चूँकि दबदबा था इसलिए खुल कर कोई उनके बारे में बोल नहीं पाता था। मामी ने भी एक तरह से आँख-कान बन्द कर लिए थे—जाने किस लालच या स्वार्थ में।

सब कुछ ऐसे ही चल रहा था कि एक दिन घर में भूचाल आ गया। मामी सुबह-सुबह उठीं तो पाया कि घर में मीनू नहीं है। सोचा कि दिशा-फरागत को गई होगी, सो चुप मार कर बैठी रहीं। लेकिन जब काफी देर हो गई तो चिन्ता हुई। सोचा कि कुएँ पर नहाने गई होगी, लेकिन जब वहाँ जाने पर भी नहीं मिली तो परेशान हो गईं। फिर सोचा कि शायद नहा कर पूजा के लिए मन्दिर गई हो, लेकिन मीनू थी कि मन्दिर पर भी नहीं मिली। अब मामी को रोना आने लगा था। उन्होंने पूरा गाँव, खेत-खलिहान खोज मारा, लेकिन मीनू फिर भी नहीं मिली। गाँव में मीनू की

जितनी भी सखी-सहेलियाँ थीं किसी को भी मीनू के बारे में कोई खबर नहीं थी। मामी का माथा ठनका। घर आ कर नाना की तिजोरी और अपना बक्सा खँगाला। पाया कि घर से तीन हजार रुपए और कुछ गहने, कपड़े-लत्ते गायब हैं। साफ था कि मीनू घर से भाग गई थी।

मामी अब असहाय हो गई थीं और धाड़े मार-मार कर रो रही थीं। लड़की नाक कटा कर घर से भाग गई है, इस बात की खबर दोपहर होते-होते पूरे गाँव में फैल गई थी। इस समय तक मामी के मुँह में पानी की बूँद तक नहीं गई थी और वे बेहाल थीं।

मामी बार-बार एक ही बात कहतीं कि चेलवा को बुलाओ, लेकिन चेलाराम का कहीं अता-पता नहीं था। गाँव के ही किसी आदमी ने सुल्तानपुर जा कर मामी के बड़ेवाले दामाद सीताराम पाठक को मीनू के गायब होने की खबर दी थी और शाम होते-होते वे भी गाँव आ गए थे।

पाठक जी ने अपने स्तर पर आस-पास के गाँव में मीनू और चेलाराम की खोज-खबर की, लेकिन कहीं कुछ पता नहीं चला। अगले दिन एक इक्केवाले ने बताया कि एक दिन पहले उसने सुबह भर अँधियारे चेलाराम को एक लड़की के साथ कादीपुर की तरफ जाते देखा था। वह चेलाराम को नहीं जानता था। सिर्फ उसका हुलिया जानता था और उसकी गतिविधियाँ उसे संदिग्ध लगी थीं। अब पाठक जी को पक्का यकीन हो गया कि हो न हो मीनू को चेलाराम ने ही अगवा किया है।

पाठक जी ने इसकी रपट कादीपुर जा कर पुलिस थाने में लिखवाई। लेकिन पुलिस चेलाराम को प्रधान जी के रूप में जानती थी और उसे यकीन नहीं हो रहा था कि इस काम में प्रधान जी का भी कोई हाथ हो सकता है। शुरू में दो-चार दिन तक तो पुलिस ने कोई कार्रवाई ही नहीं की और मामले को लगातार टालती रही। लेकिन चार दिन बाद जब पाठक जी पुलिस के बड़े अफसरों के पास फरियाद ले कर गए और थाने पर लगभग धरना ही दे दिया तो पुलिस थोड़ा हरकत में आई। हालाँकि प्रधान जी के खिलाफ तब भी कोई मामला दर्ज नहीं किया गया। हुआ सिर्फ यह कि गाँव से चेलाराम के दो-तीन दलित साथी उठा लिए गए जो मीनू के गायब होने की रात चेलाराम के साथ मटरगश्ती कर रहे थे।

उनसे भी मीनू के बारे में कोई खास जानकारी नहीं मिली। सिर्फ इतना पता चला कि कि प्रधान जी 'राम-काज' से लखनऊ गए हैं, वहाँ से वे कारसेवकों का जत्था ले कर 'अजुध्या जी' जाएँगे।

प्रधान जी लखनऊ तो गए थे लेकिन 'राम-काज' से नहीं।

चार महीने बाद जब सीताराम पाठक के निजी प्रयासों से मीनू फैजाबाद के एक किराए के घर से बरामद की गई और उसने जो बयान दिया उसके अनुसार पहले चेलाराम उसे ले कर शुरू के दो-चार दिन सुल्तानपुर के ही एक घर में रुका था।

चेलाराम ने उससे शादी करने का वादा किया था इसलिए वह उसके साथ रुपए और जेवर ले कर भागी थी। सुल्तानपुर में चेलाराम को उसके दो-तीन साथी और मिल गए थे। सबने मिल कर उसके साथ चार दिन तक बलात्कार किया और फिर उसे ले कर लखनऊ चले आए। लखनऊ में उनकी मुलाकात एक बड़े नेता से हुई जो उन दिनों परम रामभक्त और हिन्दुत्व के फायर ब्रांड नेता माने जाते थे। नेताजी भी उसी पिछड़ी जाति से सम्बन्धित थे जिससे चेलाराम। नेताजी चेलाराम की राम-भक्ति से बहुत प्रसन्न थे और उन्होंने मीनू को अपनी सेवा में रख लिया था। मीनू को लखनऊ के ही एक पॉश इलाके में नजरबन्द रखा गया और दिनभर राम-काज से थके-हारे नेताजी लगभग रोज ही शाम को अपनी थकान उतारने उसके पास आने लगे। इस बीच मीनू को और भी कई नेताओं की सेवा में भेजा गया। मीनू इन सबके सामने खूब रोई-गिड़गिड़ाई और खुद को चेलाराम के चंगुल से छुड़ा कर घर भिजवाने की गुहार लगाई, लेकिन किसी ने उसकी बात पर ध्यान नहीं दिया।

हालाँकि ये सारी बातें बाद में मीनू के दिए बयान पर आधारित हैं (जो सीताराम पाठक ने चेलाराम के खिलाफ बाकायदा एक प्रेस कॉन्फ्रेंस करके कही थीं) इसलिए इनमें कितनी सच्चाई है, कहना मुश्किल है। बहरहाल, चेलाराम इस बीच 'राम-काज' में लगा रहा और महीने भर बाद मीनू को ले कर फैजाबाद चला आया। फैजाबाद में भी उसे एक किराए के मकान में नजरबन्द रखा गया।

इधर सीताराम पाठक के प्रयासों से पुलिस पर भी दबाव बढ़ने लगा और पुलिस ने प्रधान चेलाराम को फरार घोषित कर दिया।

अयोध्या में बाबरी मस्जिद टूट गई थी और पूरे देश में खून की होली खेली जा रही थी।

फैजाबाद में मीनू की देख-रेख के लिए एक महाराजिन थी जो हिन्दू हृदय सम्राट नेताजी की खास थी और उसका मुख्य काम यही था कि कैसे भी चिड़िया हाथ से नहीं जानी चाहिए। पता नहीं नेताजी के दिमाग में क्या चल रहा था, लेकिन इतना पक्का था कि मीनू उनके लिए बहुत काम की होनेवाली थी। खैर...दो महीने बाद चेलाराम की गाँव वापसी हुई और पुलिस ने उसे तुरन्त गिरफ्तार कर लिया। पूछताछ में उसने बताया कि इस बीच वह कारसेवा के काम से दिल्ली, लखनऊ और अयोध्या में रहा और मीनू की उसे कोई जानकारी नहीं। परम रामभक्त और हिन्दुत्व के फायरब्रांड नेताजी ने भी उसकी बात की तस्दीक की और उनके प्रयासों से शीघ्र चेलाराम की जमानत भी हो गई। इलाके में चेलाराम की नेतागीरी अब चमक गई थी और इस बीच वह हिन्दुत्व का एक चमकता हुआ सितारा बन कर उभरा था। मीनू कांड को उसने राम विरोधियों का षड्यंत्र करार दिया और इसके लिए सीताराम पाठक को दोषी बताते हुए उसे विरोधी पार्टियों का एजेंट बताया। हालाँकि मीनू का अब तक कुछ पता नहीं था। उसे गायब हुए अब तक चार महीने

बीत चुके थे। नाना के घर से भी चेलाराम के सम्बन्ध अब पूरी तरह टूट चुके थे और उसके रहन–सहन में भी इधर भारी बदलाव आ चुका था। झक्क सफेद कुर्ता–पाजामा, रामनामी दुपट्टा ओढ़े, माथे पर लम्बा लाल टीका लगाए उसका ज्यादातर समय अब लखनऊ, सुल्तानपुर और कादीपुर में ही बीतता था। इस बीच जाने कहाँ से उसके पास एक अंबेसडर कार भी आ गई थी जिससे इलाके में उसका रुतबा और भी बढ़ गया था। बीडीओ, डीएम, एसडीएम जैसे अफसरों से रब्त–जब्त भी। पैसों की भी कोई कमी नहीं थी। लोग अपने तमाम तरह की कामों के फेहरिश्त लिए उसके आगे–पीछे घूमने लगे। और सचमुच वह उनके कुछ काम कराता भी था। हालाँकि अपनी प्रधानी के दौर में उसने कई बड़े घोटाले किए थे। डेयरी चलाने के नाम पर भैसों के लिए उसने फर्जी लोन लिए। भैंसें सिर्फ कागजों पर ही खरीदी गईं और कुछ समय बाद कागजों पर ही किसी अदृश्य रहस्यमय बीमारी से मर भी गईं। लोन का सारा पैसा पर्यवेक्षक और दूसरे अधिकारियों की मिलीभगत से चेलाराम की जेब में। खैर...अब चेलाराम जमानत पर थे और उनकी नेतीगीरी चमक गई थी। मीनू का कुछ पता नहीं था, हालाँकि उसकी तलाश में सीताराम पाठक ने अपने सारे घोड़े दौड़ा रखे थे। उन्होंने अखबारों में भी मीनू की गुमशुदगी की खबर मय फोटो के छपवाई थी। इसका नतीजा यह हुआ कि उनके एक रिश्तेदार ने फैजाबाद से उन्हें खबर दी कि मीनू से मिलती–जुलती एक लड़की को उन्होंने यहाँ एक घर की छत पर देखा है। पाठकजी ने फौरन इसकी इत्तला पुलिस को दी। शुरू की कुछ टालमटोल और बाद में बड़े अफसरों के दबाव में आखिरकार पुलिस ने फैजाबाद के उस घर पर छापा मारा और मीनू को बरामद कर लिया।

इसी के बाद सीताराम पाठक ने प्रेस कांफ्रेंस करके मीनू का बयान दिलवाया जिसमें चेलाराम द्वारा उसके अपहरण और उस महान रामभक्त और हिन्दू हृदय सम्राट नेताजी द्वारा उसके बलात्कार की बात कही गई थी।

मीनू के इस बयान के बाद राजनीतिक जमात में हलचल मच गई। विरोधी पार्टियाँ सक्रिय हुईं और नेताजी के खिलाफ मुकदमा दर्ज हुआ। मुकदमा तो दर्ज हो गया, लेकिन नेताजी ने यह कह कर मामले से पल्ला झाड़ लिया कि यह रामभक्तों को बदनाम करने की साजिश है और सीताराम पाठक विपक्षी पार्टी का एजेंट है। खैर...मुकदमा चलता रहा लेकिन नतीजा कुछ नहीं निकला। मीनू का अब घर और गाँव में रहना और भी मुहाल हो गया था। आखिरकार सीताराम पाठक उसे अपने साथ सुल्तानपुर ले गए जहाँ छह महीने बाद उसने आत्महत्या कर ली और नाना के भूतों की मंडली में शामिल हो गई।

कहनेवाले तो यह भी कहते हैं कि सीताराम पाठक ने भी उसके साथ कम अत्याचार नहीं किए। सुल्तानपुर में वह एक तरह से सीताराम पाठक की मुफ्त की घरेलू नौकर और रखैल बन कर रही जिसके साथ रोज ही बलात्कार किया जाता था।

अब सच क्या है—यह तो भगवान ही जानता है।

इसके बाद की घटनाएँ कई वर्षों के दरमियान बड़ी तेजी से घटीं। मीनू कांड के कुछ ही महीनों बाद प्रदेश में विधानसभा चुनाव हुए जिसमें चेलाराम को विधानसभा का टिकट मिल गया और वह 'रामभरोसे' विधायक भी चुन लिया गया। यही नहीं, जाने क्या गुंताड़ा बैठा कि वह तत्कालीन राज्य सरकार में मंत्री पद भी पा गया। वे परम रामभक्त और हिन्दू हृदय सम्राट नेताजी जिन पर मीनू के अपहरण और बलात्कार का आरोप लगा था, को बाद में पार्टी की केन्द्रीय कार्यकारिणी में राष्ट्रीय उपाध्यक्ष बना दिया गया। यह अलग बात है कि बाद के दिनों में नेताजी और उनकी पार्टी राम का नाम ही भूल गई। राम के नाम में तो खैर चेलाराम की भी ज्यादा दिन तक समाई नहीं रही। शीघ्र ही प्रदेश की राजनीतिक स्थितियाँ बदलीं और चेलाराम ने तत्कालीन सत्ताधारी दलित-बहुजनवादी पार्टी का दामन थाम लिया जिसके टिकट पर आजकल वे दिल्ली में सांसद हैं।

इस बीच सीताराम पाठक भी ब्लॉक प्रमुख का चुनाव लड़े और जीते। आजकल वे उसी पार्टी की तरफ से विधानसभा में जाने की तैयारी में हैं जिसके नेता पर उन्होंने मीनू के अपहरण और बलात्कार का आरोप मढ़ा था।

हाँ, बीस साल हो गए लेकिन मीनू बलात्कार कांड का मुकदमा अब भी अदालतों में उलझा पड़ा है और उसका कोई नतीजा नहीं निकला। शायद कभी निकले भी नहीं।

बीस साल लम्बा अरसा होता है। लगता है जैसे एक पूरा युग बीत गया। इस बीच पूरी एक पीढ़ी जवान हो गई। मामी बूढ़ी और लगभग अन्धी हो गईं। सीताराम पाठक के बच्चे लखनऊ और दिल्ली में पढ़ने लगे। हाथ-हाथ में मोबाइल और घर-घर में कम्प्यूटर और इंटरनेट आ गया। महानगरों में तो अब पड़ोसियों तक से बात फेसबुक और इंटरनेट के जरिए ही होती है। भोजन से ले कर सुलभ शौचालय तक की सारी सूचनाएँ अब हमारी मुट्ठी के मोबाइल में समा गई हैं।

लगता है कि नाना के भूतों ने भी गाँव-जवार के अपने डेरे छोड़ कर इंटरनेट को अपना आशियाना बना लिया है। इस बात का प्रमाण मुझे तब मिला जब भूत डॉट कॉम की तरफ से हाल ही में मुझे एक ई-मेल मिला। जिसमें लिखा था कि आजादी के आन्दोलन के समय 1946-47 के आसपास देश के पूर्वी हिस्से से कुछ भूत छोड़े गए थे जो अब पूरे देश में फैल गए हैं। उन्होंने ही इराक पर हमला करवाया, अफगानिस्तान को नेस्तनाबूत किया, पाकिस्तान और भारत को रेहन पर रख लिया है। हाँ, उन भूतों के कुछ नुमाइंदे आज भी संसद भवन के गलियारे में घूमते नजर आते हैं और गांधी प्रतिमा को नमस्कार करते हैं।

# कहीं कुछ नहीं

'जीवन की घोषणा के लिए आख्यान चाहिए और आख्यान के लिए पूरा एक जीवन।' कौन जाने यह उक्ति किसने कही, लेकिन सुनी मैंने कुमार साहब के मुँह से ही थी और वह भी एक खास सन्दर्भ में। दरअसल, कुमार साहब मुझसे अपनी जीवनी लिखवाना चाह रहे थे और यह उक्ति उन्होंने मुझसे उसी सन्दर्भ में कही थी। अब आप पूछेंगे कि ये कुमार साहब कौन हैं और मुझी से अपनी जीवनी क्यों लिखवाना चाह रहे थे और फिर जीवनी लिखवाना ही क्यों चाह रहे थे ? क्या वे कोई महानायक हैं या बिजनेस टाइकून या फिर कोई माफिया डॉन ? आजकल तो लोग ऐसों की ही जीवनियाँ पढ़ते हैं। गांधी, नेहरू, हिटलर, बुश या ओबामा होते तो भी बात कुछ समझ में आती। ऐसों की जीवनियाँ न कहीं सही, बच्चों के पाठ्यक्रम में ही लग जाती हैं बतौर नैतिक शिक्षा। वैसे आजकल नैतिक ही नहीं, अनैतिक शिक्षा के लिए भी जीवनियाँ लिखी जाने लगी हैं। कारण वही मार्केट फैक्टर यानी मार्केट में अगर आपकी कुछ औकात है (भले चोर, डकैत, दलाल, रंडीबाज, घूसखोर, बलात्कारी या स्त्री-पुरुष कैसी भी वेश्या की ही क्यों न हो) तब आप कुछ भी लिखिए, बिकेगा। शर्त बस इतनी है कि अपने धन्धे के आप मास्टर हों और बेशर्मी से कह सकें कि गन्दा है पर धन्धा है। मगर हमारे कुमार साहब का धन्धा उतना भी गन्दा नहीं। उतना क्या, बिल्कुल भी गन्दा नहीं। उसे गन्दा भी बनाया तो कुछ धन्धेबाजों ने ही जिसमें जाने-अनजाने कुमार साहब की भी कुछ भूमिका हो तो कह नहीं सकता (हालाँकि एक बार कुमार साहब भी भ्रष्टाचार के आरोप में सस्पेंड हुए हैं और बाद में साक्ष्य के अभाव में बाइज्जत बरी भी हो गए)।

शायद मार्च-अप्रैल का महीना रहा होगा। शाम के वक्त मैं अपना वक्त काटने उनके पास पहुँच गया। इधर-उधर की बातें करने के बाद अचानक वे कहने लगे कि—"भाई, मैं भी चाहता हूँ कि कोई मेरी जीवनी लिखे। पता नहीं क्यों इस उम्र में आकर अब यह इच्छा होने लगी है। कई बार बहुत बेचैन हो जाता हूँ और उन घटनाओं, दुघर्टनाओं से मुक्ति चाहता हूँ जो मेरे जीवन में घटीं। सोचता हूँ कि अगर वे न घटी होतीं तो मेरा जीवन कैसा होता ? घटनाहीन जीवन

की कल्पना रोमांचित कर जाती है कभी-कभी...चाहता हूँ कि फिर से उस जीवन को जिऊँ जो मैंने जिया।''

—''तो आप खुद क्यों नहीं लिखते अपनी आत्मकथा या जीवनी?'' मैंने पूछा।

—''नहीं लिख पाऊँगा...'' मुझे एकटक देखते हुए उन्होंने कहा था। ''शायद कोई भी आदमी अपने बारे में सच नहीं लिख पाता। इसलिए चाहता हूँ कि तुम लिखो। तुम लिख सकते हो। लेकिन मेरी एक शर्त है।''

—''क्या?''

—''कुछ खास नहीं...बस यही कि इसे मेरे जीवनकाल में मत छपाना। दरअसल अपना सच मैं देख नहीं पाऊँगा। अब इतने सालों से अपना झूठ देखने की आदत पड़ गई है...खुश हूँ उसी में...।''

—''फिर आप यह सब लिखाना ही क्यों चाहते हैं?''

—''इसलिए कि जब तक सच दर्ज न हो जाए...कोई दूसरा जान न ले उसे, मेरा झूठ निष्पाप नहीं हो सकता। यकीन करो मैं यह सब अपने जाने-अनजाने पापों की मुक्ति के लिए करना चाहता हूँ।''

उस दिन बात यहीं खत्म हो गई थी। मैंने सोचने का समय लिया और चला आया। मुझे अच्छा नहीं लग रहा था यह सब। चाहता था कि उन्हें मना कर दूँ। मेरे स्वाभिमानी मन को यह मंजूर नहीं हो रहा था कि मैं एक भाड़े के लेखक की तरह आत्मरति के शिकार एक बूढ़े की जीवनी लिखूँ। फिर भी, कुमार साहब के बहुत आग्रह के बाद आखिर उनकी जीवनी लिखने का ठेका मैंने ले ही लिया। लेकिन अब मुश्किल दूसरी थी और वह यह कि कुमार साहब ने जीवनी लिखने की शर्त यह रख दी कि मैं जो कुछ भी लिखूँ सच लिखूँ और सच वे बताएँगे नहीं। अब भला बताइए कि ये भी कोई बात हुई। हुआ कि नहीं अच्छे-भले लेखक का शोषण। वैसे लेखकों के शोषण पर हमने भी कई बार जोरदार भाषण दिए हैं और धाँसू नारे लगाए हैं। लेकिन वो सब अपनी जगह और सारी क्रान्तिकारिता के बावजूद धन्धा अपनी जगह। अब इसे हिन्दी के मध्यवर्गीय लेखक का दुचित्तापन कहें तो कहें। वैसे कहेंगे भी तो बहुत गलत नहीं कहेंगे।

खैर छोड़िए, अपनी मूल बात पर आते हैं और वह यह कि आखिर कुमार साहब हैं क्या? तो हुजूर, वैसे तो कुमार साहब कुछ नहीं हैं और सरकारी भाषा में कहें तो इस देश के एक आम आदमी हैं। आम हैं शायद इसीलिए हमेशा खास बनने की फिराक में रहते हैं। हमें तो लगता है कि अपनी जीवनी लिखाने का ख्याल भी उन्हें इसीलिए आया। अब जो हो, कुमार साहब के बारे में मोटा-मोटी सूचना ये हैं कि शुरुआती कुछ सालों को छोड़ दें तो कुमार साहब सारा जीवन अध्यापक रहे और बुढ़ौती में प्रधानाध्यापक होकर रिटायर हुए। कविता करने का शौक उन्हें शुरू से रहा, लेकिन रिटायरमेंट के बाद अब यह एक स्थायी रोग बन चुका था। समझ

में न आनेवाली उनकी कविताओं से उनके घर के लोग ही नहीं आसपास के मित्र और रिश्तेदार तक आजिज आ चुके थे। हालाँकि कविता के इस नए रोग की भी अपनी एक कहानी है और वह कहानी है बुढ़ौती के इश्क की जिसे इधर अमिताभ बच्चन की 'नि:शब्द' और 'चीनी कम' जैसी फिल्मों ने और भी परवान चढ़ा दिया है। जैसे कुमार साहब कहते हैं कि प्रेम की कोई उम्र नहीं होती और आदमी कभी बूढ़ा नहीं होता। कुमार साहब एकाध बार अपने बेटे के साथ अमेरिका और यूरोप की यात्रा भी कर आए हैं सो वहाँ के बूढ़ों की जीवनशैली से भी कुछ-कुछ वाकिफ हो गए हैं और उनके इश्क के किस्सों से भी। दरअसल, उनका छोटा बेटा अमेरिका में एक एनजीओ में काम करता है। उसी से मिलने वे एक बार अमेरिका गए थे और जब वहाँ से लौटे तो उनके रंग-ढंग ही बदल गए। सुबह की सैर में अब कुरते-पाजामे की जगह वे बरमूडा और टीशर्ट पहनने लगे हैं और छड़ी की जगह अब उनके हाथ में हमेशा सेलफोन रहने लगा है। बहरहाल...हमें क्या—हम उनकी जीवनी के प्राक्कथन की ओर चलते हैं।

## 2

कुमार साहब का जन्म उत्तर प्रदेश के मैनपुरी जिले के एक पिछड़े हुए गाँव में हुआ था। जिस समय कुमार साहब का जन्म हुआ, उस समय गोलमेज कान्फ्रेंस चल रही थी और भगत सिंह को फाँसी दिए जाने का निर्णय लिया जानेवाला था। अपने जन्म का समय तो कुमार साहब को ठीक-ठीक याद नहीं, लेकिन समय के बारे में वे इसी तरह की बातें करते हैं जैसे उस समय जनसंघ का जन्म नहीं हुआ था या अम्बेडकर और गांधी में झगड़ा चल रहा था और होमरूल की माँग जोर-शोर से उठ रही थी। बहरहाल, उनके जन्म का किस्सा थोड़ा विचित्र तो है, लेकिन उनके अनुसार सत्य है।

हुआ यह कि कुमार साहब अपने समय से पहले पैदा हुए थे यानी सात माह में, लेकिन जन्म के समय वे अपनी माँ के गर्भ से निकलने का नाम ही नहीं ले रहे थे। एक तो वे उल्टे पैदा हुए थे। (कुमार साहब के अनुसार गांधी जी भी उल्टे पैदा हुए थे) और दूसरा त्रिशंकु की तरह उनके अधर में लटके रहने की स्थिति ने और भी विचित्र हालात बना दिए थे। करीब आधे पौने घंटे तक कुमार साहब की वही स्थिति रही मानो ईश्वर ने उन्हें जबरन इस मर्त्यलोक में धकेल दिया हो और वे ईश्वर के इस अन्याय को लेकर सविनय अवज्ञा कर रहे हों। इधर उनकी माँ की हालत पल प्रतिपल खराब होती जा रही थी। दर्द का रेला रह-रहकर उठता और वे बार-बार बेहोश हो जातीं। किसी की कुछ समझ में नहीं आ रहा था। चिकित्सा विज्ञान में इसे क्या कहेंगे—मालूम नहीं, लेकिन आधे पौन घंटे तक कुमार साहब ट्रैफिक जाम की

स्थिति में फँसे रहे। उधर माँ छटपटा रही थीं, इधर बेटा। माँ जब अचेत होकर गहन विश्रांति में चली गईं तभी कुमार साहब बाहर आए और वो भी ऐसे जैसे कोई गहन समाधि से बाहर आता हो।

कुमार साहब अपनी माँ के उस जीवट के प्रति आज भी कृतज्ञ हो जाते हैं और कहते हैं कि ऐसी स्थिति में कोई सामान्य स्त्री होती तो शायद जीवित भी न रह पाती, लेकिन दर्द सहने की यह अद्‌भुत क्षमता उन्हें ईश्वर की विशेष अनुकम्पा से मिली थी। माँ पहले भी सात बच्चों को जन्म दे चुकी थीं जिसमें चार मर गए थे, कुमार साहब पाँचवें थे। कुमार साहब के अनुसार उनके जन्म तक माँ की उर्वरा कोख पूरी तरह जीर्ण-शीर्ण हो चुकी थी। मजबूरन मुझे उसी में जन्म लेना पड़ा। यहाँ मैं 'मजबूरन' शब्द को अंडरलाइन करते हुए आगे बढ़ता हूँ और पाठकों के लिए एक सम्भावना छोड़ता हूँ कि अगर कुमार साहब को किसी साफ-सुथरी माँ की कोख नसीब हुई होती तो क्या होता? खैर, सारी दिक्कत इसी कोख से शुरू होती है। साढ़े सात माह बाद जब हुलसते हुए कुमार साहब बाहर आए तो पूरी तरह बाहर नहीं आ सके थे। कुमार साहब आजीवन इस तथ्य को नहीं भूल पाए कि वे समय से पहले पैदा हुए इनसान हैं। यही कारण है कि वे किसी भी क्षण से पूरी तरह बाहर नहीं आ पाते, न उसमें पूरी तरह घुस पाते हैं। उन्हें लगता है कि यह समय उनके लिए अजनबी है और वे समय के लिए। पिछले कुछ समय से उनका यह अहसास और भी घना हो गया था। एक जिद की तरह वे जब भी समय को पकड़ने की कोशिश करते समय उनके हाथ से छूटता हुआ-सा लगता और सारे सूत्र बिखर जाते। उन्होंने कई बार यह बात मुझसे कही कि मेरे पिछले सत्तर वर्ष यों ही जाया हो गए। अब मैं फिर माँ की कोख से अपनी शुरुआत करना चाहता हूँ। लेकिन कैसे करूँ समझ नहीं आता।

इसे संयोग ही कहिए कि कुमार साहब के जन्म के समय ही उनके जिगरी दोस्त राम प्रताप चौधरी ने भी जन्म लिया था। राम प्रताप अपने समय से दुनिया में आए थे और उनके लिए ट्रैफिक जाम जैसी कोई समस्या नहीं थी। राम प्रताप के जन्म की कथा कुमार साहब की डायरी में कुछ अलग तरह से मिलती है। कुमार साहब का मानना है कि राम प्रताप हराम की औलाद थे। इलाके में उनकी बड़ी हवेली थी। दसियों दास-दासियाँ। जमींदारी इतनी थी कि उसकी आय का कोई हिसाब नहीं था। राम की माँ ने ताउम्र घूँघट के बाहर की दुनिया नहीं देखी थी। उस दौर के जमींदारों की बहुओं की तरह राम की माँ ने भी हवेली की चहारदीवारी के भीतर ही सपने देखते, हँसते-गाते अपनी जिन्दगी काट दी। न उनका चेहरा कभी किसी ने देखा, न आवाज सुनी। इतना जरूर था कि हवेली के भीतर से रात अँधेरे कभी-कभी भयावह चीखें और रोने की आवाजें आती थीं जिसे लोग सुनते हुए भी अनसुना कर देते थे।

राम के पिता बिगड़ैल साँड़ की तरह यहाँ-वहाँ मुँह मारा करते थे और दादा हवेली के बाहर मसनद लगाए हुक्का गुड़गुड़ाते रहते। घर में दसियों औरतें थीं। राम की बुआ भी यहीं रहती थीं और बहनें भी। राम के पिता विश्वेश्वर दयाल चौधरी और दादा अक्षेश्वर प्रताप चौधरी का जो चरित्र कुमार साहब ने अपनी डायरी में लिखा है—वह प्रोटोटाइप है और बहुत विश्वसनीय नहीं है। हो सकता है कि कुमार साहब ने जमींदारों के किस्से-कहानियाँ पढ़कर उनकी इमेज को इन लोगों पर आरोपित कर दिया हो। लेकिन हम कुमार साहब की बात काटने की स्थिति में इसलिए नहीं हैं क्योंकि हमारे पास और कोई विकल्प नहीं है। फिर कुमार साहब के जीवन के शुरुआती दस-पाँच साल इसी हवेली में बीते थे। दरअसल कुमार साहब और राम प्रताप के पिता साढ़ू थे। कुमार साहब के पिता धार्मिक व्यक्ति थे और धार्मिकता ने उनका खासा बेड़ा गर्क भी किया था। सिवाय रात को घर आने के वे चौबीसों घंटे मन्दिर में पड़े रहते। ऐसे में भला घर की हालत डाँवाडोल क्यों न होती। थोड़ी-बहुत जो जमीन थी आखिरकार वह भी बिक गई। धीरे-धीरे सब खत्म होने लगा। बुरे वक्त में यहाँ-वहाँ से कर्जा लेकर उन्होंने परचून की एक छोटी-सी दुकान भी खोली थी, मगर वहाँ बैठने का उनके पास वक्त ही कहाँ था सो वह भी बिकने के कगार पर आ गई। मगर कुमार साहब के पिता को अब भी जैसे किसी चमत्कार की उम्मीद थी। वे और पूजा-पाठ में जुट गए। कुमार साहब की माँ से यह सब बर्दाश्त नहीं हुआ। अपने पति की उन्होंने खूब लानत-मलामत की और चली आईं अपनी बहन के घर अपनी उसी पुरानी हवेली में। हवेली का रुतबा अब पहले जैसा तो नहीं था, फिर भी कुछ तो था ही। तो कुमार साहब की माँ ने हवेली आकर अपने छोटे बच्चों को बहन के हवाले किया इस वचन के साथ कि अगर वे मर जाएँ तो इन्हें भी अपने बच्चों के साथ एक टुकड़ा रोटी देकर पाल लेना।

इन दोनों बच्चों में एक कुमार साहब भी थे। हालाँकि कुमार साहब की बुआ के खत से तो ऐसा लगता है कि दिवालिया होने की कगार पर आए कुमार साहब के पिता को पैसों की सख्त जरूरत थी जिसके लिए गिड़गिड़ाते हुए वे अक्षेश्वर प्रताप चौधरी के पास पहुँचे थे। चौधरी ने उन्हें पैसे तो दे दिए थे, लेकिन बदले में उनके दोनों बेटों को हवेली में गिरवी रख लिया था। अब सच क्या था, यह तो भगवान जाने, लेकिन एक बात सही है और इसे कुमार साहब भी मानते हैं कि अक्षेश्वर प्रताप ऐबी आदमी थे। उनके अनुसार—'पहली बार जब मैं हवेली में पहुँचा तो मुझे उन्होंने अपने पास बुलाकर गोदी में बैठा लिया। फिर अजीब तरह से मेरे गाल काटने लगे...मुझे बहुत गुस्सा आया था तब।' धीरे-धीरे अक्षेश्वर प्रताप की दिलचस्पी कुमार साहब में बढ़ती जा रही थी। कुमार साहब चाहकर भी कुछ नहीं कर पाते थे। कुछ कहने या करने का मतलब राम के पिता विश्वेश्वर दयाल के

हाथों अपनी तुड़वाई करवाना। वैसे कम ऐब़ी विश्वेश्वर दयाल भी नहीं थे। हवेली के शानदार दिनों में वे कभी भी किसी के भी घर में घुस जाते थे और किसी की भी बहू-बेटी के साथ रात गुजारकर निकल आते थे। मजाल थी कि कोई उन्हें टोकता। कम-से-कम पचास पहलवान तो उन्होंने पाले ही थे। वे किस काम आते?

यह अंग्रेजों के जमाने की बात है। किसी बददिमाग ने विश्वेश्वर दयाल के खिलाफ पुलिस में शिकायत कर दी और विश्वेश्वर दयाल अपने पहलवानों समेत गिरफ्तार कर लिए गए। लेकिन रात भर विश्वेश्वर दयाल ने थाने में जो उत्पात मचाया उसकी आज भी इलाके में रस ले-लेकर चर्चा होती है। कहते हैं कि विश्वेश्वर दयाल आधी रात को थाने में शौच के लिए अड़ गए और फिर जो गन्ध फैलाई कि सारा थाना गन्धा उठा। कुमार साहब बताते हैं कि हवेली में हमारी दो-दो मौसियाँ थीं। एक तो सगी मौसी थीं जो विश्वेश्वर दयाल से ब्याही थीं। दूसरी विश्वेश्वर दयाल की सढ़ुआइन थीं जिन्हें विश्वेश्वर दयाल ने ही रख लिया था। हुआ यह कि एक बार विश्वेश्वर दयाल की सढ़ुआइन बीमार हुईं। साढ़ू साहब अपनी पत्नी के इलाज के लिए उन्हें शहर लेकर आए और हवेली में अड्डा जमा लिया। तब तक विश्वेश्वर दयाल ने अपनी सढ़ुआइन को देखा तक नहीं था, लेकिन जब देखा तो भौंचक! बस फिर क्या था? फौरन उन्होंने साढ़ू साहब को तलब किया और कहा, "भाई आपकी पत्नी का रोग हमारी समझ में आ गया है। उसे अब हमहीं ठीक कर सकते हैं।"

"कैसे? क्या आप कोई वैद्य हैं?" साढ़ू साहब ने पूछा।

वे बोले, "न...हम वैद्य नहीं, वैद्य के बाप हैं। आप कृपा कर अपने घर जाएँ। आपकी पत्नी स्वस्थ्य हो जाएँगी तो उन्हें भिजवा दिया जाएगा।" साढ़ू साहब जब राजी नहीं हुए तो उन्हें पैसे-धेले का लालच दिया गया और उस पर भी जब राजी नहीं हुए तो उनकी जमकर ठुकाई हुई और हवेली से लात मारकर भगा दिया गया। बस, तभी से विश्वेश्वर दयाल की सढ़ुआइन इस घर की गृहलक्ष्मी हो गईं। विश्वेश्वर दयाल से उन्हें दो बेटियाँ भी हुईं जो शादी-ब्याह के बाद अपनी-अपनी ससुराल चली गईं। अभी पाँच साल पहले ही विश्वेश्वर दयाल भी गुजर गए और उनके जाने के कुछ ही दिन बाद लक्ष्मी भी भगवान को प्यारी हो गईं।

हवेली अब वीरान है और उसके स्वामित्व को लेकर रामप्रताप के बेटों और लक्ष्मी देवी की लड़कियों के बीच मुकदमेबाजी चल रही है। खैर...कुमार साहब के जीवन में इस हवेली की स्त्रियों का जिक्र इसलिए भी जरूरी है कि उनका उनके जीवन पर काफी असर रहा है। हवेली के बाहरी हिस्से में ही रमोला बुआ रहा करती थीं। वही रमोला बुआ जिनका जिक्र कुमार साहब अक्सर अपनी बातचीत में किया करते थे। यों तो रमोला बुआ का असली नाम फातिमा बी था और वे विश्वेश्वर दयाल के छोटे भाई कामेश्वर दयाल की ब्याहता थीं। कामेश्वर दयाल शुरू से ही

विद्रोही प्रकृति के आदमी थे। लखनऊ में पढ़ाई के दौरान उनका सम्पर्क क्रान्तिकारियों से हो गया था और वे गुपचुप उनकी गतिविधियों में भाग भी लेने लगे थे। फातिमा बी तब पन्द्रह-सोलह बरस की अल्हड़ किशोरी थीं। माँ बहुत पहले मर गई थी। सिर्फ पिता थे जो बुढ़ापे में पुलिस की मुखबिरी कर अपना और फातिमा का पेट पाल रहे थे। दो-चार बार मात खाने के बाद जब कामेश्वर दयाल और उनके साथियों को फातिमा के पिता की मुखबिरी का पता चला तो उन्होंने उन्हें रास्ते से हटाने की ठान ली और एक रात सचमुच उन्हें रास्ते से हटा ही दिया। लेकिन फातिमा से मिलने के बाद कामेश्वर दयाल को अपने किए पर बड़ा अफसोस हुआ। दरअसल, वे फातिमा के इश्क में पड़ गए थे। कामेश्वर दयाल के जीते जी फातिमा को यह भनक तक नहीं लगी कि उसका आशिक ही उसके बाप का हत्यारा है। हालाँकि फातिमा उर्फ रमोला बुआ को इस बात की खबर लग भी जाती तो भी उसकी कहानी में कोई खास फर्क पड़नेवाला नहीं था क्योंकि कामेश्वर दयाल और फातिमा के आर्यसमाजी ब्याह के दो महीने बाद ही कामेश्वर दयाल की भी मौत हो गई। यह दुघर्टना रात के भीषण सन्नाटे में उस वक्त हुई जब वे अगले दिन डाकखाने को उड़ाने के लिए बम बाँध रहे थे। दुर्भाग्य से एक बम हाथ से छूट गया और बस...। खबर मिलते ही विश्वेश्वर दयाल भागे-भागे आए। चाहे जैसे हों, कामेश्वर थे तो उनके भाई ही। बड़ी मुश्किल से वे खुद को सँभाल पाए। उधर फातिमा उर्फ रमोला का बुरा हाल था, मगर विश्वेश्वर दयाल ने दो दिन तो उसकी तरफ देखा तक नहीं। तीसरे दिन जब रमोला की हालत खराब होने लगी तब विश्वेश्वर दयाल थोड़ा पिघले। उन्हें उस नन्हीं-सी जान पर तरस आने लगा था। फिर कामेश्वर के मित्रों ने भी दबाव बनाया। लोकलाज का भय दिखाया। आखिरकार विश्वेश्वर दयाल रमोला को बहन बनाकर हवेली में ले ही आए। हालाँकि इस बात पर उनके पिता अक्षेश्वर प्रताप ने भी कम बखेड़ा खड़ा नहीं किया। वे एक मुसलमानी को हरगिज अपनाने को तैयार नहीं थे। हवेली की देहली लाँघने की तो बात ही दूर थी। अब चूँकि विश्वेश्वर दयाल रमोला और कामेश्वर के मित्रों को वचन दे चुके थे इसलिए पिता के विरोध के बावजूद उन्होंने हवेली के बाहरी हिस्से में रमोला को ठहरा दिया। इस शर्त के साथ कि वे चौके में नहीं जाएँगी और अपना खाना-पीना, बर्तन आदि अलग रखेंगी। खून का घूँट पीकर रमोला ने यह भी माना।

बच्चे रमोला को चाची न कहकर बुआ ही कहते थे। कुमार साहब ने भी उन्हें बुआ ही कहना शुरू किया। रमोला चूँकि अभी अल्हड़ किशोरी ही थीं इसलिए जल्दी ही वे घर के बच्चों से घुल-मिल गईं। दिन भर वे फिरकनी-सी दौड़-दौड़कर घर-बाहर के काम करतीं या कभी-कभार बच्चों के साथ खेल-कूदकर दिल बहला लेतीं। कुमार साहब पर उनका कुछ विशेष ही स्नेह था। इसलिए भी कि हवेली में उनकी तरह कुमार का भी अपना कोई नहीं था। कुमार साहब हवेली के अपने उन

दिनों को याद करते हुए कहते हैं कि रमोला बुआ कि जिन्दगी एक बन्द दरवाजा थी जिसके भीतर कोई नहीं घुस पाया। मैं ही था जिससे अपने सुख-दुख वे खुलकर कह लेतीं थीं, लेकिन तब मैं बहुत छोटा था। (रमोला बुआ का जिक्र आते ही कुमार साहब असहज हो जाते हैं। मेरे दिमाग में शक का कीड़ा कुलबुलाता है...कहीं कुछ है जो छुपाया जा रहा है और मैं उस हवेली को देखने निकल पड़ता हूँ।)

## 3

मैनपुरी के पश्चिम में है ग्राम सतखड़। कभी यह मैनपुरी का केन्द्रीय इलाका हुआ करता था। अब यह गाँव है। वीरान हवेली अब भी खड़ी है। इसका पूर्वी भाग टूट चुका है। दरवाजे घुना गए हैं और दीवारें झर रही हैं। हवेली अब खंडहर लगती है, लेकिन इसे देखकर अनुमान लगाना कठिन नहीं है कि कभी यह भव्य इमारत रही होगी। कुमार साहब के बताए अनुसार मैं उस कमरे का निरीक्षण करता हूँ जहाँ रमोला बुआ और कुमार साहब रहा करते थे। कुमार साहब बताते हैं कि रमोला बुआ लोकगीतों की आचार्य थीं। दुनियाभर के गीत उन्हें याद थे और वे उन्हें गुनगुनाती रहती थीं। कुछ गीत शायद उन्होंने खुद भी बनाए थे। मैंने देखा है उन्हें। उन्हें देखकर मैं बेहिचक कह सकता हूँ कि फातिमा उर्फ रमोला में नैसर्गिक काव्य प्रतिभा थी। स्त्री के कसकते दुख और पीड़ा उनके गीतों में विद्यमान है।

हवेली के इस उजाड़ में खड़ा मैं उन गीतों को सुनने का प्रयास करता हूँ, लेकिन झरती हुई दीवारों से बस एक हाहाकार उठ रहा है। बीस-पच्चीस साल का कुँवारा मन कराह उठता है।

*'कंकड़ मय एक कुइंया, सुन्दर रानी जल भरे रे।*
*जैसे हथिनी चढ़ो एक राजा लहर-लहर करे रे।*
*पानी के पियासे राजा जल पियो, नाही तो राह चलो रे।*
*मेरे नयन मत मोहो, हमरे राजा जालिम रे।'*

रमोला उर्फ फातिमा की दुखभरी आवाज टकराकर मेरे पास आ रही है। मैं घबरा जाता हूँ और भागकर आँगन में आ जाता हूँ। यहाँ विशाल आँगन है। कुमार साहब के बताए अनुसार यहाँ कभी एक तुलसी का पौधा हुआ करता था। रमोला बुआ रोज उस पर जल चढ़ाया करती थीं। (यह हवेली की परम्परा थी) अब वहाँ कुछ नहीं है। यकीनन इस हवेली को रमोला बुआ की हाय लग गई। कुमार साहब रमोला बुआ के बारे में और कुछ नहीं बताते। पूछने पर बस शून्य में निहारने लगते हैं। वैसे भी उनका कहना है कि वे सच नहीं बताएँगे। इसलिए मैंने गाँव के बुजुर्गों से इस मामले की चर्चा की। अधिकांश लोग रमोला का नाम तक नहीं जानते। वैसे भी इस बीच गंगा में बहुत पानी बहा है।

हाँ, विश्वेश्वर दयाल और उनके परिवार के बारे में जरूर गाँववालों ने काफी कुछ बताया, लेकिन वह उसके ठीक उलट था जो कुमार साहब ने बताया था। विश्वेश्वर दयाल की जवानी के पहलवानी के किस्सों को अगर छोड़ दिया जाए (क्योंकि अब वे मिथकीय रूप ग्रहण कर चुके हैं) तो गाँववालों की नजर में उनकी छवि अब एक बीमार, पस्त और अपाहिज बूढ़े की ही बची है। हवेली में भी अब शैतान बच्चों और अवैध प्रेमियों के अलावा कोई नहीं जाता। इसलिए कि माना जाता है हवेली अब भूतों का बसेरा बन चुकी है। हाँ, कुमार साहब के बचपन के मित्र नारायण जी जरूर एकाध चक्कर उधर लगा लेते हैं और हवेली के पुराने दिनों को याद कर लेते हैं। चलते-चलते मैंने सोचा क्यों न नारायण जी से भी मिल लिया जाए। वैसे भी कुमार साहब और हवेली का इतिहास वे अच्छी तरह जानते हैं।

अस्सी-पचासी साल के बुजुर्ग नारायण जी पुराने जनसंघी हैं। लम्बी-चौड़ी कद-काठी। आँखों पर चश्मा भी कहते हैं अभी हाल-फिलहाल में ही लगा है। स्मृति जरूर कुछ क्षीण हुई है, लेकिन पुराने दिन अब भी उन्हें हू-ब-हू याद हैं। मैं जब उनके पास पहुँचा तो आँगन में खाट पर बैठे वे अपने पोते को खिला रहे थे। मैंने उनके पाँव छुए। उन्होंने आशीर्वाद दिया और बड़े स्नेह के साथ बैठाया। परिचय वगैरह के बाद इधर-उधर की बातें हुईं। मैंने जब उन्हें कुमार साहब की जीवनी लिखने की योजना बताई तो वे चौंके। थोड़ी देर तक तो वे मुझे विचित्र ढंग से देखते रहे, फिर ठठाकर हँसे।

—''क्या कुमार अब इतना बड़ा आदमी हो गया कि उसकी जीवनियाँ लिखी जा रही हैं?'' उन्होंने शायद व्यंग्य में कहा था। मैंने उन्हें समझाया कि क्या कुमार साहब की जीवनी इसलिए नहीं लिखी जानी चाहिए कि वे कोई बहुत बड़े आदमी नहीं हो पाए? नारायण जी इस पर और जोर-से हँसे और मेरी तरफ इशारा करते हुए अपने बेटे से बोले, ''जे छोरा तौ सिर्री हो गौ!'' खिसियाहट में मैं भी हँस पड़ा। इस बीच मैं उन सूत्रों को पकड़ने की कोशिश कर रहा था जिनके सहारे नारायण जी को घेरा जा सके। और वह सूत्र नारायण जी ने खुद ही उपलब्ध करा दिया। आज के राजनीतिक हालात पर चर्चा करते-करते वे अचानक जनसंघ के पुराने दिनों को याद करने लगे थे। अक्सर वे श्यामा प्रसाद मुखर्जी का जिक्र करते और आज के भाजपाइयों को गरियाते। इस बीच हवेली का जिक्र आया तो चिहुँकते हुए नारायण जी ने कहा, ''हाँ, उस हवेली में एक बार खुद श्यामा बाबू भी आए थे। प्रचारक थे। गाँव-गाँव भटकते हुए एक रात इसी हवेली में गुजारी थी। तब बड़ी शान थी इसकी। श्यामा बाबू के साथ बीस-पच्चीस लोगों की एक पूरी मंडली थी। बाबू विश्वेश्वर दयाल ने भी उनके आतिथ्य में कोई कसर बाकी नहीं रखी। अब वैसे बड़े दिल के लोग कहाँ होते हैं?'' उन्होंने गहरी साँस लेते हुए कहा।

मेरे लिए यह एक नई सूचना थी क्योंकि कुमार साहब ने जो बताया था उसके अनुसार विश्वेश्वर दयाल एक अय्याश और क्रूर जमींदार ही थे। लेकिन नारायण जी ने बताया कि चौधरी जी अपने पिता अक्षेश्वर प्रताप की तरह ही भगत आदमी थे। तबीयत थोड़ी रंगीन जरूर थी। लेकिन कोई बड़ा ऐब नहीं था। अगर वे मुकदमेबाजी में न फँसे होते तो आज भी हवेली की वही शान होती। नारायण जी फिर हवेली की पुरानी शान में कसीदे काढ़ने लगे। उन्होंने बताया कि विश्वेश्वर दयाल हर सुबह नियम से दो घंटे पूजा करते थे। साधु-सन्तों को भोजन कराते और हाँ, हिन्दुओं का विशेष ख्याल रखते। जब नारायण जी यह सब कह रहे थे तो मेरा मन हुआ कि पूछ लूँ कि क्या जिन हिन्दुओं का वे विशेष ख्याल रखते थे उसमें हरिजन और अन्य दूसरी दलित जातियाँ भी शामिल थीं, लेकिन कुछ सोचकर मैं चुप हो गया। बातचीत के इस महत्त्वपूर्ण मोड़ पर उन्हें नाराज करने का जोखिम मैं नहीं ले सकता था।

नारायण जी बहकते जा रहे थे और मैं जल्द-से-जल्द अपने मुद्दे पर आ जाना चाहता था। मैंने जानबूझकर कुमार साहब और रमोला बुआ का जिक्र छेड़ दिया जिसे सुनते ही नारायण जी का चेहरा लाल हो गया। मूँछें फड़कने लगीं। हकलाते हुए बोले, ''मत लो उसका नाम...हवेली का कलंक हैं दोनों।'' मैं नारायण जी का चेहरा देख रहा था और वे बड़बड़ा रहे थे। पास रखे लोटे से दो घूँट पानी पीने के बाद वे थोड़ा संयत हुए और बोले, ''जब से वह मुसलमानी इस हवेली में आई, हवेली के बुरे दिन शुरू हो गए। उस समय हम लोग छोटे थे। हम माने मैं, राम और कुमार। राम बहुत तेज-तर्रार और हँसमुख लड़का था। पढ़ाई-लिखाई में भी अव्वल। चौधरियों का खून था आखिर। अव्वल तो होता ही। कुमार चुप्पा और घुन्ना था। हवेली से मेरा रिश्ता इन्हीं दोनों के कारण बना। हम लोग आर्यसमाजी थे। बाद में मैं शाखा में जाने लगा। कुमार और राम भी वहाँ आया करते थे। यहीं सड़क उस पार बगीचे में तब शाखा लगती थी। पं. रामाधार शास्त्री जी क्षेत्रीय प्रचारक थे। बगीचे में ही कुटिया बनाकर रहते। श्रद्धेय थे हम लोगों के। यह सन 40-45 के आस-पास की बात है। अलीगढ़ में तब भीषण दंगा हुआ था। उसकी खबरें शास्त्री जी के माध्यम से ही हम लोगों तक पहुँचतीं। वे काफी पीड़ा से मुस्लिम अत्याचारों की कहानी हम लोगों को सुनाते। शास्त्री जी ने ही इतिहास का भूला हुआ गौरव हमें वापस लौटाया। राणा प्रताप, शिवाजी, लक्ष्मी बाई, तात्याँ टोपे, तिलक, सावरकर जी जैसी विभूतियों से हमारा परिचय हुआ। हमारी लड़कपन की उम्र थी वह। कुमार भी बारह-तेरह का रहा होगा। शास्त्री जी उसे बहुत चाहते थे। राम जरूर थोड़ा शैतान था और अक्सर शाखा से गोल हो जाता, लेकिन कुमार नियमित आता था। शास्त्री जी हमें बताते कि यह देश कभी सोने की चिड़िया था। ज्ञान-विज्ञान में अव्वल। बाद में विदेशी आक्रांताओं ने सब खत्म कर दिया। अट्ठारह बार लूटा गया सोमनाथ।

भव्य कन्नौज दस दिन में खंडहर हो गया। यह सब बताते हुए उनका चेहरा लाल हो जाता और मूँछें फड़कने लगतीं। हमें भी ताव आ जाता। अंग्रेजी शासन में कसमसाते रहते थे हम। गांधी जी की नीतियाँ भी हमारे स्वर्णिम अतीत का स्मरण नहीं कराती थीं। उन्हें मुसलमानों से प्यार था सो हम उनसे घृणा करते थे। शास्त्री जी कहते कि गांधी ने हिन्दुओं के साथ गद्दारी की है। उन्हीं दिनों शास्त्री जी ने पढ़ने के लिए हमें कुछ किताबें भी दीं थीं जिसमें वीर सावरकर और हेडगेवार जी के विचार और शौर्यगाथाएँ थीं। शास्त्री जी ने हिटलर की एक तस्वीर भी हम लोगों को दी थी और कहा था—'वीर भोग्या वसुन्धरा।' कुमार तो बाकायदा हिटलर की पूजा ही करता था। उसकी चाल भी हिटलर की तरह चुस्त और आक्रामक हो गई थी। यह द्वितीय विश्वयुद्ध का समय था और ऐसे ही समय में अलीगढ़ में भीषण दंगा हुआ था। म्लेच्छों ने सरेबाजार गोमाता का वध किया जिससे हिन्दू समाज बौखला उठा था। गांधीवादियों ने उसके खिलाफ प्रभातफेरियाँ निकालीं, मौनव्रत रखा। शास्त्री जी पीड़ा से कहते थे कि इस सबसे कुछ नहीं होगा। आतताइयों को दंड देना जरूरी है, लेकिन तब शास्त्री जी की इन बातों को कोई सुनने को भी तैयार नहीं था। शाखा में भी लगातार लड़कों की भीड़ कम होती जा रही थी। हाँ, कभी कथा हवन वगैरह होता तो जरूर कुछ भीड़ जुटती। शास्त्री जी बार-बार कहते—'अपने ही देश में हमें क्या-क्या नहीं झेलना पड़ रहा है। हमें अपने धर्म से विरत किया जा रहा है। कुछ नहीं...सब हमारी उदारता का फल है।''

नारायण जी बार-बार बहक जाते। मैं चाहता था कि वे रमोला बुआ के बारे में कुछ बताएँ। उनके उस रहस्य के बारे में जो उस हवेली में दफन था। मैंने उन्हें छेड़ा तो कहने लगे—''हाँ, वो मुसलमानी...क्या कहें उसके बारे में...कुल्टा थी कुल्टा...बीस पचीस की उमर रही होगी। माँ-बाप मर गए थे। पड़ गई कुसंगति में...चौधरी साहब दयालु आदमी थे। समाज का विरोध सहकर भी उसे शरण दी मगर...।'' नारायण जी ने एक गहरी साँस ली। मैं स्तब्ध। आखिर असली किस्सा था क्या? नारायण जी अपनी रौ में थे। कहने लगे—''और कुमार की तो पूछो मत। चौधरी साहब को नहीं पता था कि कुमार के रूप में उन्होंने सँपोला पाल लिया है। जरा-सा कभी डाँट-डपट देते तो जाकर उसी मुसलमानी की गोद में छुप जाता। शास्त्री जी लाख समझाते, लेकिन उसने उस चुड़ैल का साथ नहीं छोड़ा...।''

मेरे लाख घेरने के बावजूद नारायण जी ने पूरा किस्सा खुलकर नहीं बताया, लेकिन जो बताया उसका कुल निष्कर्ष यही था कि एक बार चौधरी साहब ने कुमार को रमोला के यौनांगों से खेलते हुए पकड़ लिया। अब क्या उम्र रही होगी उस समय कुमार साहब की...तेरह या चौदह साल। इस कच्ची उम्र में ऐसे पक्के खेल! चौधरी साहब खौल उठे थे। कुमार की उन्होंने जमकर ठुकाई लगाई और रमोला को मारपीट कर कमरे में बन्द कर दिया। शर्म से बेहाल रमोला ने उसी रात आत्महत्या

कर ली थी। यह पचास-साठ साल पहले का किस्सा था जिसमें कुमार साहब खलनायक बनकर उभरे थे।

हवेली की जर्जर दीवारें इसकी गवाह थीं, लेकिन इस बारे में वे कुछ भी नहीं कहतीं। उनकी खामोशी दूर तक साथ जाने के बाद फिर वापस आ जाती है वहीं...तार-तार होते अपने स्मृति लोक में।

अब मेरे पास कुमार साहब से इस बारे में जानने के सिवाय और कोई चारा नहीं बचा। मैं फिर उनके पास वापस आता हूँ। हवेली का स्मृतिलोक उनकी आवाज में गूँज रहा है...।

## 4

इसी बीच गुजरात की वह भयानक त्रासदी हुई जिससे हम अभी तक नहीं उबरे। सत्ताईस फरवरी की शाम को जब सूरज ढल चुका था, खबर मिली कि गुजरात के धुर पूर्वोत्तर में गोधरा नामक स्थान पर कुछ उत्पाती लोगों ने ट्रेन की एक बोगी फूँक दी। विस्फोटक सूचना यह थी कि जिस बोगी को फूँका गया, उसमें सब हिन्दू थे। संघ ब्रांड हिन्दू। वे सब अयोध्या से आ रहे थे। सन 1992 या उससे पहले ही अयोध्या एक नए हिन्दुत्व का प्रतीक बन गया था। एक पूरी धारा थी जो सिर्फ चीखना जानती थी। उस चीख में बहुत-सी असहमत आवाजें गुम हो जातीं। शोर और हाहाकार...। अजीब यह था कि जब अमेरिका से सारी दुनिया को एक वैश्विक गाँव बनाने का नारा उठा था, सूचना प्रौद्योगिकी अपने चरम पर थी, उसी समय मध्ययुगीन शक्तियाँ एकाएक जाग उठी थीं। लेकिन नहीं, ये ठीक मध्ययुगीन शक्तियाँ नहीं थीं। यह शायद मध्ययुग का कोई बर्बर प्रेत था जो अमेरिका के वैश्विक दुनिया के नारे के साथ आया था। संचार तकनीक के अमूर्तन में इसने मिथकीय शक्ति प्राप्त की थी। सचमुच अजीब समय था जब एक तरफ मानवीय स्वतंत्रता और अधिकारों की घोषणाएँ हो रही थीं तो दूसरी तरफ स्त्री के पैर के नाखून दिख जाने भर से मौत का फतवा जारी हो जाता था। स्टार वार के उस दौर में पत्थर मार-मार कर कत्ल करने का तरीका अब भी सबसे कारगर माना जाता था। जो जितना मूर्ख और तोतारटंत था वह उतना ही सम्मानित था। और इतिहास में भी यह शायद पहली बार था जब लोकतंत्र और मानवाधिकारों के नाम पर निर्दोषों की हत्याएँ हो रही थीं। बर्बरता को धर्म और सत्ता का आश्रय मिला हुआ था। हाँ, अमेरिका के वैश्विक दुनिया के नारे को इस सबसे कोई दिक्कत नहीं थी, सिवाय एक-दो दुघर्टनाओं के जिनमें वर्ल्ड ट्रेड टावर पर हमला भी शामिल था। लेकिन यह खेल का हिस्सा था और खेल में कभी-कभी बाजी पलट भी जाती थी।

तो, जिस समय टीवी पर गोधरा में ट्रेन की बोगी फूँकने की घटना दिखाई जा रही थी, मैं अपने कमरे में बैठा काँप रहा था। कुमार साहब की जीवनी के रफ ड्राफ्ट और नारायण जी द्वारा बताई गई बातों के फुटकर नोट्स मेरे हाथ में थे। मैं टीवी पर कभी फुँकी हुई बोगी को देखता, कभी उन फुटकर नोट्स को। कहीं कोई सूत्र हाथ नहीं आ रहा था। वर्तमान इतना भयावह था कि अतीत बेमानी लगने लगा था। उसे लेकर संशय इतने थे कि...।

मैंने झट से उठकर टीवी का स्विच ऑफ कर दिया। फिर खिड़की पर आया और बाहर देखने लगा। कब एक सिगरेट जलकर मेरी उँगलियों में आ गई, पता ही नहीं चला। अचानक मुझे लगा कि मेरा गला सूख रहा है और शराब की इस समय मुझे सख्त जरूरत है। मैंने झट वार्डरोब से एक बोतल निकाली। उसमें अब भी काफी शराब बाकी थी। मैंने पूरा-का-पूरा उसे अपने हलक में उतार लिया। एक आग मेरे गले को चीरती हुई अँतड़ियों तक उतरी। मुझे थोड़ी राहत मिली। मैंने फिर टीवी खोला। प्रधानमंत्री घटना की भर्त्सना कर रहे हैं। लगता है जैसे वे भाँग के नशे में हैं। उधर त्रिशूलधारी नेताओं के चेहरों से घृणा टपक रही है। एक कहता है—'इस्लाम का हमला है यह।' दूसरा बोला –'हिन्दुत्व खतरे में है। रामभक्त मारे गए हैं। प्रतिक्रिया भयानक होगी।' इन सबके बीच उपप्रधानमंत्री पड़ोसियों को कोसने लगते हैं। फिर जैसे एक सामूहिक अट्टहास होता है। स्वाँग का पटाक्षेप।

मेरा दिमाग भन्ना गया। आग जो एक गाँव से उठी थी, सारे देश को जलाती हुई मेरे भीतर उतर आई। मैंने देखा—भस्म हो रहा हूँ मैं उसमें। सिर्फ मैं ही नहीं, एक पूरी दुनिया है उसमें...चीखती...चिल्लाती...बदहवास। आग की लपटें आसमान तक उठ रही हैं। धुआँ-धुआँ-सा है सब कुछ। अपनी जली हुई लाठी और स्याह चमड़ी के साथ गांधी आग के बीच भटक रहे हैं। मैंने देखा कंकाल रह गए हैं वे। गालिब अपनी चटकी हुई बोतल के साथ मूर्छित पड़े हैं। अमीर खुसरो हैं, फिराक, वली दकनी, नजीर और हाँ, ग्राहम स्टेंस भी। मदर टेरेसा भी हैं और तमाम सारे लोग। मैं सबको भौंचक देखता हूँ और जलते चमड़े की गन्ध मेरी नाक में भर जाती है। आग के बीच ही मैं ढूँढ़ रहा हूँ कुमार साहब को, लेकिन मेरी चीख धुएँ में कहीं गुम हो जाती है। फिर मैं बदहवास भागने लगता हूँ कि अचानक ठोकर खाकर गिर पड़ता हूँ। जहाँ गिरता हूँ वहाँ हजरत निजामुद्दीन औलिया की दरगाह है। आँखों में आँसू लिए अमीर खुसरो यहाँ खड़े हैं। एक कराह उठती है...

*गोरी सोई सेज पर, मुख पर डारे केश।*
*चल खुसरो घर आपने, रैन हुई चहुँ देश।...*

अचानक मेरी तंद्रा टूटी। मैंने देखा कि टीवी चल रहा था और मेरे हाथ में अब भी कुमार साहब की जीवनी के रफ ड्राफ्ट और नारायण जी की बातों के फुटकर नोट्स फड़फड़ा रहे थे।

## 5

अगले दिन सुबह जब मैं कुमार साहब के घर गया तो दरवाजे पर सबसे पहले उनके काले बिल्ले ने स्वागत किया। इसकी आँखें इतनी तेज और खूँखार हैं कि रात के अँधेरे में कोई देखे तो सचमुच डर जाए। मैं दिन में ही डर गया। कुमार साहब तब शायद बाथरूम में थे क्योंकि मेरे बार-बार खटखटाने के बावजूद भीतर से कोई आवाज नहीं आई। मैं काफी देर यूँ ही खड़ा रहा। काला बिल्ला मुझे घूरता रहा। थोड़ी देर बाद कुमार साहब खुद बाहर निकल कर आए। मैंने नमस्कार किया तो बोले, "अरे...आओ...आओ, तुम कब आए?"

—"बस, अभी" मैंने कहा।

तभी उनकी नजर काले बिल्ले पर पड़ी। उन्होंने छड़ी से फटकार कर उसे भगाना चाहा और बड़बड़ाने लगे, "पता है आज क्या किया तूने...भाग जा...चल भाग यहाँ से..."

—"क्या किया इसने?" अचानक मेरे मुँह से निकला।

उन्होंने एक स्थिर दृष्टि मुझ पर डाली, फिर बोले, "अपने से कमजोर बिल्ले को मार डाला। बिल्ला ही बिल्ले का दुश्मन हो गया।"

—"हाँ, जैसे आदमी आदमी का दुश्मन हो गया है।" जैसे मैं एक बेहोशी में बोल रहा था। कुमार साहब भी उसी बेहोशी में जवाब दे रहे थे। लेकिन इस बार कुमार साहब चुप रहे। मैं उनके जवाब की प्रतीक्षा करता रहा। थोड़ी देर बाद कुमार साहब खुद ही बोले।

—"अच्छा किया जो आज तुम आ गए। दरअसल आज रात मैंने एक बड़ा भयानक सपना देखा।"

—"क्या?"

—"यही कि मैं आज से हजार साल बाद की दुनिया में चला गया हूँ। वहाँ सब कुछ तकनीक केन्द्रित है। वहाँ अब मनुष्य नहीं रहते...मुर्दे रहते हैं। छह हजार साल पुराना कौन-सा मुर्दा कब उठ खड़ा होगा—कोई नहीं जानता। अधिकांश मनुष्यों ने बस्ती के बाहर के भुतहा कुएँ की तरह अपनी एक अलग दुनिया बसा ली है। जो बचे हैं वे अपनी मानवीय पहचान को छुपाकर जी रहे हैं। उनके भी सब तौर-तरीके मुर्दों जैसे हैं। मुर्दों की शक्ति अपरम्पार है। उन्हें हर सुन्दर चीज से घृणा है। कई सदियाँ बीत गईं, उस बस्ती में कोई नया फूल तक नहीं खिला। हर तरफ झाड़-झंखाड़ और दूर तक गर्द नजर आती है। तुम्हें आश्चर्य होगा, लेकिन मुझे बखूबी याद है और सपने में मैंने सचमुच देखा था कि मुर्दे अलग-अलग जाति, अलग-अलग धर्म और अलग-अलग रंगों के हैं। सबमें गजब की एका है। लेकिन बस्ती के बाहर भुतहा कुएँ की तरह जो मनुष्य बचे थे, उनका न कोई रंग था, न धर्म, न जाति...मुर्दों

के चेहरे एक जैसे सर्द और कठोर थे। सिवाय रमोला बुआ के। हाँ, वे भी वहाँ थीं। कई बरस बाद उनका मेरे सपनों में आना हुआ... ।"

कुमार साहब ने आँखें बन्द कर लीं और सपनों की दुनिया में खो गए। मैंने ध्यान दिया उनकी मूँछों के कुछ बाल हिल रहे हैं, दाढ़ी भी उन्होंने इधर काफी बढ़ा ली है। पहले मैं सोचता था कि कुमार साहब दाढ़ी बढ़ाएँगे तो वह झक सफेद होगी और उनके चेहरे पर सेंटा क्लाज की तरह शोभा देगी। लेकिन नहीं, पचहत्तर की उम्र में भी उनकी दाढ़ी झक सफेद नहीं हो सकी। उसमें कई रंग थे...उन्हीं की तरह... ।

अचानक मेरे मुँह से निकला, "कुमार साहब, यह आज से हजार साल बाद का दुःस्वप्न नहीं, बल्कि आज का यथार्थ है।" कुमार साहब ने कोई जवाब नहीं दिया। वे वैसे ही आँखें मूँदे बैठे रहे। शायद उन्होंने मेरी बात सुनी ही नहीं। मूँछों के बालों के साथ-साथ अब उनकी दाढ़ी भी हिलने लगी थी। मैंने देखा कि उनके झुर्रीदार चेहरे की त्वचा कुछ सिकुड़ी। माथे की शिकन कुछ और गहरी हुई और वे बड़बड़ाने लगे—"...वह पूरी तरह आवरणहीन थी। मुर्दों ने उसके शरीर को जगह-जगह से नोंच रखा था, लेकिन अब भी वह उतनी ही बेचैन और अतृप्त थी जितना कि मरने से पहले। लोकगीतों की मल्लिका तो वह पहले से ही थी, लेकिन इधर उसकी आवाज में दर्द कुछ ज्यादा ही बढ़ गया था। हजार साल बाद उस शहर में जहाँ कभी कोई फूल नहीं खिला, वह उनके स्वागत में गीत गाती।...उस वीरान खंडहर में जो निश्चित रूप से कभी भव्य मन्दिर रहा होगा, वह चुपचाप बैठी अपने आँसू सुखा रही थी। उसकी खनकती आवाज पूरे खंडहर में गूँजती। शायद वह एक टूटा हुआ शीशा था जिसमें वह खुद को काफी देर तक देखती रही। फिर कुछ बुदबुदाई। मैं पत्थरों की ओट में था। उसकी स्वरलहरियाँ बहुत धीमे-धीमे मुझ तक आ रही थीं। मैंने सुना—

*नजर भर हेरत काये नइयाँ?*
*हम तौ राजा पिया बन की हिरनियाँ*
*तुम ठाकुर के लरिका*
*तमक तीर मारत काये नइयाँ?*
*नजर भर हेरत काये नइयाँ?*
*हम तौ राजा पिया जल की मछरिया*
*तुम ठीमर के लरिका*
*झमक जाल डारत काये नइयाँ?*
*नजर भर हेरत काये नइयाँ?'*

मैं उन स्वर लहरियों में खो गया। लेकिन तभी उसने मुझे पत्थरों की ओट में छिपा हुआ देख लिया। गुस्से में वह एक बार थरथराई, फिर मुझ पर झपटी। मेरी गर्दन अब उसके हाथ में थी। मैं गों-गों करने लगा। उसकी जलती हुई आँखें मेरे

रोम-रोम को छेद रही थीं। उसने एक पत्थर तेजी से उठाकर मेरे सिर पर मारना चाहा। मैं अपनी चेतना खोने लगा। तभी चालीस-पचास त्रिशूलधारी आए और उसे अपने त्रिशूल पर उठाकर चल दिए। एक ने उसके नितम्ब को छेदा। दूसरा उसके स्तनों को काटकर हवा में उछाल आया था। मैं अपने हाथ देखने लगा...वे खून से सने हुए थे। यह सुबह का सपना था...भयानक।''

कुमार साहब खामोश हो गए। उनकी आँखें वैसे ही मुँदी हुई थीं। हाँ, चेहरे की त्वचा जरूर बार-बार ऊपर नीचे हो रही थी। कुर्सी के हत्थे पर पड़े उनके हाथ हल्के-हल्के काँप रहे थे। मैं समझ गया कि एक बार फिर कुमार साहब स्मृतियों के ट्रैफिक जाम में फँस गए हैं। बाहर आने में अभी उन्हें वक्त लगेगा।

मैं धीरे-से उठा और खामोश कदमों के साथ उनकी मेज तक आया। मेज पर कई किताबें और कागज-पत्र बिखरे हुए थे। मैंने एक नजर उन सब पर डाली। किसी पर गुजरात की कोई छाया तक नहीं थी, सिवाय अखबार के पहले पन्ने के जिस पर दो बड़े बड़े फोटो छपे थे। एक में अमेरिकी जींस-टीशर्ट पहने एक युवक हाथ में तलवार लिए विजयी मुद्रा में खड़ा था। उसके हाथ में तलवार, सिर पर रामनामी दुपट्टा था और चेहरे से हैवानियत टपक रही थी। पृष्ठभूमि में जलते हुए घर, दुकान, मकान, गाड़ियाँ और टायर थे। उसके ठीक बगल में एक दूसरा चित्र था। इसमें अपना सब कुछ खो चुके आदमी की हताशा थी। वह बदहवास हाथ जोड़े हुए रो रहा था। अचानक मेरे मन में इस आदमी के धर्म को लेकर जिज्ञासा उठी और मैं घबरा गया। अखबार मैंने वहीं छोड़ दिया था। कुमार साहब भी अब तक ट्रैफिक जाम से बाहर आ गए थे।

—''सुना, तुम मैनपुरी गए थे?''

—''हाँ, आपकी हवेली देखी...खंडहर हो चुकी है। नारायण जी भी मिले थे।''

—''नारायण!...जिन्दा है अभी...?''

—''हाँ...''

—''कभी बहुत अच्छी दोस्ती थी हमारी। मैं, नारायण और राम...राम ज्यादा निकट था, हालाँकि स्वभाव में बिल्कुल उलट। नारायण हम सबमें बड़ा और ताकतवर था। रमोला बुआ के मरने के बाद जब मैंने हवेली छोड़ दी और बनारस आ गया तब राम भी पीछे-पीछे बनारस आ गया था। यह अलग बात है कि मैं खाली हाथ आया था और जिन्दा रहने के लिए मुझे होटलों में बर्तन तक धोने पड़े थे, मगर राम मय नौकर-चाकरों के आया था। उसके पास एक सामाजिक हैसियत थी, बाप का पैसा था। उसने उन सबका उपयोग भी किया। कई बार राम ने मुझे अपने साथ आने के लिए कहा, लेकिन मैं गया नहीं। नारायण जरूर उसके यहाँ कभी-कभार आता था और शास्त्री जी भी। राम की हमेशा मुझसे एक होड़-सी रहती थी। मैंने जब एमए दर्शनशास्त्र में प्रवेश लेने का फैसला लिया तो वह भी

अंग्रेजी छोड़कर दार्शनिक बनने को उतावला हो गया था। लेकिन उसी के चलते मुझे किताबों और नोट्स का बड़ा सहारा रहा। बाद में उसने एलएलबी कर बनारस में ही वकालत शुरू कर दी।''

—''लेकिन कुमार साहब, वह तो स्वतन्त्रता आन्दोलन को दौर रहा होगा। क्या आप लोग उससे बिल्कुल प्रभावित नहीं हुए?''

—''नहीं, मेरे बनारस प्रवास के समय तक तो देश स्वतन्त्र हो गया था या शायद दो-चार साल बाद हुआ हो। मुझे ठीक से याद नहीं। हाँ, जाड़े की उन कड़कड़ाती सुबहों में जब मैं होटल के बाहर बर्तन धो रहा होता, प्रभात फेरियाँ निकलती देखता था। उनमें ज्यादातर गांधीवादी और कांग्रेसी होते थे। उस समय मेरी स्थिति यह थी कि अपनी उस हालत के लिए मैं उन्हीं को दोषी पाता। उनमें बहुत से लोग बहुत दम्भी होते थे और मुझे हिकारत से धकियाकर एक तरफ कर देते थे। गुस्सा भी आता था उन पर...''

—''और क्रान्तिकारी?''

—''क्रान्तिकारियों से कोई सम्पर्क नहीं था। उनकी खबरें सिर्फ अखबारों में मिलती थीं। वीर सावरकर की किताब और जीवनी पढ़ी थी। बड़ा प्रभावित हुआ था। भगत सिंह को फाँसी तो बहुत पहले ही दे दी गई थी। तब मैं मैनपुरी में ही था। शास्त्री जी ने बताया था कि राष्ट्र के लिए उस वीर सपूत ने अपनी जान दी। दिल में इन लोगों के प्रति बड़ा आदर था, लेकिन तब हिम्मत नहीं होती थी...''

कुमार साहब चुप हो गए। मैंने एक-एक कर उस दौर की तमाम घटनाओं का जिक्र किया जिन्हें हम अक्सर इतिहास की किताबों में पढ़ते हैं या सुनते रहे हैं। कुमार साहब ने उन सब पर बहुत फौरी टिप्पणी की थी। कहने लगे, ''देखो, इतिहास सिर्फ वही नहीं होता जो हम पढ़ते या सुनते हैं। हर आदमी के लिए उसका एक अलग मतलब होता है। या कहो कि जो हम भोगते हैं या भुगतने की जो हमारी स्मृति है, वही हमारा इतिहास है। मैंने या मेरे पुरखों ने जो भोगा, वह मेरा इतिहास है।...हो सकता है कि उसी समय में किसी दूसरे का इतिहास मुझसे बिल्कुल उलट हो। जैसे राम या नारायण का था...''

—''हाँ, जैसे रमोला बुआ का...''

कुमार साहब एकदम से चौंके। उन्हें यह उम्मीद बिल्कुल नहीं थी। थोड़ी देर बाद बोले, ''हाँ, ठीक कह रहे हो। उस वक्त तक न बादशाहों की बादशाहत बची थी, न नवाबों की मक्कारी। दुनिया बदल रही थी। घर-घर में विद्रोह के बीज थे। हिन्दुस्तान बारूद के ढेर पर बैठा था। कभी कुछ भी हो सकता था। लेकिन तब भी रमोला बुआ की साँसें हवेली से बाहर नहीं जा पाती थीं। विद्रोह तो उसने भी किया था, यह अलग बात है कि कोई जान नहीं पाया। मैं बारह-तेरह साल का था। चौधरी साहब का जरखरीद गुलाम। जब मन होता, मुझे अपनी गोद में बिठा लेते। पूरा

शरीर चिपचिपाहट और गन्दगी से भर जाता। अपनी बालसुलभ कोमलता और सौन्दर्य से घृणा हो गई थी। क्यों बनाया था ईश्वर ने मुझे ऐसा? तनाव खत्म होने के बाद सब कुछ खत्म। जरा-जरा-सी बात पर इतनी मार पड़ती कि पूछो मत। स्वभाव की कमजोरी थी कि कभी किसी चीज का विरोध नहीं कर पाया। ऐसे में रमोला बुआ ने ही सहारा दिया था। वह सब जानती थीं। खुद भी वही पीड़ा भोग रहीं थीं। एक बचपना था उनके अन्दर जो आकर्षित करता था। कितनी चंचल, कितनी मोहक हँसी थी उनकी, लेकिन उसके पीछे अपने कितने दुख और उदासी उन्होंने छुपा रखी थी। लक्ष्मी मौसी के हाथ में जो आ जाता...जूता, चप्पल, डंडा...बस उसी से पीटने लगतीं। कभी उफ तक नहीं की उन्होंने। हाँ, बाहरवाली कोठरी से अक्सर उनकी सिसकियों का स्वर सुनाई पड़ता था। मैं बहुत डरते-डरते जाता वहाँ और चुपचाप उनके बगल में बैठ जाता। वो औंधे मुँह लेटी होतीं। मुझे देखतीं तो उनकी सिसकियाँ और भी तेजी से फूट पड़तीं। मैं उनके माथे पर अपना हाथ रख देता, वह उसे चूम लेतीं। मैं देखता कि उनका चेहरा सूज आया है और उनके पेट, पीठ और कमर पर जूते, चप्पल या डंडे के काले-काले निशान हैं। वे उन्हें छुपाना चाहती थीं, लेकिन मैं देख ही लेता। जब मैं उन्हें देख लेता तो सचमुच उनका चेहरा लाल हो जाता और वे हिरनी-सी आँखें बन्द कर लेतीं। पता नहीं, यह शर्म से होता था या पीड़ा से। जब मैं उनके घावों को अपनी नन्हीं-नन्हीं उँगलियों से सहलाता तो वे हल्के-से कराह उठतीं। फिर झटके से मुझे अपनी बाँहों में भर लेतीं और फिर फफक-फफककर रो पड़तीं। हाँ, उनके साथ मैं भी रो रहा होता था तब...जैसे दुनिया की किसी चीज में कोई रस नहीं रह गया था उसके लिए। हालाँकि हँसती तो तब भी थीं, लेकिन अक्सर वह खोखली हँसी होती। बीस-बाइस की उम्र में ही जैसे वैराग्य ले लिया था, लेकिन उसे स्वीकार भी कहाँ किया उसने। कहती—प्यार एक खेल है...आओ खेलें।'

'और सचमुच वह एक खेल ही होता। एक आत्मघाती खेल। औरतें ऐसे ही लड़ती हैं...देह को हथियार बनाकर। उस लड़ाई में मैं कहीं नहीं था। वह चौधरी साहब और रमोला उर्फ फातिमा की लड़ाई थी। नहीं, शायद रमोला बुआ अपने पाँच हजार साल के इतिहास से लड़ रही थीं। चौधरी साहब तो दृश्य में ही नहीं थे। मैं एक मोहरा था...एक पिटा हुआ मोहरा। उस दृश्य को मैं ताउम्र नहीं भूल सकता...वह दिन के बारह-एक बजे का समय था। बरसात का मौसम। हवेली शान्त थी। शायद सब लोग खा-पीकर सो रहे थे। खाना खाने के बाद रमोला बुआ ने मुझे अपनी कोठरी में बुला लिया। मैं ठहरा बुआ का मुरीद। उनके इशारे पर नाचनेवाला। भागा-भागा आया। बुआ बिस्तर पर करवटें ले रही थीं। मैं उनके पास जाकर खड़ा हो गया। उन्होंने मुझे देखा और कसकर अपने पास खींच लिया। वे मुझे दुलराने लगीं और गहरा चुम्बन लिया। इस तरह कभी माँ दुलराती थीं। मुझे लगा कि बुआ को

बुखार है। उनका शरीर तप रहा था। साँसें बेतरतीब। आँखें लाल थीं जैसे कोई नशा किया हो। एक बार तो मैं डर गया। फिर खुद को उनकी बाँहों में छोड़ दिया। मेरे बालों में उँगली फेरते हुए बुआ ने पूछा, ''लला, खेल खेलोगे?''

मैंने झट से हामी भर दी। हालाँकि पहले भी मैं एक-दो बार यह खेल खेल चुका था। लेकिन तब कुछ पता नहीं था। इसमें मुझे कोई बुराई भी नजर नहीं आती थी...'

कुमार साहब एक पल को रुके, फिर खिड़की की तरफ देखते हुए बोले, ''खेल चल रहा था। बुआ अर्द्धचेतन अवस्था में थीं। कमरे में गर्म साँसों का हाहाकार था और मैं सातवें आसमान पर...नहीं, खेल शायद अभी शुरू भी नहीं हुआ था कि अचानक मेरी नजर खिड़की पर गई। खिड़की खुली थी और उसके पार...चौधरी साहब स्तब्ध हम लोगों को देख रहे थे। बुआ ने उन्हें देखते हुए भी अनदेखा कर दिया, लेकिन मैं...मैं जैसे भरभराकर आसमान से गिर पड़ा था। उधर बुआ की देह मेरी देह को कुचले दे रही थी...पता नहीं यह चौधरी साहब का भय था या अपराधबोध...लेकिन मैं उस क्षण से ताउम्र नहीं उबर पाया। किसी प्रेत की तरह वह हमेशा मेरे साथ रहा। शादी के बाद भी। मैं अब हमेशा-हमेशा के लिए नपुंसक हो चुका था।''

''मेरे साथ जो होना था, वह तो हुआ ही, लेकिन रमोला बुआ भी उस क्रूरता से बच नहीं सकी थीं। मैं शर्म और अपमान से आहत उसी रात हवेली छोड़कर भाग खड़ा हुआ था। बाद में पता चला कि रमोला बुआ ने भी उसी रात आत्महत्या की थी।''

कुमार साहब चुप हो गए थे। मुझे लगा कि वे रो रहे हैं। थोड़ी देर बाद वे धीरे-से उठे और बाथरूम की तरफ चले गए। मैंने मेज पर पड़ी उनकी डायरी उठा ली। डायरी में पिछले कुछ दिनों का रोजनामचा था। कब सोए, कब जागे, क्या खाया, किससे मिले...आदि-आदि। कहीं-कहीं उन्होंने अपने सपनों और अनुभवों का भी जिक्र किया था। डायरी पलटते हुए मैं देख रहा था कि कुछ पन्नों पर तो कुमार साहब ने सधी हुई कलम से बहुत सुन्दर शब्द लिखे हैं और कहीं-कहीं एकदम घसीटा मारा है। वे अपठनीय होने की हद तक बिखरे हुए शब्द थे। अंग्रेजी और संस्कृत वाक्यांशों का प्रयोग भी सबसे अलग था। कहीं भावुक टिप्पणियाँ थीं तो कहीं निर्मम राष्ट्रवादी विचार...। उन सबके बीच उनके अपने आध्यात्मिक अनुभव भी थे। लिखा था—'आज अचानक पाँच घंटे की गहन समाधि लग गई। स्थूल से सूक्ष्म शरीर में प्रवेश कर गया। स्वर्गिक आनन्द था वहाँ। अनंत अप्सराएँ रतिमग्न...आत्मा आह्लादित हुई। मगर यह क्या—उसके बाद फिर एक नर्क की यात्रा...जुगुप्सा पैदा करनेवाले हजारों दृश्य...एक विराट योनि खुली हुई थी...हजारों कुष्ठ रोगी अपने घावों पर से मक्खियाँ उड़ाते हुए उसमें गिरे जा रहे थे। यह यात्रा का दूसरा चरण था। तीसरे चरण में सिर्फ प्रकाश था। निर्मल प्रकाश। फिर धीरे-

धीरे प्रकाश भी खत्म। चौथे चरण में खुद अपने ही संस्कारों से मुठभेड़ थी। इस तरह अपने सच को तीसरे व्यक्ति के रूप में देखना बहुत मुश्किल होता है।...एक अदालत थी जहाँ मेरे खिलाफ आरोप तय हो रहे थे। मैं किसी आरोप का कोई जवाब नहीं दे पाता। हकलाने लगता हूँ। अपने झूठ की तरह सच भी गढ़ना चाहता हूँ। लेकिन...हत्यारे ताकतवर हैं। मैं कुछ नहीं कर सकता। मेरी विक्षिप्तता बढ़ती जा रही है। सिर हमेशा भारी रहता है। बात-बात पर बौखला जाता हूँ। पत्नी परेशान है। नतिनी इसे मेरे बुढ़ापे का असर मानती है। लेकिन क्या सचमुच मैं बूढ़ा हो गया हूँ? स्मृति में तो अब भी बार-बार बचपन है। राम, रमोला बुआ, नारायण, चौधरी साहब, शास्त्री जी, हवेली...'

अगले पन्ने पर लिखा था—'यह एक अनन्त की यात्रा है। बुद्ध के अनुसार सात चरण हैं इसके...लेकिन बहुत दारुण...खुद ही खुद का पोस्टमार्टम करना है।...कल राम का पत्र आया। मुझे घृणा है उससे...मेरी पत्नी के साथ जो किया उसने...मैं अब तक माफ नहीं कर पाया उसे। हरामी बद्रीनाथ की यात्रा पर जा रहा है। लौटते हुए शायद आए...मैं विरोध भी नहीं कर सकता...इन दिनों शराब भी बहुत पीने लगा है। बहन रंजना एक कार दुघर्टना में चल बसी। विवाह नहीं किया उन्होंने...राम ने करने ही नहीं दिया...'

'पत्नी के साथ उसने जो किया...' अभी मैं इसी पंक्ति पर ही अटका था कि आगे की सूचना मेरे लिए और भी विस्फोटक साबित हुई जिसे कुमार साहब ने लिखकर काट दिया था। मैंने बहुत ध्यान से पढ़कर उसे समझने की कोशिश की। लिखा था—'हमेशा राम ने उसे अपनी रखैल बनाकर रखा।' कुमार साहब द्वारा काटी गई यह पंक्ति पढ़ने के बाद मैं सचमुच बौखला गया था। दिमाग कुछ सोचता, उससे पहले ही कुमार साहब कमरे में दाखिल हुए। मैंने हड़बड़ी में डायरी बन्द कर मेज पर रख दी। कुमार साहब मुस्कराए।

इस समय वे मूड में थे। कुछ भावुक भी। बताने लगे कि किस तरह बनारस के होटलों में बर्तन माँजकर उन्होंने पढ़ाई की। पढ़-लिखकर कचहरी में क्लर्क हुए, फिर स्कूल में अध्यापक। शादी-ब्याह भी तब तक हो चुका था। एक-दो प्रेम प्रसंग भी चले और निपट गए। कुमार साहब ने अपने उस संघर्षपूर्ण जीवन के डिटेल्स इस ढंग से बताए थे कि रेशा-रेशा उधेड़ दिया था। हालाँकि मैं जानता हूँ कि उसमें उतनी सचाई नहीं रही होगी, लेकिन उतना झूठ भी नहीं रहा होगा।

कुमार साहब अक्सर यही लड़खड़ा जाते हैं। सोचते हुए कहते हैं—"वे बेचैन दिन थे। कुछ भी तय नहीं था। सपने थे मगर उनकी कोई जड़ नहीं थी। मैं एक छोटे-से कस्बे से बनारस जैसे शहर में आया था। न रहने का कोई ठिकाना, न खाने का। बहुत-सी दिक्कतें मेरे अपने धार्मिक संस्कारों के कारण भी थीं। होटलों में काम पूरा करने के बाद कुछ भी खाने को दे दिया जाता...कभी बचा हुआ कबाब...कभी बची

हुई रोटी। फिर रमोला बुआ वाला प्रसंग भी भूत की तरह मेरा पीछा करता। बेहद तनाव में रहता था मैं। कभी ठीक से सो नहीं पाता था। पढ़ाई-लिखाई भी चौपट हो रही थी। जब कभी किसी स्त्री को देखता, मेरे भीतर का जानवर हिंसक हो उठता। पसीने से तरबतर, कब मैं कल्पनालोक में खो जाता और हस्तमैथुन करने लगता, कुछ पता नहीं चलता था। बाद में अक्सर अपराधबोध सालता। घंटों मैं मन्दिर में मूर्ति के सामने गिड़गिड़ाता रहता।

इसी किसी समय मेरी सोहबत कुछ समाजवादियों से हुई। वे प्रजा सोशलिस्ट पार्टी के लोग थे। उनकी बैठकों में मैं जाता था। कार्यकर्ता की हैसियत से वे अक्सर मुझे पानी पिलाने और दरी बिछाने जैसे काम देते थे। उनकी बैठकें भी गोपनीय हुआ करती थीं। धारदार बहसें। मैं चुपचाप उन्हें सुनता रहता। हालाँकि कभी-कभार इच्छा होती थी कि भगत सिंह की तरह असेंबली में बम फोड़कर शहीद हो जाऊँ। रमोला बुआ की आत्मा को भी इससे शान्ति मिलती और मैं भी दुनियावी झंझटों से मुक्ति पा जाता।...घर पर पिता जी का काम-धाम ठप्प था। भाई-बहन सब पढ़ रहे थे। अकेला मैं कमानेवाला। कचहरी में भी दुनिया भर के झंझट थे। शुरू-शुरू में डरता था, लेकिन फिर मैंने भी औरों की तरह घूस लेना शुरू कर दिया। हालाँकि आत्मा बहुत कचोटती थी। पहली बार तो रात भर सो नहीं सका। राम ने ही उबारा मुझे उस द्वन्द्व से भी। हाँ, उसने प्रसिद्ध दार्शनिक बर्टेंड रसल का उदाहरण देकर कहा था कि आखिर घूस लेना पाप क्यों है? मेरा पास आज तक इसका कोई जवाब नहीं है। बर्टेंड रसल का भी किस्सा अजीब है। तब सभी घूसखोर बुद्धिजीवी उसका उदाहरण दिया करते थे। कहते हैं कि बर्टेंड रसल ने घूस देकर मजिस्ट्रेट का पद खरीदा था। पद पाने के बाद वह खुद घूस लेने लगे। जब पकड़े गए तो एक नया सवाल उठा दिया। उन्होंने कहा था कि घूस लेने भर से कोई अपराधी कहाँ हो जाता है? अपराध तो तब होता जब घूस लेनेवाले के हित में मैं नियमों के खिलाफ जाकर कोई काम करता या गलत फैसला देता। मैंने जो किया वह नियमों के तहत ही किया...। खैर, बर्टेंड रसल बड़े दार्शनिक थे। वे कुछ भी कर सकते थे। हम क्लर्कों की उनसे क्या तुलना होती? लेकिन इसके बाद मेरा अपराधबोध खत्म हो गया और मैं बेहिचक दुनियादारी निभाने लगा।

सन 50 तक घूस लेना और देना कचहरी के कर्मचारियों में दस्तूर जैसा था। इसे दस्तूरी ही कहा जाता था। किसी को कोई दिक्कत भी नहीं थी उससे। सारे काम समय से नियमों के तहत ही होते थे। लेकिन बाद में क्लर्कों की जो नई पीढ़ी आई, उसने इस दस्तूरी को भी नापाक कर दिया। आजादी ने जैसे उनकी लालसाओं के द्वार बेधड़क खोल दिए थे। कोई शर्म लिहाज बाकी नहीं रहा। अब तो खैर...''
कुमार साहब एकाएक रुक गए। लगा जैसे कोई चीज जबरदस्ती उन्हें रोक रही है। कँपकँपाते हाथों से उन्होंने चाय का गिलास उठाया। एक घूँट भरकर रख दिया। मुझे

ख्याल आया कि कुछ देर पहले कुमार साहब की पत्नी चाय की ट्रे रख गईं थीं। कुमार साहब ने मुझे चाय के लिए नहीं पूछा। मैंने खुद ही बढ़कर चाय का गिलास उठा लिया।

थोड़ी देर की चुप्पी के बाद वे खुद ही बोले, ''गांधी जी की हत्या का दिन याद है। उस वक्त मैं बनारस में ही था। दिनभर कचहरी में क्लर्की के बाद रात में अपनी एमए की पढ़ाई करता था। गांधी जी की हत्या की खबर रात को ही मिली थी। राम आया था वह मनहूस खबर लेकर। शराब के नशे में धुत्त। क्षत-विक्षत और टूटा हुआ। आते ही रोने लगा। तब मेरी समझ में नहीं आया कि क्या प्रतिक्रिया व्यक्त करूँ? लेकिन सच...दिल में कहीं खुशी भी थी कि चलो हिन्दुस्तान बच गया। प्रजा सोशलिस्ट पार्टी की बैठकों में जाने के बावजूद संघ और आर्यसमाजियों का तब तक काफी असर था मुझ पर। सच बात यह थी कि संघवाले अपने आदमी को कभी भी अकेला नहीं छोड़ते थे।

बनारस में भी शास्त्री जी के माध्यम से संगठन से मेरा सम्पर्क बना हुआ था। शाखा में भी कभी-कभार चला जाता था। हालाँकि प्रजा सोशलिस्ट पार्टी की बैठकों में जाने के बाद से मेरा वहाँ रहना लगातार मुश्किल होता जा रहा था। बौद्धिक में भी वे बहस नहीं होने देते थे और उपदेश सुनने की स्थिति में मैं था नहीं। इसके बावजूद संघ का हिन्दू राष्ट्र का विचार मुझे आकर्षित करता था। मुझे लगता था कि हिन्दू राष्ट्र हो जाने के बाद कचहरी की व्यवस्था बदल जाएगी। वहाँ मुसलमानों का वर्चस्व टूटेगा। अपनी उस स्थिति के लिए मुझे मुसलमान ही सबसे ज्यादा दोषी नजर आते थे। वे आक्रांता थे। पाँच-छह सौ सालों में उन्होंने पूरी व्यवस्था को ही भ्रष्ट कर दिया था। हम जो इस देश के सच्चे उत्तराधिकारी थे, दर-दर के भिखारी बना दिए गए थे। शास्त्री जी ने बचपन में जो सपना दिया था, उसके अनुसार कभी सोने की चिड़िया था यह देश, लेकिन...मुश्किल मेरी ही थी कि मैं कभी एक रास्ते पर चल ही नहीं पाया। एक भटकाव पूरे जीवन भर लगा रहा। अब लगता है कि यह रमोला बुआ का शाप था मेरे लिए...।'' कुमार साहब रुक गए। फिर आँखें बन्द करके जैसे कुछ खोजने लगे।

''...आज भी अफसोस होता है उस दिन का। गांधी जी की हत्या पर कुछ मित्रों ने मिठाई बाँटी थी और मैंने गर्व से उसे खा लिया...। बाद में जब धर-पकड़ हुई तो तमाम संघी जेल भेजे गए। शास्त्री जी भी थे उसमें। हमने जुलूस निकालकर उसका विरोध किया था, लेकिन गोलवलकर ने माफी माँगकर हमें लज्जित कर दिया। तभी पहली बार एक दिन के लिए जेल भी गया। अब अफसोस होता है...क्यों किया था हमने ऐसा?'' मैं समझ गया कि कुमार साहब ट्रैक से भटक रहे हैं। मैंने हाथ जोड़ लिए और फौरन उठ खड़ा हुआ। वे मुझे घूरने लगे। फिर मुस्कराकर बोले, ''अच्छा ठीक है...फिर आना कभी, तब बताऊँगा।''

इस बीच चुपके से मैंने उनकी डायरी उठा ली थी और उन्हें पता भी नहीं चला था। पता तो उन्हें यकीनन बाद में भी नहीं चला होगा क्योंकि डायरी पुरानी थी और भर चुकी थी। फिर उनकी स्मृति का जो हाल है उसका खुदा ही मालिक। बहरहाल, बाद में घर आकर जब इत्मीनान से मैंने उसे पढ़ना शुरू किया तब एक रहस्य और खुला और वह था उनके प्रेम सम्बन्धों का। कभी-कभी मैं बिल्कुल समझ नहीं पाता कि विचार की दुनिया में जीते आदमी को इस कदर प्यार की जरूरत क्यों होती है? अध्यापक हो जाने के बाद कुमार साहब की यह बेचैनी और बढ़ गई थी जिसे ठीक ठीक प्यार भी नहीं कहा जा सकता। दरअसल, कुमार साहब की हथेली पर रमोला बुआ के सपनों की लाश थी और उससे निरन्तर दुर्गन्ध उठा करती थी। जो उन्हें बेचैन कर देती। इससे बचने के लिए जब वे किसी मादा देह में घुसने की कोशिश करते तो एक उलझन तारी हो जाती। फिर जन्म के समय जिस ट्रैफिक जाम की स्थिति में वे फँसे थे, उससे वे ताउम्र उबर भी नहीं पाए। अक्सर वे बौखला जाते और घर में तोड़-फोड़ शुरू कर देते। इसका खामियाजा उनकी पत्नी को ही भुगतना पड़ता था। उन्हें अपनी पत्नी के चरित्र पर भी शक था। हालाँकि इस बारे में उन्होंने बहुत स्पष्ट कुछ नहीं लिखा है। फिर भी कहीं कुछ ऐसा जरूर था जो उन्हें उद्विग्न और बेचैन किए रहता।

लेकिन डायरी में लिखी उनकी इस लाइन से कि 'राम ने मेरी पत्नी के साथ जो किया...' से मुझे एक सूत्र जरूर मिल गया था। बाद में जब मैंने उनकी इस डायरी को क्रमवार पढ़ना शुरू किया तो उसकी परतें भी धीरे-धीरे खुलने लगीं। दरअसल, कुमार साहब राम प्रताप के वैभव और उसकी बौद्धिकता से बहुत आतंकित रहा करते थे। उसके सही-गलत किसी का भी विरोध करने की उन्हें हिम्मत नहीं पड़ती थी। बनारस में अक्सर रामप्रताप अपने घर महफिलें जुटाते और काव्य सन्ध्याओं का आयोजन करते थे जिसमें कुमार साहब का नियमित जाना होता था। एक तो काव्य रसिक होने के नाते, दूसरा रामप्रताप की मित्रता के दबाव में।

इसी बीच कुमार साहब का विवाह भी हो गया। विवाह के समय के बारे में वे बताते हैं कि द्वितीय विश्वयुद्ध खत्म हो चुका था और देश आजाद हो गया था। (अजीब बात है कि द्वितीय विश्वयुद्ध के खत्म होने और देश के आजाद होने के बीच के सालों को वे अक्सर भूल जाते हैं। यही नहीं, देश विभाजन की त्रासदी पर भी वे कभी कोई खास बात नहीं करते।) बहरहाल, डायरी में उन्होंने अपने विवाह और पत्नी के बारे में लम्बा विवरण दिया है। विवाह का उन्होंने जो विवरण दिया है उसमें कोई खास बात नहीं है। वह गाँव में होनेवाले आम विवाहों की तरह ही है। लेकिन पत्नी के बारे में उन्होंने जो लिखा, वह सचमुच दिलचस्प है। उन्होंने लिखा, 'पहली बार जब मैंने अपनी पत्नी को देखा तो भौंचक रह गया था। उन दिनों विवाह से पहले पत्नी को देखने का चलन नहीं था। विवाह से पहले क्या, विवाह के बाद

भी दिन में उसे देखने का चलन नहीं था। अपनी पत्नी से हम रात में ही मिल सकते थे। मैं भी उससे रात में ही मिला था कोहबर में। विवाह की गहमागहमी जब खत्म हो गई तो रात के ग्यारह-बारह बजे मैं उसके कमरे में घुसा था। ढिबरी की रोशनी में वह घूँघट काढ़े बैठी थी। किसी स्त्री की इतनी निकटता मुझे उतावला किए दे रही थी। मैं झट से बिस्तर पर उसके निकट जाकर बैठ गया। मेरा दिल धड़-धड़ कर रहा था और देह में सिहरन-सी उठ रही थी। स्त्री देह का मुझे पहले कोई अनुभव नहीं था और सेक्स के बारे में तो मैं लगभग अनजान ही था। रमोला बुआ वाला प्रसंग भी बचपन में घटा था और उसने मुझे लगभग कुंठित ही किया था। पत्नी की निकटता ने मेरी धमनियों में रक्त प्रवाह बेतहाशा बढ़ा दिया था। उसका घूँघट उठाते ही मैं हतप्रभ रह गया। ऐसी अपरूप सुन्दरी मेरे भाग्य में कैसे आ गई। सर्वांग कसा हुआ गोरा बदन, पके आम से रसीले होंठ, उन्नत ललाट, तीखी नाक और शंक्वाकार स्तन। उसकी देह का कटाव तो देखने लायक था जिसे देखकर तब मैं पागल हुआ जा रहा था। बिना किसी भूमिका के झट से मैंने उसे अपनी बाँहों के घेरे में ले लिया और वह कसमसाने लगी थी। उतावलेपन में मैंने उसके शरीर से सारे कपड़े उतार फेंके और अपने तने हुए शिश्न को गलत जगह प्रवेश कराने का प्रयास करने लगा कि अचानक मेरी पत्नी एक झटके में उठ खड़ी हुई और बड़बड़ाती हुई धक्का देकर मुझे परे धकेल दिया। मैं हतप्रभ रह गया। मेरी समझ में नहीं आ रहा था कि आखिर मैंने क्या गलत कर दिया। मैंने देखा कि मेरी पत्नी का चेहरा क्रोध से तमतमा रहा है और वह किसी शेरनी की तरह खा जानेवाली निगाहों से मुझे घूरकर देख रही थी। जाने क्यों उसमें मुझे रमोला बुआ की छवि उतरती दिखी और मैं आहत, लज्जित होकर चुपचाप बाहर आ गया। रात भर मैं सो नहीं सका और सारी रात यहाँ-वहाँ भटकता रहा। भोर में बड़ी मुश्किल से छत पर बैठे-बैठे मुझे थोड़ी देर के लिए झपकी लगी और मैं सपना देखने लगा। सपने में फिर रमोला बुआ थीं और वे मेरी खिल्ली उड़ाते हुए ठठाकर हँस रही थीं। इसके बाद कई दिनों तक मैं अपनी पत्नी से नजरें चुराकर भागता रहा। उसके पास आते ही जैसे मेरी सारी शक्ति निचुड़ जाती थी। मेरे भीतर जैसे कहीं कोई घुन लग गया था। न ठीक से खाया जाता, न सो ही पाता। पाँच-सात दिन में ही मेरा चेहरा पीला पड़ गया था और मैं महीनों पुराने रोगी की तरह लगने लगा था। इस बीच गाँव में ही मेरी मुलाकात दूर के रिश्ते के एक मामा से हुई। गाँव में उनकी छवि एक लफंडर और घनघोर औरतबाज की थी। उन्होंने मुझे देखते ही ताड़ लिया था। घूमने के बहाने वे मुझे गाँव के बाग में ले गए और बड़ी सहानुभूति से मेरे कन्धे पर हाथ रखकर पूछा, "का बात है लाला? ब्याह के बाद तो लौंडों के थोबड़े फूल नाय खिल जात हैं, मगर तेरो सूखे छुआरे जैसो काय हो गयो है? का कौनो परेसानी है—कोऊ रोग? लगतो है अब तक औरत को सुख तोय ना मिलो—मोय सच्ची-सच्ची बता बात

का है?'' मामा की सहानुभूति और उनके पूछने के तरीके ने मुझे मोम की तरह पिघला दिया था। मेरा गला भर आया।

पिछले कई दिनों से जो दु:ख मुझे भीतर-ही-भीतर खाए जा रहा था, समुद्र के ज्वार-भाटे की तरह आँखों के रास्ते बह निकला। मेरी हिचकियाँ बँध गईं थीं और मैं बेतहाशा रो रहा था। मामा ने मुझे सहारा दिया, मुझे गले से लगाया और मेरे आँसू पोंछे। कई बार मुझे आश्चर्य होता है कि जीवनभर के ऐसे किसी लफंदर, बदनाम और बदमाश आदमी के भीतर भी इतनी करुणा और ममता हो सकती है। शुरू में मैं डर रहा था कि मेरी आपबीती सुनकर मामा हँसेंगे और मेरा मजाक उड़ाएँगे, मगर मामा ने ऐसा कुछ नहीं किया, बल्कि उनके बर्ताव ने मुझे उनके सामने किसी सरल किताब की तरह खुलने को मजबूर कर दिया था। पूरी बात सुनकर मामा गम्भीर हो गए थे और मेरे सिर पर हाथ फेरते हुए बोले थे, ''तो जामे रोवै गावै की का बात है बेटा। हमें तो जेई आस्चर्य है कि तेरो जैसो सीधो साधो मोड़ा जा जमाने में जी कैसो रओ है। बताओ बीस-बाइस की उमर तक औरत के बारे में कछू नाय मालूम। सुन बेटा, औरत से अच्छो दोस्त कोउ ना होत और बासे बुरो दुस्मन भी कोउ ना होत। पहले बाय बातन से जीतो, फिर बाकी देह में उतरो। बिस्तर में पहलवानी काम नाय देत, समझो कछू।'' फिर उन्होंने सम्भोग कला का डिमांस्ट्रेशन करके दिखाया और मुझे हौसला देते हुए कहा, ''जा बेटा, बहादुर बन और मैदान मार के आ। जेई जिन्दगी को सच्चो मैदान है।'' मामा के इस हौसले ने मुझे काफी बल दिया था और पत्नी के साथ सम्बन्ध बनाने में मैं कमोबेश सफल भी हो गया था, लेकिन शायद सहज कभी नहीं हो पाया। भीतर कहीं कोई अपराधबोध या कुंठा थी जो मुझे सहज नहीं होने दे रही थी। मन में कहीं अपनी इस असहजता के लिए मैं अपनी हस्तमैथुन की आदत को भी दोषी पा रहा था जो पिछले कई वर्षों से मेरी रात्रिचर्या का हिस्सा बन चुकी थी। अपनी इस आदत से लड़ने में भी मुझे उन दिनों अपनी बहुत-सी ऊर्जा और समय गँवाना पड़ा।

उन दिनों घटिया कागज पर छपनेवाली सेक्स सम्बन्धी अधकचरी पुस्तकों में इस तरह के वीर्यनाश पर मैं जो कुछ पढ़ता, वह मुझे और भी कुंठित और अपराधबोध से ग्रस्त कर जाता। इस तरफ से अपना ध्यान हटाने के लिए मैं रोज संकल्प लेता और प्रार्थना करता। इन किताबों के आधार पर ही सोने से पहले मैं रोज रात को शीतल जल से अपने पैर धोता और गीता का पाठ करता। लेकिन बिस्तर पर जाते ही कब मेरा संकल्प टूट जाता, पता ही नहीं चलता था। सुबह उठकर मैं बहुत ग्लानि महसूस करता था। शीशे में अपना चेहरा देखता तो और भी हताश हो जाता। लगता जैसे मेरी आँखें निस्तेज हो गईं हैं और गालों के गड्ढे और भी गहरे हो गए हैं। नहा-धोकर मैं फिर प्रार्थना करता और संकल्प लेता। यह उन दिनों लगभग रोज का ही नियम बन गया था। यह सचमुच अजीब था कि अपनी इस समस्या से

मैं जितने बड़े संकल्प के साथ छुटकारा पाना चाहता, उतना ही उलझ जाता। यह सब इतना शर्मनाक था कि इस बारे में मैं किसी से कुछ कह भी नहीं सकता था। कभी कह भी नहीं पाया। मेरी रात्रिचर्या की इन फंतासियों में मेरे निकटतम मित्रों की बहन–पत्नियों से लेकर अपनी सगी बहनें तक शामिल थीं। मेरे लिए यह इतना बड़ा पाप था कि मेरा अन्त:स्तल पूरी तरह नर्क बन चुका था। इस बारे में मैंने अपनी पत्नी तक से कुछ नहीं कहा क्योंकि मैं जानता था कि इससे उसे बड़ा आघात पहुँचेगा। राम इस मामले में मुझसे बिल्कुल अलग और लगभग बेशर्म था। भरी महफिल में वह गन्दे–गन्दे चुटकुले सुनाता और रस ले–लेकर अपनी सेक्स फंतासियों की चर्चा करता। वह अक्सर इस सबको अपनी आधुनिकता से जोड़ता और मेरी पोंगापंथिता की खिल्ली उड़ाता। मैं सिर्फ खिसियाकर रह जाता और उसे कभी कोई जवाब नहीं दे पाता था।

सेक्स को लेकर राम की जो अप्रोच थी और जिसे वह अपनी आधुनिकता से जोड़ता था, बाद के दिनों में मुझे वह घटियापन लगने लगी थी। खासकर अपनी पत्नीवाले प्रसंग के बाद। दरअसल, विवाह के बाद एक महीना गाँव में रहकर मैं वापस बनारस कचहरी की अपनी नौकरी पर आ गया था। शादी के बाद पत्नी को तुरन्त बनारस साथ लेकर आना तब मेरे लिए सम्भव नहीं था क्योंकि घर में अकेला मैं ही कमानेवाला था। दोनों भाई मेरे साथ ही बनारस में रहकर पढ़ रहे थे। गाँव में माँ, पिताजी और बहनें थीं और पत्नी का वहाँ रहना जरूरी था। फिर हर महीने अपने वेतन का एक बड़ा हिस्सा मुझे गाँव भेजना होता था जिसके चलते मेरी अर्थव्यवस्था यह गवारा नहीं कर रही थी कि मैं पत्नी को अपने साथ लाकर रख सकूँ।

अपनी आय बढ़ाने की मैं भरसक कोशिश कर रहा था। लेकिन भाइयों की पढ़ाई–लिखाई के खर्चे और पैसा घर भेजने के बाद मेरे पास इतना भी नहीं बचता था कि महीना आराम से कट सके। ऐसे में मुझे अक्सर राम से मदद माँगनी पड़ती थी। तब तक राम की वकालत भी खासी चल चुकी थी। फिर घर से वह जब जितना पैसा चाहता, मँगा लेता था। दरअसल, उसकी शान–शौकत और अय्याश जीवनशैली की भरपाई उसकी वकालत के पैसों से सम्भव ही नहीं थी। मैंने भी नौकरी के बाद एक–दो ट्यूशन करने की कोशिश की थी। उन्हीं दिनों कचहरी में नए–नए सब रजिस्ट्रार आए थे—खान साहब। खान साहब बहुत हँसमुख और कवि हृदय आदमी थे। उम्र यही कोई पचास–पचपन की होगी। उनकी पहली पत्नी का देहान्त हो चुका था। पिछले साल ही उन्होंने दूसरा विवाह किया था। उनके लड़के–लड़कियों का विवाह हो चुका था और वे सब अपनी अपनी घर–गृहस्थी में मस्त थे। ऐसे में अपना अकेलापन दूर करने के लिए उन्होंने दूसरा विवाह किया था।

कभी–कभार राम के घर महफिलों और कवि गोष्ठियों में उनका आना–जाना था। मैंने ही राम से उनका परिचय कराया था। इन गोष्ठियों के चलते मेरी और

खान साहब की घनिष्ठता और बढ़ गई थी। ऐसे ही किसी कमजोर क्षण में मैंने अपना दुखड़ा खान साहब को कह सुनाया। खान साहब की नई-नई शादी हुई थी। वे उम्र में उनसे काफी छोटी थीं और हिन्दी साहित्य में एमए करने की तैयारी कर रही थीं। खान साहब ने मुझसे कहा कि मैं उनकी पत्नी को शाम को एक-दो घंटा ट्यूशन दे दिया करूँ। इससे मेरी भी कुछ मदद हो जाया करेगी। मेरी तो जैसे बाँछें खिल गईं। पचास रुपये महीने पर तय हुआ था जो उस जमाने में कम नहीं होता था। पहले दिन जब मैं उनके यहाँ ट्यूशन पढ़ाने गया तो वहाँ मेरा भव्य स्वागत हुआ। खान साहब अपनी पत्नी से मेरा परिचय कराकर बाहर कहीं किसी काम से निकल गए। मैंने उनकी पत्नी को देखा तो एकबारगी भौंचक रह गया। मैं कस्बे का आदमी—ऐसा रूप-सौंदर्य पहले कभी नहीं देखा था। अब तक तो मैं अपनी पत्नी के ही रूप पर फिदा था। मगर ये तो उससे भी कई गुना रूपवती थीं। क्या तो नाक-नक्श, क्या देह का कटाव। मेरी पत्नी गौरांग थी और वे साँवली। मगर उस साँवलेपन में एक ऐसा नमक था जो दुर्लभ होता है। बेतरतीबी से बाँधी गई साड़ी में उनका अधखुला श्याम बदन जैसे मुझे पागल किए दे रहा था। अचानक मुझे कालिदास याद आने लगे—

*'तन्वी श्यामा शिखरिदशना पक्वाबिम्बाधरोष्ठी*
*मध्येक्षामा चकितहरिणी प्रेक्षणा: निम्ननाभि:*
*श्रोणीभारादलसगमना स्तोकनम्रा स्तनाभ्यां*
*या तत्र स्याद्युवतिविषये सृष्टिराद्यैव धातु:।'*

(उस घर में दुबली-पतली, षोडशी, नुकीले दाँतोंवाली, पके हुए बिम्बफल जैसे होंठोंवाली, पतली कमरवाली, भयभीत हरिणी की तरह चंचल आँखोंवाली, गहरी नाभिवाली, नितम्बों के भार से धीरे-धीरे चलती हुई, स्तनों के भार से झुकी हुई सी तथा युवतियों में विधाता की प्रथम रचना सी जो स्त्री हो...)

फिर उसने मुझे मिठाई खिलाई, चाय पिलाई और इस सबसे निपटने के बाद पूछा कि ''भाई जान, आज से ही शुरू करेंगे कि कल से?'' मैं भौंचक!

मैंने पूछा, ''क्या?'' तो उसने कहा, ''पढ़ाई और क्या?''

मैंने कहा, ''नहीं, कल से नहीं, आज से ही।'' फिर क्या था, वह अपनी किताब-कापी लेकर मेरे बगल में आकर बैठ गई और इतना सटकर बैठी कि मेरे रोंगटे खड़े हो गए।

यह तो खैर पहले दिन का किस्सा था जिसके बाद कुमार साहब को रात भर नींद नहीं आई और वे सारी रात अपनी नई और युवा शिष्या के बारे में ही सोचते रहे। अगले दिन और फिर उसके अगले दिन क्रमश: स्थितियाँ और भी ज्यादा संगीन होती गईं। कुमार साहब दिन भर बेचैन रहते—न कचहरी में मन लगता, न घर में। विद्यापति को पढ़ाते हुए वे एक अलग ही दुनिया में चले जाते और उनकी युवा

शिष्या जिसका नाम नरगिस था, उन्हें एकटक निहारती रहती। एक दिन सुबह-सुबह जब कुमार साहब नरगिस को ट्यूशन पढ़ाने उसके घर गए तो वह सद्य:स्नाता थी अर्थात तुरन्त ही बाथरूम से नहाकर निकली थी और उस समय खिले काले गुलाब की तरह लग रही थी। उसे देखते ही अचानक कुमार साहब के मुँह से विद्यापति का गीत निकल पड़ा—

*'जाइत पेखलि नहायलि गोरी।*
*कल सयं रूप धनि आनल चोरी।*
*केस निगारहत बह जल धारा।*
*अलि कुल कमल बेढल मधुलोभा।*
*नीर निरंजन लोचन राता।*
*सिन्दूर पंडित जनि पंकज पाता।*
*सजल चीर रह पयोधर सीमा।*
*कनक बेल जनि पडि गेल हीमा।*
*ओ नुकि करतहिं जाहि किय देहा।*
*अबहिं छोड़ब मोहिं तेजब नेहा।*
*एसन रस नहि होसब आरा।*
*इहे लागि रोइ गरम जलधारा।*
*विद्यापति कह सुनहू मुरारि।*
*वसन लागल भाव रूप निहारि॥'*

(रास्ते में चलते-चलते एक सद्य:स्नाता सुन्दरी को देखा। न जाने कहाँ से ऐसा विलक्षण रूप चुराकर लाई है? गीले केश निचोड़ते ही जल की धार टपकने लगती है। चँवर से मानो मोती का हार चू रहा हो। भीगे हुए अलक के कारण मुखमंडल अति सुन्दर लग रहा था जैसे रस का लोभी कोई भ्रमर मानो कमल को चारों ओर से घेर लिया हो। काजल साफ हो गया था। आँखें एकदम लाल थीं। ऐसा लग रहा था जैसे कमल के पत्ते पर किसी ने मेंदुर घोल दिया हो। भीगा वसन स्तन के किनारे पर था। लग रहा था जैसे सोने के बेल को पाला मार गया हो। वह वसन छिपा छिपाकर अपने शरीर को देख रही थी जैसे अभी-अभी यह स्तन मुझे अलग कर देगा, मेरा स्नेह छोड़ देगा। अब मुझे ऐसा रस नहीं मिलेगा, इसलिए शायद शरीर पर बहती जलधार रो रही थी।)

पद सुनकर नरगिस मुस्कराकर बोली, "गुरुजी, अब इसका मतलब भी तो समझा दीजिए।" लेकिन मतलब समझाते हुए कुमार साहब की जबान लड़खड़ाने लगी थी। फिर भी उन्होंने जैसे-तैसे उसे इसका अर्थ समझाया और मुस्कराते हुए नरगिस ने उसे अपनी कॉपी में नोट कर लिया। उस दिन तो खैर बात आई-गई हो गई। लेकिन अगले दिन नरगिस फिर उनके सामने उसी रूप में आई और अपने

बालों का पानी झटकते हुए उनके बगल में आकर बैठ गई। कुमार साहब के शरीर में जैसे झुरझुरी हुई। उन्होंने अपना हाथ नरगिस के हाथ पर रख दिया। लगा जैसे कोई ज्वालामुखी उनके भीतर फूटने लगा है। उन्होंने अपना ध्यान पुस्तकों में लगाना शुरू किया, लेकिन उनका मन था कि कहीं लग ही नहीं रहा था। जाने क्यों नरगिस अचानक खिलखिलाकर हँस पड़ी। कुमार साहब झेंप गए। नरगिस बेलिहाज थी। उसने फौरन किताब का वह पन्ना खोलकर रख दिया जिसमें कुमार साहब के नाम उसका एक प्रेमपत्र था। पत्र में तमाम सस्ती शायरी के साथ अपने हाले दिल का बयान था। कुमार साहब ने निगाह चुराते हुए चुपचाप पत्र अपनी जेब के हवाले कर दिया। उस वक्त उनके हाथ काँप रहे थे और दिल की धड़कनें बेहद तेज हो गई थीं। उन्होंने कनखियों से नरगिस की ओर देखा, वह लज्जा से लाल हुई पड़ी थी। कुमार साहब उस दिन कुछ भी न पढ़ा सके और तबीयत खराब होने का बहाना बनाकर तुरन्त वहाँ से उठ खड़े हुए।

## 6

इसके बाद तीन-चार दिन तक कुमार साहब ने नरगिस के घर का रुख तक न किया। हाँ, इस बीच वे उसके पत्र को सैकड़ों बार पढ़ चुके थे। वे असमंजस में थे कि क्या करें, क्या न करें। न वे खान साहब को धोखा देना चाहते थे और न नरगिस के दिल को ठेस पहुँचाना चाहते थे। इसी उधेड़बुन में वे दो दिन तक तो कचहरी भी नहीं गए। लेकिन एक दिन संयोग से खान साहब कुमार साहब को बाजार में टहलते हुए मिल गए। खान साहब ने कुमार साहब से झट से हाथ मिलाते हुए पूछा, "क्या बात है कुमार साहब...आपकी तबीयत तो ठीक है न...नरगिस बता रही थी कि तीन दिन से आप उसे पढ़ाने भी नहीं आए?" कुमार साहब एकबारगी सकपका गए और झेंपते हुए बोले, "हाँ, थोड़ा बुखार आ गया था...तबीयत खराब होने की वजह से इस बीच कचहरी भी नहीं जा पाया।"

—"कोई बात नहीं...अब तो आपकी तबीयत कुछ ठीक लग रही है। थोड़ा देख लीजिए...नरगिस की परीक्षाएँ भी अब सिर पर हैं।"

—"आप निश्चिन्त रहिए, मैं कल से ट्यूशन पर जरूर आ जाऊँगा खान साहब।" कहकर कुमार साहब ने चैन की साँस ली। हालाँकि भीतर-ही-भीतर उन्हें लग रहा था जैसे उनकी चोरी पकड़ी गई हो। बहरहाल, अगले दिन फिर हिम्मत जुटाकर कुमार साहब ने नरगिस के घर दस्तक दी। उस समय वे थोड़े घबराए हुए और बदहवास से थे। रात भर उन्हें नींद भी नहीं आई थी। घर का दरवाजा नरगिस ने ही खोला और मुस्कराकर उनका स्वागत किया। कुमार साहब झेंपते हुए अन्दर दाखिल हुए। नरगिस उस समय भी नहाकर निकली थी, उसके बाल गीले थे और

शरीर पर सिर्फ एक गाउन था। उसने चाय का कप कुमार साहब को पकड़ाते हुए कहा, "क्या बात है मास्साब, आप हमसे नाराज हैं क्या? हमसे कोई भूल हुई हो तो हमें माफ कर दीजिएगा।" बड़ी मुश्किल से कुमार साहब के मुँह से निकला, "नहीं, ऐसी कोई बात नहीं। खान साहब घर पर नहीं हैं क्या?"

—"नहीं, वे तो कल रात ही टूर पर इलाहाबाद गए हैं। कल शाम तक आएँगे।" नरगिस ने लापरवाही से अँगड़ाई लेते हुए कहा। कुमार साहब ने जैसे कुछ देखा और सुना ही नहीं। उन्होंने फौरन मेज पर पड़ी किताबों को उलटना-पलटना शुरू कर दिया। कुमार साहब का ध्यान ही नहीं रहा कि नरगिस इस बीच उनके ठीक बगल में आकर बैठ गई है और उसने अपनी बाँहें कुमार साहब के गले में डाल दी हैं। कुमार साहब ने जब उसकी ओर नजर उठाकर देखा तो एक बार फिर भौंचक थे। नरगिस की गर्म साँसें धौंकनी की तरह चल रही थीं और उसने अपना गाउन खोल दिया था। उसके गीले बाल जिनसे पानी अब भी टपक रहा था, कुमार साहब के कन्धे पर थे। कुमार साहब एकबारगी सकपका गए और उनके मुँह से सिर्फ इतना ही निकल पाया, "नरगिस...ये क्या... ?"

नरगिस ने बन्द आँखों के साथ नशीली आवाज में सिर्फ इतना कहा कि "मास्साब, जिन्दगी इन बेजान किताबों से बाहर भी होती है, कभी-कभार उसे भी देख लिया कीजिए।"

कुमार साहब कुछ क्षण चुप रहे, फिर उसके हाथों को छूते हुए उसके गालों तक पहुँच गए। फिर उसके कोमल नुकीले स्तनों को छुआ और लगा जैसे वे किसी तपती हुई शिला को छूकर आ रहे हैं।

नरगिस अपने खुले हुए गाउन के साथ झट से उनकी गोद में आकर बैठ गई और बेतहाशा उन्हें चूमने लगी। कुमार साहब के शरीर में भी एक अजीब-सी उत्तेजना का अहसास हुआ और उन्होंने उसे गले से लगा लिया। कुछ पल ऐसे ही गुजर गए। नरगिस ने धौंकनी की तरह चलती अपनी साँसों के साथ अपने नुकीले दाँत कुमार साहब के गले में धँसा दिए थे और कुमार साहब के बाँहों की पकड़ भी लगातार मजबूत होती जा रही थी। नरगिस अब लगभग निर्वस्त्र थी और उसने खुद को पूरी तरह कुमार साहब को समर्पित कर दिया था। कि तभी अचानक कुमार साहब को रमोला बुआ की याद आई और वे लगभग स्थिर हो गए। उन्होंने झट से नरगिस को खुद से अलग किया और उठ खड़े हुए। निर्वस्त्र नरगिस की आँखें अपमान और घृणा से लाल हुई जा रही थीं जिसे देखने का साहस कुमार साहब नहीं कर पाए। उनके मुँह से तब सिर्फ इतना ही निकला कि 'नरगिस, यह सब ठीक नहीं है...।' और नरगिस फूट-फूटकर रो पड़ी थी। उस समय नरगिस को सान्त्वना देने का साहस भी कुमार साहब में नहीं था और वे फौरन घर से बाहर निकल आए। उनके निकलने के बाद नरगिस ने घर का दरवाजा इतनी जोर से बन्द

किया कि कुमार साहब को लगा कि यह दरवाजा उनके लिए हमेशा-हमेशा के लिए बन्द हो गया है।

यह प्रतिशोध था, प्रायश्चित या कि कुमार साहब का काइयाँपन कि अगले दिन उन्होंने नरगिस की वह चिट्ठी खान साहब को सौंपते हुए कहा कि अब उनके लिए उनके घर ट्यूशन पढ़ाने आना सम्भव नहीं हो पाएगा। चिट्ठी पढ़ते हुए खान साहब के चेहरे पर अपमान, हिंसा और कातरता के मिले-जुले भाव आए थे। इसके बाद नरगिस पर क्या बीती, कोई नहीं जानता। इतना जरूर है कि इसके बाद खान साहब ने अपना ट्रांसफर उस शहर से दूर कहीं दूसरी जगह करा लिया था। कुमार साहब को इस पूरी घटना से न कोई खुशी हुई, न दुख ही। इस बीच कुमार साहब का टीचर्स ट्रेनिंग के लिए कॉल आ गया था जो उनकी चिर-प्रतीक्षित अभिलाषा थी।

इधर टीचर्स ट्रेनिंग के लिए कॉल आया था, उधर उनके गाँव से एक चिट्ठी आई कि उनकी पत्नी गाँव में सख्त बीमार हैं और फौरन बनारस बुलाकर उनका इलाज कराना जरूरी है। कुमार साहब असमंजस में थे कि टीचर्स ट्रेनिंग छोड़ें कि पत्नी को लेने गाँव जाएँ। भाइयों की सब परीक्षाएँ चल रही थीं और फिर सब छोटे भी थे। इतनी दूर आना-जाना और बीमार पत्नी को अपने साथ लाना उनके लिए आसान भी नहीं था। ऐसे में कुमार साहब की समझ में नहीं आ रहा था कि क्या करें? इतना तो वे समझ गए थे कि मामला पत्नी की प्रेगनेंसी का है। ऐसे में कुछ होनी-अनहोनी हो गई तो और मुश्किल। ऐसे में उन्हें फिर रामप्रताप चौधरी ही याद आए। राम प्रताप गाहे-बगाहे उनकी आर्थिक मदद तो किया ही करते थे। संयोग से उन्हीं दिनों रामप्रताप चौधरी को भी अपने घर जाना था यानी मैनपुरी। कुमार साहब का गाँव मैनपुरी के ही पास था। कुमार साहब ने रामप्रताप से जब अपनी मजबूरी बताई तो रामप्रताप सहर्ष उनकी पत्नी को अपने साथ बनारस लाने को राजी हो गए।

उन्होंने कुमार से कहा कि "कुमार तुम्हारी पत्नी मेरी भौजाई हैं। तुम्हारी मजबूरी मैं समझता हूँ। वे बीमार हैं। उन्हें बनारस लाने और उनका इलाज कराने की पूरी जिम्मेदारी मैं लेता हूँ। तुम निश्चिन्त होकर अपनी ट्रेनिंग पूरी करो।" भोले-भाले कुमार साहब इस आश्वासन से निश्चिन्त हो गए। लेकिन इसके बाद जो घटा वह भयावह था। कुमार साहब की डायरी के अनुसार रामप्रताप उनकी पत्नी को बनारस लाए तो जरूर, लेकिन इस बीच कई हादसे हुए। डायरी में उन्होंने जो कुछ लिखा उसके अनुसार रामप्रताप मैनपुरी गए। कुमार साहब के घर भी गए। कुमार साहब की पत्नी की हालत सचमुच खराब थी। वहाँ जो भी दवा-दारू हो सकती थी उसका उन्होंने इन्तजाम भी किया और कुमार साहब का पत्र भी दिखाया जिसके अनुसार कुमार साहब की पत्नी को रामप्रताप के साथ बनारस जाना था। कुमार साहब की पत्नी के मन में कहीं पति से मिलने की हसरत भी थी और बनारस शहर देखने का उल्लास तो था ही। बावजूद इसके कि पेट में तीन महीने का बच्चा था।

बहरहाल, हादसे इसके बाद शुरू हुए जो उन्होंने ठीक-ठीक किसी को बताए नहीं, बस गाहे-बगाहे कुमार साहब को कोसती रहीं। इस हादसे की कड़ियाँ बाद में धीरे-धीरे खुलीं। कुमार साहब के अनुसार रामप्रताप जब मैनपुरी से उनकी पत्नी को लेकर बनारस के लिए चले तो कहा कि रास्ते में कानपुर में उन्हें एक दिन रुकना होगा। वहाँ उन्हें कॉलेज का एक जरूरी काम है। कुमार साहब की पत्नी उनके इस प्रस्ताव पर मन-ही-मन कुढ़ीं तो जरूर, मगर कर भी क्या सकती थीं। तो तय हुआ कि मैनपुरी से चलकर रामप्रताप और कुमार साहब की पत्नी एक दिन के लिए कानपुर ठहरेंगे। कानपुर में उन्होंने होटल में एक कमरा किराए पर लिया और कुमार साहब की पत्नी को वहाँ ठहराकर अपने काम से बाहर चले गए। इस आश्वासन के साथ कि शाम की ट्रेन से बनारस निकल लिया जाएगा। कुमार साहब की पत्नी नहा-धोकर शाम होने का इन्तजार करती रहीं लेकिन वह शाम आई ही नहीं या कहें कि आकर गुजर भी गई। रामप्रताप देर रात नशे में धुत्त होकर होटल के कमरे में पहुँचे और कहा कि आज शाम की ट्रेन कैंसिल हो गई, अब सुबह ही चलना हो पाएगा। तुम खा-पीकर आराम करो। कुमार साहब की पत्नी के लिए खाने-पीने का प्रबन्ध रामप्रताप अपने साथ करके आए थे।

कुमार साहब की पत्नी मरती क्या न करतीं। जब इतनी देर हुई तो एक रात और सही। उन्होंने बिना ना-नुकुर किए चुपचाप खाना खा लिया। लेकिन यह क्या, खाना खाते ही उन्हें उल्टी-सी हुई और मूर्च्छा आने लगी। अर्द्धमूर्छित अवस्था में ही वे बिस्तर पर आकर ढह गईं। कुमार साहब के अनुसार इसके बाद रामप्रताप ने रात भर उनकी पत्नी के साथ बलात्कार किया। सुबह जब उनकी पत्नी सोकर उठीं तो उनके कपड़े अस्त-व्यस्त थे और उनके पेट में बहुत तेज दर्द उठ रहा था। उन्होंने खूब उल्टियाँ कीं और जी भरकर रोईं। पराया शहर और वे अकेलीं, उनको कुछ समझ नहीं आ रहा था। वे बस रोतीं और बड़बड़ातीं। रामप्रताप बेशर्मी से उन्हें ढाँढ़स दे रहे थे और कह रहे थे कि "लगता है रात का होटल का खाना खराब था इसीलिए ऐसा हो रहा है। ये कुछ दवाइयाँ खा लो और जल्दी से बनारस चलने के लिए तैयार हो जाओ।" कुमार साहब की पत्नी ने खा जानेवाली नजरों से एक बार रामप्रताप को देखा और उनकी दी हुई दवाइयाँ फेंक दीं। मगर बनारस तो जाना ही था इसलिए पेट के भीषण दर्द के बावजूद वे उठीं और बनारस चलने के लिए तैयार हो गईं। रास्ते भर कोई किसी से कुछ नहीं बोला। एक खामोशी थी जिसमें नफरत और अपराधबोध के मिले-जुले भाव थे।

बनारस पहुँचते ही दर्द बहुत तेज हो गया और उन्हें तुरन्त अस्पताल में भर्ती कराना पड़ा। कुमार साहब ज्ञानपुर से अपनी ट्रेनिंग छोड़कर भागे-भागे आए तो रामप्रताप ने उनसे भी कहा कि "रास्ते में फूड प्वाइजनिंग की वजह से भाभी की

हालत ज्यादा खराब हो गई थी इसलिए उन्हें तुरन्त अस्पताल में भर्ती कराना पड़ा लेकिन तुम चिन्ता मत करो, सब ठीक हो जाएगा।''

मगर ठीक कुछ भी नहीं हुआ। कुमार साहब की पत्नी का उसी रात गर्भपात हो गया और वे मरते-मरते बचीं। हाँ, इस पूरे एपिसोड में जो भी खर्च आया उसकी पाई-पाई रामप्रताप ने अपनी जेब से दी। क्या पता अपराधबोध में या एक बार फिर कुमार साहब को अपने अहसान तले दबाने के लिए। इन सारी बातों की जानकारी कुमार साहब को कई दिनों तक नहीं हुई और न ही वे अपने प्रति पत्नी की नफरत, क्रोध और झल्लाहट को समझ ही पाते। बाद में जब टुकड़ों-टुकड़ों में उनकी पत्नी ने उन्हें इस बारे में बताया तो वे कुछ समय के लिए हत्प्रभ रह गए थे। शरीर का खून जैसे ठंडा पड़ गया था। फिर अचानक उन्हें बहुत गुस्सा आया और वे पुलिस में इसकी शिकायत करने पहुँचे। (रामप्रताप के पास जाने और उनसे कुछ पूछने की हिम्मत उनकी तब भी नहीं हुई थी।)

उन्हें आज भी याद है वह दिन जब वे थाने में अपनी पत्नी के बलात्कार की तहरीर देने पहुँचे थे। रात आठ-नौ बजे का समय रहा होगा। बरसात के दिन। रास्ते में कीचड़-ही-कीचड़ भरा था। थाने जाते हुए भी उनके हाथ-पाँव काँप रहे थे। भगवान जाने क्रोध में याकि डर में। थाने के सामने आकर वे एक क्षण को रुके थे फिर भीतर का सारा आत्मविश्वास बटोरकर अन्दर गए। कमरे में घुसने से पहले ही एक सिपाही ने उन्हें टोका था।

—''क्या बात है? कहाँ जा रहे हो?''

—''दीवान जी से मिलना है...एक तहरीर देनी थी।''

—''क्या हुआ? कहीं डाका पड़ गया क्या?''

—''जी नहीं, बात ये है कि...आप बस दीवान जी से मिलवा दीजिए बस...'' कुमार साहब हिचकिचाते हुए बोले थे। वे नहीं चाहते थे कि घर की इज्जत सरेआम नीलाम हो।

—''ठीक है...ठीक है...दीवान जी अन्दर हैं चले जाओ।'' सिपाही को शायद उन पर दया आई हो या वे उसे अपने काम के आदमी ही न लगे हों। बहरहाल, कुमार साहब अन्दर गए।

अन्दर मेज पर पैर रखे दीवानजी अधलेटे बैठे थे। ऊपर एक बल्ब टिमटिमा रहा था। दीवानजी शायद शराब के नशे में थे। फिर वर्दी का नशा तो था ही। वर्दी के नशे पर शराब का नशा हो जाए तो फिर कहने ही क्या। तो दीवानजी की टोपी मेज पर थी और पैर भी मेज पर ही थे। अन्दर घुसते ही कुमार साहब ने मिमियाती आवाज में कहा, ''सर...''

सर की बन्द आँखें खुलीं और एक कड़कती हुई मदहोश आवाज गूँजी— ''क्या है?''

—"सर एक तहरीर देनी थी।"

—"किस बात की क्या हुआ?"

—"सर, मेरी पत्नी के साथ बलात्कार हुआ है।" कुमार साहब ने हिचकिचाते हुए कहा। इतना सुनते ही दीवान जी का नशा काफूर हो गया। उन्होंने पैर नीचे किए और कमर सीधी। अचानक से उन्हें गुस्सा आ गया। बोले—"बहिनचो...जब बीवी के साथ रेप हो रहा था तब तुम क्या गाँड़ मरवा रहे थे। कैसे मर्द हो जी। खैर...बताओ, कब हुआ, कहाँ हुआ, कैसे हुआ?"

कुमार साहब पहले ही हड़बड़ाए हुए थे। इतनी गालियाँ और सवाल सुनकर उनकी आधी जान और सूख गई। सूखते हलक के साथ उन्होंने कहा, "सर, वो क्या है कि हमारे साथ धोखा हुआ। हमारे एक रिश्तेदार हैं। यहाँ वकील हैं। हमारे ही गाँव के पास उनकी जमींदारी है। मेरी पत्नी उनके साथ गाँव से आ रही थीं। बीमार थीं। रास्ते में वे कानपुर रुके और धोखे से मेरी पत्नी के साथ बलात्कार किया।"

—"नाम क्या है वकील साहब का... ?" दीवान जी वकील के रुतबे में आ गए थे।

—"सर...रामप्रताप चौधरी..."

—"ओ...अपने वकील साब...बहिनचो...इतने शरीफ आदमी पर इतना गन्दा इल्जाम लगते शर्म नहीं आती...वो भी अपनी बीवी के साथ। साले तेरी बीवी ने ही फँसाया होगा उन्हें। तू तो है ही मउगा। चल भाग यहाँ से। चले हैं वकील साब के खिलाफ तहरीर लिखाने भों...के..." दीवान जी को अब तैश आ गया था।

—"लेकिन सर...मैं भी अध्यापक हूँ..." कुमार साहब घिघिआए।

—"अध्यापक के नाती...तेरी तो..." दीवान जी का एक जोरदार थप्पड़ उन पर पड़ चुका था और बदबू का एक तेज झोंका भी। कुमार साहब जैसे गिरते-गिरते बचे। उनकी समझ में आ गया था कि अब यहाँ फरियाद का कोई मतलब नहीं है। वे अपनी जान बचाकर जैसे-तैसे वहाँ से भागे। शहर की बिजली गुल हो चुकी थी। बरसात के झोंके पड़ रहे थे और उसी में घर लौटते कुमार साहब हिचक-हिचककर रो रहे थे। घर आकर कुमार साहब ने किसी से कुछ नहीं कहा और चुपचाप अपने कमरे में जाकर दरवाजा बन्द कर अपने बिस्तर पर भहराकर गिर पड़े थे। वे संज्ञाशून्य थे। उनके साथ अभी-अभी जो कुछ हुआ था वह उन्हें किसी दुःस्वप्न की तरह लग रहा था। उन्हें इस बात का बिल्कुल भरोसा नहीं हो रहा था कि कोई उनके यानी एक प्रतिष्ठित अध्यापक के साथ ऐसा भी कर सकता है। आँखों में आँसू भरे हुए ही उन्होंने अपने साथ हुए अन्याय और अपमान का बदला लेने की तमाम योजनाएँ भी एक साथ बना ली थीं। मसलन वे एक बन्दूक खरीदने का सपना देखने लगे थे जिससे कचहरी से लौटते समय सुनसान में किसी रात वे रामप्रताप को गोली मार सकें। वे उसे अपनी आँखों के सामने कराहते, तड़पते और मरते हुए देख रहे

थे। उन्होंने देखा था कि मरते हुए रामप्रताप की जाँघों के बीच उन्होंने एक जोरदार लात मारी है और उसके मुँह पर थूक दिया है। असहाय रामप्रताप उन्हें निरीह आँखों से देख रहा है और उन्होंने उस पर बिल्कुल भी दया नहीं की है।

इसी तरह वे अपनी ही पत्नी को भरे बाजार नंगी कर रहे थे और उस पर सटाक-सटाक कोड़े बरसा रहे थे। उन्होंने उस दारोगा को भी नहीं बख्शा था जिसने उनका अपमान कर दिया था और उन्हें पीट दिया था। उन्होंने उस दारोगा के मुँह में पेशाब कर दिया था और उसे सरेआम फाँसी पर लटका दिया था। वे इस समय किसी को भी बख्शने के मूड में नहीं थे। न शास्त्रीजी को, न नारायण को, न रामप्रताप को, न अपनी पत्नी को ही। उन्हें लग रहा था कि ये सब उस षड्यंत्र में शामिल हैं जिसका उन्हें शिकार बनाया गया है। इस समय उनके पास अथाह सत्ता थी और वे किसी को भी अपनी अदालत में दंड देने का अधिकार रखते थे। लेकिन मुश्किल यह थी कि उनके इस तरह के सपने भी कभी निर्विघ्न नहीं रहे। उन्होंने भले ही उस दिन खुली आँखों से अपने सभी अपराधियों को दंड देने का सपना देखा हो, लेकिन ये सपने भी बीच-बीच में फँसी हुई कैसेट की तरह रुक-रुक जाते और उसमें दुश्चिन्ताओं का पूरा पहाड़ समा जाता। जैसे उन्होंने भले ही बन्दूक खरीदने और रामप्रताप को मारने का सपना निर्विघ्न रूप से देख लिया हो, लेकिन ठीक इसके बाद वे इस दुश्चिन्ता से भी घिर जाते कि पुलिस उन्हें हत्या के जुर्म में पकड़ कर ले जा रही है। भले ही उन्होंने अभी-अभी उस दारोगा को फाँसी की सजा दी हो जिसने उनका अपमान किया था और पीटा था, लेकिन अपने दूसरे दुश्चिन्तित सपने में वे उसे अपने सामने खड़ा हुआ पाते। वह उन पर हँस रहा होता। उसके हाथ में डंडा होता और वह उसी से उनको जमकर पीट रहा होता। वे देखते कि वे अदालत में हैं और उन पर हत्या का केस चल रहा है। उनकी अपनी ही पत्नी उस पूरी घटना की चश्मदीद गवाह बनती और उन्हें फाँसी की सजा सुना दी जाती। नारायण और शास्त्रीजी को वे अपने पर हँसता हुआ देखते और खुद को फाँसी के फंदे की ओर बढ़ता हुआ। वे काँप जाते।

अब उन्हें किसी पर रत्ती भर भी भरोसा नहीं रह गया था। अपनी पत्नी पर भी नहीं। पत्नी के लाख पूछने और समझाने के बावजूद भी वे उस दिन की घटना के बारे में कुछ नहीं बोले। कई दिन ऐसे ही चुप्पी में गुजर गए। फिर एक दिन जाने क्या उनके मन में आया कि उन्होंने सोचा कि इस प्रसंग पर शास्त्रीजी से बात की जाए। शास्त्रीजी के प्रति अब भी शायद उनके मन में थोड़ी-बहुत श्रद्धा बची हुई थी।

एक दिन शनिवार की रात अचानक उन्होंने मैनपुरी जाने का फैसला कर लिया। उन दिनों उनकी जो मन:स्थिति थी, उसे देखकर उनके किसी भी फैसले का विरोध करने की हिम्मत घर में किसी की नहीं थी। सो वे औचक उठे और मैनपुरी के लिए चल दिए।

# 7

मैनपुरी में उन्होंने जो देखा, वह उनकी उम्मीद के विपरीत तो बिल्कुल भी नहीं था। शास्त्रीजी के आश्रम में शाखाएँ अब भी नियमित रूप से लग रही थीं, बल्कि पहले से ज्यादा समर्पित हिन्दू राष्ट्रभक्त वहाँ आने लगे थे। यह वह समय था जब चीन भारत पर हमला कर चुका था और भारत की पराजय और चीन के विश्वासघात से आहत नेहरू मृत्युशैया पर पड़े थे। शास्त्रीजी बता रहे थे कि कैसे नास्तिकों और वामपंथियों ने इस देश के गौरव और उसकी अस्मिता का सत्यानाश कर दिया है। वे बार-बार हिन्दू राष्ट्र की रक्षा के लिए शिवाजी और राणा प्रताप का उदाहरण देते जो कभी महज एक कबीले के नेता भर थे। इन नई परिस्थितियों में ये सारी बातें अपने आपमें हास्यास्पद थीं। इस बात को कुमार साहब अच्छी तरह समझ रहे थे। दरअसल, बनारस में रहकर इतिहास के उनके अध्ययन और समाजवादियों की उनकी सोहबत ने उन्हें जो समझ दी थी, वह शास्त्रीजी के प्रति उनके मोहभंग के लिए पर्याप्त थी।

वैचारिक स्तर पर भले ही शास्त्रीजी से उनका मोहभंग हो गया था, लेकिन उनकी निष्ठा, त्याग और देशप्रेम को लेकर अब भी उनके मन में कोई सन्देह नहीं था। शास्त्रीजी इस उम्र में भी अभी उसी युवकोचित उत्साह से अपने मिशन में लगे हुए थे। नारायण उनके साथ था। हालाँकि अब वह प्रचारक की भूमिका से अलग हो गया था और एक सर्वगुण सम्पन्न हिन्दू कन्या से विवाह कर अपनी गृहस्थी चला रहा था। उसे दो पुत्ररत्नों की प्राप्ति भी हो चुकी थी। नारायण अब भी शाखा में नियमित रूप से आता था और प्रतिदिन 'नमस्ते सदा वत्सले...' का जाप करता था।

शास्त्रीजी के आश्रम ने अब बाकायदा एक गुरुकुल का रूप ले लिया था जिसमें नारायण के दोनों बच्चे भी नियमित रूप से पढ़ने आते थे। हालाँकि अभी वे बहुत छोटे थे, फिर भी उन्हें अक्षरारम्भ करा दिया गया था। गुरुकुल में छात्रों को बाकायदा शास्त्र और शस्त्र की शिक्षा दी जाने लगी थी। शास्त्रों में जहाँ वेद, पुराण और इतिहास की शिक्षा होती वहीं शस्त्रों में लाठी, बल्लम, भाला और तलवार चलाना सिखाया जाता था। ये अलग बात है कि मैनपुरी में तब तक भारी मात्रा में कट्टा, बन्दूक और हथगोले आ गए थे और लोग उस बिना पर शास्त्रीजी की इस शस्त्र शिक्षा की खिल्ली भी उड़ाया करते थे। हालाँकि शास्त्रीजी को इन सारी बातों की खास परवाह नहीं थी, लेकिन गुरुकुल के ही कुछ अध्यापकों और कार्यकर्ताओं में इस बात की सुगबुगाहट जरूर थी कि लाठी-बल्लम चलाना सिखाने से क्या होगा, समय की जरूरत है कि छात्रों को बन्दूक और कट्टा चलाना सिखाया जाए। गुपचुप ढंग से कुछ लोग ऐसा कर भी रहे थे।

कुमार साहब को इन सारी बातों की जानकारी मैनपुरी पहुँचते ही हो गई थी, लेकिन उन्हें इस सबसे क्या लेना-देना था ? वे तो एक दूसरे ही उद्देश्य से आए थे।

तो जिस दिन कुमार साहब की शास्त्रीजी से मुलाकात हुई, ठीक उसी दिन दिल्ली से नेहरू जी की मौत की खबर आई थी। पूरा देश गमगीन था। जैसे कोई उल्का पिंड टूटकर गिरा हो। कितने ही घरों में उस रात खाना नहीं बना था। नेहरू के लाख विरोधी कुमार साहब बताते हैं कि जाने क्या था उस रात कि उनके हलक से भी एक कौर नहीं उतरा था। जैसे कोई बहुत अपना उनसे हमेशा के लिए बिछुड़ गया हो। पूरा देश सनाके में था। उम्मीद की कहीं कोई किरण नजर नहीं आ रही थी। फिर भी भारी मन से मैं उस रात शास्त्रीजी से मिलने गया था।

शास्त्रीजी अपनी कुटिया में कुछ लोगों के साथ बैठे राजनीति-चर्चा में लीन थे। नेहरू के अवसान की खबर उन्हें मिल चुकी थी। उनके चेहरे पर दुख की तो नहीं, हाँ, चिन्ता की रेखाएँ अवश्य थीं। जिस समय कुमार साहब ने शास्त्रीजी की कुटिया में प्रवेश किया, उस समय शास्त्रीजी अपने शिष्यों से कह रहे थे, ''नेहरू के बाद अब सरकार की मुखिया उसकी बेटी होगी। वही जिसने धर्मांतरण कर एक पारसी से विवाह किया है। अगर ऐसा हुआ तो एक बार फिर शासन की कुंजी इस देश के मुसलमानों के हाथ में होगी। यह एक भीषण आंतरिक संकट है जो हमारे लिए चीन की पराजय से भी बड़ी पराजय होगी। अगर समय रहते इस देश का हिन्दू जाग गया होता तो नेहरू की मुस्लिम तुष्टिकरण की नीतियाँ चल नहीं पातीं और हमें चीन जैसे नास्तिक देश से पराजय का मुँह न देखना पड़ता।'' ऐसा कहते हुए शास्त्रीजी का वृद्ध चेहरा दर्प से तमतमा रहा था। शास्त्रीजी की बात सुनकर कुमार साहब को एकबारगी हँसी भी आई, लेकिन जैसे-तैसे उन्होंने खुद को जब्त कर लिया।

खैर, आश्रम में इस तरह कुमार साहब के अप्रत्याशित आगमन ने एकबारगी शास्त्रीजी को भौंचक कर दिया था। फिर अचानक वे प्रसन्नता से उठ खड़े हुए और कुमार साहब को गले लगा लिया। कुमार साहब ने उनके चरण स्पर्श किए और एकान्त में कुछ निवेदन करने की बात कही। पहले तो शास्त्रीजी ने उनकी बात पर ध्यान नहीं दिया और बोले कि ''ये सब अपने ही लोग हैं। हम सब नेहरू जी की मृत्यु के बाद राष्ट्र के सामने आए विकट संकट पर ही चिन्तन कर रहे थे। तुम निःशंक होकर इनके सम्मुख अपनी बात कह सकते हो।''

मगर जब कुमार साहब कुछ नहीं बोले और एकान्त में ही निवेदन करने की बात कहते रहे तो मजबूरन शास्त्रीजी को अपने शिष्यों से विदा लेनी पड़ी। उनके चेहरे पर चिन्ता की रेखाएँ गाढ़ी हो गईं थीं।

एकान्त में भावुक हुए कुमार साहब ने रो-रोकर रामप्रताप के विश्वासघात की पूरी कथा कह सुनाई। सुनते हुए शास्त्रीजी के चेहरे पर कई रंग के भाव आते-जाते रहे। पूरी बात सुनकर वे काफी देर तक चुपचाप आँखें बन्द किए बैठे रहे। फिर पूरी गम्भीरता के साथ उन्होंने धीरे-से पूछा, ''इस प्रसंग के बारे में किसी और से तो तुमने कुछ नहीं कहा?''

—''नहीं।'' कुमार साहब ने रुआँसे ही जवाब दिया।

—''कहना भी नहीं। बुद्धिमानी इसी में है कि इस प्रसंग पर तुम बिल्कुल मौन रहो और इसे भूल ही जाओ। रही बात रामप्रताप की तो उसे इस भूल की सजा मिलेगी, इस बारे में तुम बिल्कुल निश्चिन्त रहो, लेकिन फिलहाल यह समय ऐसी बातों को तूल देने का नहीं है। इससे हम सबको अनावश्यक बदनामी का सामना करना पड़ सकता है।''

शास्त्रीजी की बातों ने कुमार साहब को और भी गहरी निराशा में धकेल दिया था। वे उदास कदमों से वहाँ से लौट आए। रातभर उन्हें नींद नहीं आई। रह-रहकर उनकी आँखों के सामने रामप्रताप के विश्वासघात का खेल किसी चलचित्र की तरह चल पड़ता। रात भर उन्होंने उसे बार-बार रिवाइंड किया और बेचैनी में तड़पते रहे। सुबह बिना किसी से कुछ कहे-सुने उन्होंने बनारस की गाड़ी पकड़ ली।

इस बात को बीते हुए भी अब कई बरस हो गए। उन्होंने इसका जिक्र तक कभी किसी से नहीं किया। वो तो डायरी से मिले सूत्रों के जरिए जब एक बार मैंने उन्हें कुरेदा तो किसी अनजानी भावुकता में आकर वह यह सब कह गए और तृप्ति की एक गहरी साँस ली। स्वाकारोक्ति के ही भाव में उन्होंने यहाँ तक कहा था कि ''बरसों तक मुझे अपनी उस कायरता का मलाल रहा और उस बेचैनी से बचने के लिए मैंने ईश्वर की शरण ली। मैंने तमाम पाप किए और तमाम कविताएँ लिखीं। लेकिन मेरा मन हमेशा ही अशान्त रहा। मेरा नपुंसक गुस्सा मुझे कहीं भी चैन नहीं लेने देता था। अभी दो-तीन साल पहले जब मुझे पता चला कि लक्ष्मी बुआ की बेटी के बेटे ने रामप्रताप की गोली मारकर हत्या कर दी है तो एकबारगी मुझे अपार खुशी हुई, लेकिन थोड़ी ही देर बाद उसकी इस आसान मौत ने मुझे गहरी उदासी में भी धकेल दिया। अब यह उदासी कभी मेरा पीछा नहीं छोड़ती, सपने में भी नहीं।''

कुमार साहब की इस उदासी ने उन्हें और भी धार्मिक और आस्थावान बना दिया था। दो-चार घंटे पूजा-ध्यान अब उनके दैनिक जीवन का अंग बन चुके थे। अक्सर कोई-न-कोई सन्त महात्मा उनके यहाँ बैठा रहता। सत्संग-प्रवचन के बाद वे उससे बहस करते और वह बेचारा भाग खड़ा होता।

कुमार साहब जैसे किसी सुनसान चौराहे पर खड़े थे और हर रास्ता उन्हें अपनी ओर आकर्षित करता हुआ-सा प्रतीत होता। सत्तर-पचहत्तर की उम्र में जब आदमी माया-मोह मुक्त होने लगता है, उनका निजी और सार्वजनिक जीवन गड्डमड्ड होने लगा था। एक बार फिर कुमार साहब जैसे ट्रैफिक जाम में थे और उनका संसार पीड़ा से खदबदा रहा था।

ये क्यों था—मैं नहीं जानता, लेकिन ठीक उन्हीं दिनों जब हर तरफ गुजरात का हाहाकार था, कुमार साहब प्रेम कविताएँ लिख रहे थे। डायरी में इस बारे में उन्होंने लिखा था—'जीवन में मैंने कभी प्रेम कविताएँ नहीं लिखीं। ठीक से कभी प्रेम भी

नहीं किया, लेकिन अब मन कर रहा है...' मुझे आश्चर्य हुआ कि आखिर वे ऐसा कैसे कर सकते थे? मैं उनसे पूछता, जिरह करता, लेकिन उनकी तरफ से कोई जवाब नहीं आता। एक बार, हाँ, बस एक बार उन्होंने कहा था, ''जीवन भर मैं दार्शनिक गुत्थियों में उलझा रहा। कभी प्रेम नहीं किया। अब भी जब सोचता हूँ तो लगता है कि कोई भी प्रेम चाहे वह कितना ही महान क्यों न हो, अन्तत: हास्यास्पद ही होता है, लेकिन जब सब खत्म होने लगे तब वही छलावा जीने के लिए जरूरी हो जाता है...''

इन कविताओं के अलावा मैंने कुमार साहब की पुरानी कविताएँ भी पढ़ी हैं। उनमें अक्सर एक बिम्ब बार-बार आता है जिसमें पूरा ब्रह्मांड एक विराट योनि में तब्दील हो गया है और सृष्टि के तमाम जीव-जन्तु उसमें कीड़े-मकोड़ों की तरह गिर रहे हैं। अचानक योनि बन्द हो जाती है और पूरा ब्रह्मांड एक ब्लैक होल में बदल जाता है। कुमार साहब की कविताओं में इस तरह के बिम्बों का मनोवैज्ञानिक चाहे जो विश्लेषण करें, मुझे तो यह उनके जीवन की हताशाओं का ही एक बिम्बात्मक निरूपण जान पड़ता है। हालाँकि कुमार साहब इसे अपनी आध्यात्मिक अनुभूति की विरल उपलब्धि मानते हैं। बहरहाल, कुमार साहब की इधर की प्रेम कविताएँ उनकी पुरानी कविताओं से सर्वथा भिन्न थीं। इन कविताओं में जीवन का उल्लास था, न कि हताशा। इनमें चिक-चिक, टूँ-टूँ करती चिड़ियों की चहक थी, जंगली कबूतरों की बेपरवाह उड़ान थी, रोशनी के कुछ कतरे थे, फूल, जंगल, खरगोश, नदियाँ, झरने, पहाड़, बारिश, चाँद-सितारे गरज कि वह सब कुछ था जो प्रेमियों को आकर्षित करता है।

अब न कोई शिकवा था, न कोई शिकायत।

लगातार एक महीना कुमार साहब ने प्रेम कविताएँ लिखीं, जिनमें प्रेम कम, विलाप ज्यादा था। इस बीच वे घर से बाहर भी नहीं निकले। न अखबार पढ़ा, न टीवी देखा। बाहरी दुनिया से वे पूरी तरह कट चुके थे। जब कभी मैं उन्हें देश-दुनिया के बारे में बताता तो वे आश्चर्य से मेरा मुँह ताका करते। फिर जैसे घबरा जाते और अपनी कविताओं में पनाह लेने की कोशिश करते। इस बीच उन्होंने कुल 99 कविताएँ लिखी थीं। सौवीं भविष्य के लिए छोड़ी थी। उसे लेकर वे अक्सर ही बेचैन रहा करते और कहते कि ये 99 कविताएँ मुझे उसी एक के लिए लिखनी पड़ीं। यहीं आस-पास कहीं है वह...लेकिन हर बार वह जैसे मेरे हाथ में आकर फिसल जाती है।

अपनी सौवीं कविता पाने की कुमार साहब की जब हर कोशिश नाकाम हो गई तभी वे इस क्रूर और निरंकुश दुनिया में वापस लौटे थे। राष्ट्रपति, प्रधानमंत्री से लेकर देश के बड़े-बड़े नेताओं को उन्होंने खत लिखे और जटिल से जटिल समस्याओं पर अपने बेहद सरल हल पेश किए। हर खत में अपने नाम के साथ उन्होंने लिखा—

'अध्यापक, दार्शनिक और चिन्तक'। लेकिन देश को इन तीनों में से किसी की जरूरत नहीं थी। इसलिए कहीं से कोई जवाब नहीं आया। कुमार साहब रिमाइंडर पर रिमाइंडर भेजते रहे। अब यह भी उनके जीवन का नियमित काम था। कभी-कभार किसी पत्र की प्राप्ति की उन्हें सूचना मिलती तो वे उसे बड़े उत्साह से सबको दिखाते। लेकिन धीरे-धीरे उनका यह उत्साह भी क्षीण पड़ रहा था।

सुबह वे अब भी नियमित रूप से घूमने जाते थे। कभी-कभार मैं भी उनके साथ हो लेता। रास्ते भर वे अपने आध्यात्मिक अनुभव खुलकर मुझसे बाँटते। दुःस्वप्नों की वह शृंखला भी जो पिछले कुछ दिनों से हर रात उनके सपनों में आ रही थी। इस बीच मैं एक बार बनारस भी हो आया था जहाँ उनके जीवन का एक बड़ा हिस्सा पहले कचहरी में क्लर्क और फिर अध्यापक के रूप में गुजरा था। अब उनके जीवन के ब्यौरों में मैं जितना गहरे उतरने की कोशिश कर रहा था, मेरी उलझन उतनी ही बढ़ रही थी। मुझे आश्चर्य होता कि कुमार साहब नाम के जिस बूढ़े को मैं जानता हूँ, वह इन ब्यौरों से कितना अलग है। यों वे निहायत मामूली इनसान थे। ठोंक-पीटकर भी उनके जीवन का कोई महान किस्सा नहीं बनता था। लेकिन महान किस्से की तलाश भी किसे थी, मुझे तो सिर्फ उनकी एक जीवनी भर लिखनी थी जो लगभग सच जैसी हो क्योंकि सम्पूर्ण सच जैसा सच तो इस दुनिया में कहीं कुछ होता नहीं। सम्पूर्ण झूठ जैसा भी कहाँ कुछ होता है। इस दुनिया में जो कुछ भी है वह सच और झूठ का एक कोलाज भर है। ठीक वैसे ही जैसे रोशनी है भी और नहीं भी। कुछ लोग अँधेरे को ही सच मानते हैं, लेकिन कौन जाने कि अँधेरा भी सच हो कि न हो। बहरहाल, मेरे सामने जो कुछ भी था वह रोशनी और अँधेरे, सच और झूठ का एक कोलाज भर था।

## 8

मैं जब बनारस से लौटकर आया तब तक शहर काफी कुछ बदल गया था। कुमार साहब प्रातः भ्रमण पर अब भी जाते थे, लेकिन अकेले नहीं। उनके साथ अब डोना विंस्टन भी जाया करती थी। डोना कुमार साहब के छोटे बेटे निरंजन की मित्र थी जो हाल ही में अमेरिका से लौटी थी। पारम्परिक अर्थों में जिसे हम खूबसूरत कहते हैं, डोना वैसी तो नहीं थी, लेकिन हाँ, एक खास तरह का आकर्षण उसमें जरूर था। साथ ही स्त्री देह से निकलनेवाली एक तीखी गन्ध जो किसी भी पुरुष को पागल कर देने के लिए पर्याप्त होती है। उम्र के लिहाज से तो वह चालीस-पैंतालीस पार कर रही थी, लेकिन देखने में तीस से ज्यादा की नहीं लगती थी। लास एंजिल्स में करीब छह माह पहले निरंजन से उसकी मुलाकात हुई थी और तब से वे दोनों काफी निकट आ गए थे। डोना के बारे में निरंजन ज्यादा कुछ नहीं जानता था सिवाय इसके

कि उसकी माँ यहूदी थी जो दूसरे विश्वयुद्ध के दौरान पागल हो गई थी। डोना का जन्म बाद में हुआ और वह अनाथालय में पाली गई। इन दिनों डोना उसी एनजीओ के साथ मिलकर धार्मिक प्रतीकों का मनोवैज्ञानिक अध्ययन कर रही थी जिसमें निरंजन प्रोजेक्ट हेड था। इस सिलसिले में डोना का भारत आना निरंजन के लिए भी बढ़िया मौका था। वह उसे अपने माता-पिता से मिलवाकर हिन्दू रीति-रिवाज से उससे विवाह करना चाह रहा था। वैसे भी पहली पत्नी से तलाक लिए निरंजन को दो साल से ऊपर हो रहे थे। बच्चे की कस्टडी का मामला निपट चुका था और उसे हॉस्टल भेज दिया गया था। ये सब सूचनाएँ बीच-बीच में कुमार साहब को मिलती रहती थीं, लेकिन वे जैसे इन सबसे उदासीन हो गए थे। बहरहाल, डोना ने अपने बारे में कुमार साहब को सब कुछ साफ-साफ और निर्द्वन्द्व भाव से बता दिया था। मसलन यह कि उसकी माँ एक यहूदी थी जिसे द्वितीय विश्वयुद्ध के समय मित्र सेनाओं द्वारा तब पकड़ा गया जब वह जर्मनी से भागकर अमेरिका में छिपने का प्रयास कर रही थी। तब उसकी उम्र महज पन्द्रह साल थी और उसके माता-पिता, भाई और बहन को हिटलर ने कुख्यात गैस चैम्बर में मरवा दिया था। डोना की माँ विनी तब बड़ी मुश्किल से वहाँ से भाग सकी थी। लेकिन किस्मत हमेशा साथ नहीं देती। मित्र सेनाओं द्वारा अमेरिका पहुँचने से पहले ही वह पकड़ ली गई। कई दिन लगातार उसके साथ बलात्कार किया गया और जब विनी का शरीर और मन दोनों ही जब चिथड़ा-चिथड़ा हो गए तब सैनिकों ने उसे स्त्रियों के उस कैम्प में लाकर पटक दिया जहाँ युद्धरत सैनिकों की विश्रान्ति के लिए उन्हें मित्र देशों की तरफ से बतौर वेश्या नियुक्त किया जाता था।

डोना की माँ विनी भी तब दो साल तक वहाँ रही। जब युद्ध खत्म हुआ तो विनी को भी कैम्प की तमाम औरतों के साथ यूरोप की सड़कों पर भटकने के लिए छोड़ दिया गया। हालाँकि उस समय तक अनेक ऐसी औरतें भी सामने आईं थीं जिनके गर्भ में युद्धकाल के चिह्न जन्म ले चुके थे। (डोना ने बताया कि ऐसी तमाम स्त्रियाँ आज भी मित्र देशों से अपने हक की लड़ाई लड़ रही हैं। हालाँकि यह लम्बी लड़ाई लड़ते-लड़ते अनेक स्त्रियों ने अन्ततः इस दुनिया को ही अलविदा कह दिया।) कई स्त्रियाँ पागल भी हो गईं। विनी विंस्टन भी उन्हीं में से एक थी। डोना के अनुसार उस समय उसकी उम्र मुश्किल से सोलह या सत्रह साल रही होगी। अगले दस पन्द्रह साल वह सड़कों पर यों ही भटकती रही। इस बीच डोना का जन्म हुआ और वह अनाथालय में पहुँचा दी गई। उसे नहीं पता कि उसका पिता कौन था, अनाथालय वह कैसे आई और फिर उसकी माँ का क्या हुआ? और अब तो उसे खुद भी इन सवालों में से किसी के भी जवाब की जरूरत नहीं रही। द्वितीय विश्वयुद्ध के दौरान डोना की माँ विनी को सैनिकों द्वारा क्रूरतापूर्वक वेश्या बनाए जाने और फिर उसके पागल हो जाने की कहानी सुनकर कुमार साहब जरूर भावुक

हो गए थे और एक बार जब उन्होंने डोना के प्रति अतिरिक्त सहानुभूति जताने का प्रयास किया तो थोड़ी देर के लिए वह असहज हो गई थी। पल भर के लिए उसके चेहरे पर एक खास तरह की कठोरता आई, लेकिन अगले ही पल एक जोरदार ठहाके के साथ वह हँस पड़ी।

कुमार साहब समझ ही नहीं पाए कि आखिर हुआ क्या? काफी देर तक वे भकुए की तरह उसका चेहरा देखते रहे थे। बहरहाल...उस समय डोना विंस्टन की उम्र सत्रह साल थी जब वह अपने एक आवारा प्रेमी के साथ अनाथालय से भागी थी। इसके बाद तकरीबन दो साल तक यहाँ-वहाँ भटकने के बाद उसने जान लिया था कि स्वर्ग उजाड़ है और प्रेम एक ऐसी लालसा जो कभी पूरी नहीं होती। आखिर एक दिन अपने आवारा प्रेमी को मुक्त करते हुए उसने अपनी मुक्ति की भी घोषणा कर दी। ''उसका प्रेम मुझे और उसे दोनों को ही कमजोर बना रहा था। मुक्त होना हम दोनों के लिए ही एक तरह से ठीक था। हालाँकि उसकी मुझे जरूरत से ज्यादा कीमत चुकानी पड़ी।'' उसने कुमार साहब से कहा था।

दरअसल, डोना का आवारा प्रेमी पीटर स्मैक के नशे का आदी था और बाद के दिनों में स्मैक के नशे में वह उसे बुरी तरह पीटने लगा था। इस बीच डोना गर्भवती हो गई थी और अवसाद का शिकार भी। रहने का भी उनका कोई स्थायी ठिकाना नहीं था और लगभग दो साल तक वे यहाँ-वहाँ जरायमपेशा लोगों की तरह भटकते रहे थे।

पीटर की आमदनी का भी कोई स्थायी जरिया नहीं था और वह पैसों के लिए अक्सर डोना को अपने स्मैकिया दोस्तों के हवाले कर दिया करता था। वह एक अजीब रात थी जब पीटर और उसके स्मैकिया दोस्त घर आए थे। पीटर घर से बाहर चला गया था और उसके स्मैकिया दोस्त घर के अन्दर। उस समय डोना का गर्भ छह माह का था। अजीब था कि ऐसे में भी डोना पीटर को बहुत प्यार करती थी और पीटर डोना को। प्यार का कोई तर्क नहीं होता, न कोई सहूलियत।

उस रात के बाद डोना का गर्भ गिर गया। वह दर्द से बहुत रोई-चिल्लाई और फिर उठ खड़ी हुई। पीटर उसके साथ था, लेकिन अब डोना उसके साथ नहीं थी। इसके बाद डोना पीटर को छोड़कर ब्रुशेल्स चली आई। यहाँ उसने खुलकर वेश्यावृत्ति की और अपनी पढ़ाई-लिखाई भी। (जीवन में कुछ असम्भव सम्भावनाएँ हमेशा खुली रहती हैं।) इस बीच उसने अच्छा-खासा पैसा जुटा लिया था, लेकिन अब उसके जीवन में उसके अलावा और कोई नहीं था। बाद के दिनों में वह एक एनजीओ से जुड़ी और धार्मिक प्रतीकों का मनोवैज्ञानिक अध्ययन करने लगी। लेकिन अब भी कभी-कभी उसे अपने बच्चे और पीटर को खोने का गम बहुत सालता था। (आदमी क्या खोता है और क्या पाता है—यह उसके मन और आत्मा से निर्धारित होता है। यह बात यहाँ कुमार साहब ने कही थी।) बहरहाल...

डोना कुमार साहब के यहाँ मुश्किल से पन्द्रह दिन ही रही, मगर इसने उनके जीवन में आमूलचूल बदलाव ला दिया। अब न पूजा-पाठ में उनकी कोई खास दिलचस्पी थी, न बेमतलब की अध्यात्म चर्चा में। अब वे हरदम किसी बच्चे की तरह चहकते हुए पल-पल जीवन का आनन्द उठाने में मुब्तिला थे। उनका यह कायान्तरण मेरे लिए तो आश्चर्य का विषय था ही, उनकी पत्नी के लिए भी कम हैरानी की बात नहीं थी।

कुमार साहब अब सुबह सैर के लिए जाते तो चिड़ियों को दाना चुगाते, अवारा कुत्तों के साथ खेलते। कभी मन किया तो गन्दे नाले के पास चले जाते और वहाँ दौड़ती-भागती गिलहरियों के साथ अठखेलियाँ करते। खाने में भी उनकी रुचि अचानक से बढ़ गई थी और वे रोज नए-नए व्यंजन बनवाने लगे थे। फैशनेबुल कपड़ों का शौक भी इधर उनका कुछ इस कदर बढ़ गया था कि लोग आश्चर्य करते। यहाँ तक कि कई बार बच्चे यह कहकर उनका मजाक उड़ाते कि बूढ़ी घोड़ी लाल लगाम। उनकी इन तमाम हरकतों पर आस-पड़ोस की औरतें हँसतीं तो उनकी पत्नी खीझतीं।

मुझे लगता था कि यह सब कुमार साहब के अवसाद का नतीजा है इसलिए मैं उनसे कुछ न कहता। इस बीच हम लोगों में कोई खास बातचीत भी न होती थी। मुझे लगता है कि कुमार साहब अपनी जीवनी का किस्सा भी भूल चुके थे क्योंकि इस बीच उन्होंने उसका कभी कोई जिक्र नहीं किया।

खुद मैं भी उसे लेकर उदासीन हो चुका था और कुमार साहब की जीवनी के पुराने रफ ड्राफ्ट्स अब मेरी आलमारी में कहीं धूल खा रहे थे...

इस सबको भी अब एक लम्बा अरसा बीत चुका था कि एक दिन खबर आई कि कुमार साहब सख्त बीमार हैं। मैं जब उन्हें देखने अस्पताल पहुँचा तो वे अचेतावस्था में थे और अनाप-शनाप बड़बड़ा रहे थे। मैंने ध्यान से सुना। उनके मुँह से से जो अस्फुट-से शब्द फूट रहे थे वे दरअसल रवीन्द्रनाथ टैगोर की पंक्तियाँ थीं—'आकाश भारा सूर्जोतारा'। फिर वे शेली या कीट्स का कोई जुमला दोहराने लगते। उनकी बेतरतीब दाढ़ी काफी बढ़ गई थी, मगर चेहरे पर अब भी एक प्रफुल्लता का भाव था। यह शायद बुझते दीए की अन्तिम भभकती लौ की तरह था। डॉक्टरों से बात करने पर पता चला कि उन्हें अचानक से ब्रेन स्ट्रोक पड़ा है। शायद किसी बहुत खुशी या बहुत गम के कारण। उनकी पत्नी ने बताया कि कल सुबह तो बहुत खुश थे। सुबह नहा-धो कर टहलने गए। लौटकर अपना मनपसन्द नाश्ता किया। फिर अपनी प्यारी बिल्लियों के साथ खेलते हुए अचानक रेकार्ड प्लेयर पर अपना मनपसन्द संगीत सुनने बैठ गए। मैं रसोई में थी कि अचानक अपनी स्टडी से इन्होंने आवाज दी और एक कप चाय लाने को कहा। चाय लेकर जब मैं स्टडी में पहुँची तो देखा कि ये डायरी में कुछ लिख रहे थे। थोड़ी देर बाद इनकी स्टडी

से धड़ाम की आवाज आई। मैं दौड़कर गई तो देखा कि ये कुर्सी से लुढ़ककर जमीन पर गिरे पड़े हैं। हाथ-पैर अकड़े हुए थे और आँखें उलट गई थीं। फिर फौरन डॉक्टर को बुलाकर अस्पताल में भर्ती कराया गया।

बहरहाल, डॉक्टरों ने कुमार साहब की हालत नाजुक बताते हुए कुछ भी कहने से इनकार कर दिया था और फौरन उनके बच्चों को बुलाने की सलाह दे दी थी। मेरी स्थिति अजीब धर्मसंकट में थी। कुमार साहब की पत्नी को दिलासा देते हुए मैंने फौरन उनके बच्चों को फोन पर सूचना दी और तमाम औपचारिकताएँ पूरी करने में जुट गया। खैर...जिस दिन कुमार साहब की मृत्यु हुई वह न गांधी जयन्ती का दिन था, न पन्द्रह अगस्त और न ही 26 जनवरी का। वह एक आम-सा दिन था। बहुत खोजबीन करके देखें तो उस दिन का कोई किस्सा नहीं बनता था। जैसे तमाम दिन तमाम लोग मरते हैं वैसे ही कुमार साहब भी मरे। उस दिन भी सुबह सूरज वैसे ही निकला था जैसे और दिन निकलता है। तारे वैसे ही डूबे थे जैसे और दिन डूबते हैं। लोग ऑफिस को और बच्चे स्कूल को वैसे ही निकले थे जैसे और दिन निकलते हैं। दोपहर वैसे ही लम्बी और ऊबभरी थी जैसी और दिन होती है। (खासकर गर्मियों में)

कुल मिलाकर सब कुछ वैसा ही था जैसे और दिन होता है। सिवाय इसके कि उस दिन कुमार साहब नहीं थे। जीवन में ऐसा ही तो होता है कि किसी दिन अचानक कोई नहीं रहता और उसके न रहने के अलावा बाकी सब कुछ वैसे का वैसा ही रहता है। या शायद कुछ भी वैसा नहीं रहता क्योंकि सब कुछ वैसा रहने के बावजूद उसके न रहने का अहसास तो रह ही जाता है। कुमार साहब के साथ भी यही हुआ। वे नहीं रहे तो उनके न रहने का अहसास रह गया।

वे दोपहर बाद गुजरे थे। शाम तक सबने मिलकर उनकी अन्त्येष्टि भी कर दी थी। घर-परिवार में लोग थोड़ा-बहुत रोए-गाए फिर अपने-अपने काम पर लग गए। मातमपुरसी को आए लोग भी धीरे-धीरे जाने लगे थे। मैं आने ही वाला था कि अचानक उठकर टहलने लगा। एक अजीब उदासी, बेचैनी और खालीपन-सा महसूस हो रहा था। हालाँकि सब कुछ वैसा ही था फिर भी... । कुमार साहब की पालतू बिल्लियाँ आकर पैरों पर लिपट गई थीं। मैंने उन्हें गोद में उठा लिया और दुलार करने लगा। आज उनकी आँखों में खा जानेवाली वह खूँखार चमक नहीं थी। मेरी गोद में खेलते-खेलते अचानक वे उछलकर कूद गईं और कुमार साहब की स्टडी की तरफ भाग गईं। मैं भी उनके पीछे-पीछे हो लिया।

मेज पर उनकी वह डायरी वैसे ही पड़ी थी जिसमें अस्पताल जाने से पहले वे कुछ लिख रहे थे। मैंने डायरी उठाई। अन्तिम पृष्ठ पर वही तारीख पड़ी थी जब वे अस्पताल को गए थे। उस पर संस्कृत के तमाम श्लोक और कुछ सूत्र वाक्य थे। लिखा था—'मरना ही सब कुछ नहीं होता, सही समय पर मरना जरूरी होता है।'

फिर लिखा था—'सारे रास्ते एक ही मंजिल तक जाते हैं और कोई रास्ता कहीं नहीं जाता...' इसके आगे जैसे कोई प्रार्थना थी—

*'जब मैं चिरनिद्रा में सो जाऊँ*
*तो मेरी गलतियाँ लोगों के दिलों में न चुभें*
*लोग मुझे याद करें*
*और मेरे भाग्य पर न रोएँ...*
*मुझे याद करें...मुझे याद करें...'*

अन्त में लिखा था— *'कहीं कुछ नहीं...'*

अब इसका क्या अर्थ था, मैं कह नहीं सकता। डायरी बन्द करके मैं बाहर आ गया। रात गहरा गई थी और आसमान में तारे रोज की तरह ही खिले हुए थे।

# शालिग्राम

**अब मैं शालिग्राम होता जा रहा था और पिता जो सचमुच शालिग्राम थे, उनके हाथ-पैर निकल आए थे।**

यह एक झूठ था और कहते हैं कि झूठ के पैर नहीं होते। लेकिन मुझे लगता है कि झूठ के हाथ-पैर, नाक-कान, मुँह कुछ भी नहीं होता। वह एक लोंदे की तरह होता है। सिर्फ पेट भरने के लिए। पिता भी कुछ ऐसे ही थे। वे जब भी पूजा पर बैठते बिल्कुल लोंदे की तरह लगते। ऐसे जैसे भगवान की मूर्ति के सामने कोई शालिग्राम रखा हो। वे बहुत पूजा-पाठी आदमी थे। ठीक सुबह चार बजे उठते और बिना दो घंटे पूजा-पाठ के मुँह में अन्न का दाना तक नहीं डालते। लेकिन यह सारा परिवर्तन उनके भीतर रिटायरमेंट के बाद आया था। रिटायरमेंट के पहले तक तो दफ्तर ही उनका मन्दिर था और काम ही पूजा। दफ्तर में वे कड़क अफसर माने जाते थे। मजाल क्या कि उनकी नाक के नीचे कोई गड़बड़ हो जाए। अपनी इसी अक्खड़ता में वे बड़े-बड़े अफसरों को भी नहीं सेंटते थे। इसलिए लोग उनसे डरते भी बहुत थे। एक बार एक अफसर ने एक महिला सहकर्मी के साथ थोड़ी बदसलूकी क्या कर दी उन्होंने सरेआम उसे थप्पड़ मार दिया और छह महीनों के लिए सस्पेंड हो गए। इन छह महीनों का उपयोग उन्होंने अपने साथी कर्मचारियों को एकजुट करने में किया। और आखिरकार जब सस्पेंशन वापस हुआ तो फूल-मालाओं से लदे-फँदे वे वापस दफ्तर आए। तब से दफ्तर में उनका रुतबा और बढ़ गया। अब वे सुबह नौ बजे घर से दफ्तर के लिए निकलते थे और शाम पाँच बजे घर आते। उनके इस रूटीन में कभी-कभार ही बाधा आती जब कोई जरूरी काम सामने आ जाता। काम भी काम जैसा नहीं होता था। बस ऐसे ही किसी की टेलीफोन लाइन जोड़नी है या किसी का फोन डेड पड़ा है, उसे ठीक करवाना है। अजीब बात थी कि ये सारे काम एक लाइनमैन भी कर सकता था, लेकिन पिता को उन पर भरोसा नहीं था। वे सब घूसखोर थे और पिता से ज्यादा कमाते थे। पिता उन सब पर खूब खीझते।

घर में भी पिता का वही हाल था। हर चीज करीने से रखी होनी चाहिए। वे नियमित डायरी लिखते थे। पचीस-तीस साल पुरानी हिसाब-किताब की डायरी भी

उन्होंने बड़े करीने से सँभालकर रखी थी। क्या मजाल कि ऑफिस का कोई फालतू कागज या पुर्जी भी इधर-से-उधर हो जाए। उनकी यह आदत तो खैर आज भी बरकरार है। उनकी इन तीस-पैंतीस साल पुरानी डायरियों को देखकर आज भी कोई तत्कालीन समाजार्थिक स्थितियों का अनुमान लगा सकता है। शायद यह उनके छात्र जीवन की आदत थी। गरीबी थी और महीने भर का बजट बनाना जरूरी था। पिता की उन दिनों की डायरियों में दाल, चावल, नमक और घी का पूरा हिसाब-किताब मिलता है। यह अजीब है कि वे डायरियाँ उन्होंने आज भी सँभालकर रखी हैं जिनकी अब कोई जरूरत नहीं। वे आज भी मोरारजी देसाई की सरकार को याद करते हैं जिनके शासन में राशन सबसे सस्ता था।

ऐसी और भी तमाम बातें हैं जो उन्हें औरों से अलग बनाती हैं। इसके अलावा ऐसी भी तमाम बाते हैं जो उन्हें औरों की तरह ही बनाती हैं। मसलन दफ्तर का रौब-दाब घर में भी चलाना, बात-बेबात बच्चों और पत्नी की पिटाई करना, समय से नहाना-धोना आदि-आदि। वे हद दर्जे के कंजूस थे और पैसा दाँत से पकड़ते थे। बचपन में मुझे एक बार आइसक्रीम खाने की इच्छा हुई थी। मैंने माँ से इसके लिए जिद की, लेकिन माँ ने इस पर कान नहीं दिया। चिढ़कर मैंने घर के मन्दिर में रखे फुटकर सिक्के उठा लिए और आइसक्रीमवाले के पास जाकर एक आइसक्रीम या कहें कि मीठी बर्फ ले ली। पिता ने मुझे ऐसा करते हुए देख लिया था और खूब पीटा था। पिता की इस कंजूसी का मनोविज्ञान भी शायद उनकी बचपन की गरीबी से जुड़ा था। उनके बचपन की गरीबी के किस्से माँ हमें किसी प्रेरक कथा की तरह सुनाती थीं। जैसे कथा बाँचकर उन्होंने अपनी पढ़ाई-लिखाई की, दादा उनकी पढ़ाई के सख्त खिलाफ थे, फिर भी उन्होंने बीएससी किया। कहा जाता है कि वे गाँव के पहले और अब तक बीएससी तक पढ़े-लिखे पहले इनसान थे। माँ बतातीं कि बीएससी के लिए शहर जाने के लिए उनके पास ढंग के कपड़े भी नहीं थे। एक मुचड़ा-सा पाजामा और बुश्शर्ट बस। वो भी बेमेल रंगों की। शहर के तमाम शहराती विद्यार्थी उनकी इस वेशभूषा पर हँसते। लेकिन पिता को धुन थी पढ़ने की सो, उनकी हँसी और उपहास पर वे ध्यान ही न देते। उनके जीवन का रुटीन खाना बनाने, कॉलेज जाने, पढ़ने और रोज अपने कपड़े धोने तक सीमित था। कपड़े वे रोज इसलिए धोते थे क्योंकि उनके पास ले-देकर यही एक जोड़ी बुश्शर्ट और पाजामा था जिसे उन्हें रोज पहनना होता था। इन परिस्थितियों में पढ़ाई-लिखाई कर उनके सरकारी नौकरी में आने की कथा हमें सिकंदर के विश्वविजय की कथा की तरह लगती थी क्योंकि वह हमें ऐसे ही सुनाई गई थी। बाद में जब वे सरकारी नौकरी में आए तो उनकी जिन्दगी का एक ढर्रा बन गया था। जहाँ नौकरी में आने से पहले उनकी दुनिया सिर्फ पाठ्य-पुस्तकों तक सीमित थी, वहीं अब वह सात घंटे बीस मिनट की नौकरी तक सिमट गई थी। अब उनकी पूरी दिनचर्या इन सात घंटे बीस

मिनट के इर्द-गिर्द ही चक्कर काटती थी। यह अलग बात है कि नौकरी उन्होंने हमेशा घड़ी देखकर सात घंटे बीस मिनट की ही की, कभी सात घंटे इक्कीस या उन्नीस मिनट नहीं होने दिए। इस तरह अपने इस कड़क रुटीन में उन्होंने पूरे पैंतीस साल गुजारे। और पहली बार इसमें व्यवधान तब आया जब वे रिटायर हुए।

रिटायरमेंट की यादें उन्हें आज भी रह-रहकर गुदगुदाती हैं। रिटायरमेंट के समय उन्हें फूल-मालाओं से लाद दिया गया था और उनकी निष्ठा, कार्यकुशलता और ईमानदारी के कशीदे काढ़े गए थे। किसी ने उन्हें राजा हरिश्चन्द्र की उपाधि दी तो किसी-किसी ने तो उन्हें साक्षात मर्यादा पुरुषोत्तम ही बता दिया। देखा जाए तो रिटायरमेंट की यह पार्टी ही शायद उनके जीवन की चरम उपलब्धि थी जो आज भी उन्हें जब-तब गुदगुदा जाती है और वे अनायास अकेले बड़बड़ाने लगते हैं कि बिना किसी दाग-धब्बे के नौकरी शान से गुजर गई। रिटायरमेंट के समय उनका जो ग्रुप फोटो खींचा गया था, उसे वे जब-तब देखते और झाड़-पोंछ कर यथास्थान रख देते।

अब तो खैर, इस ग्रुप फोटो में शामिल कई लोग काल-कवलित हो गए, कई ट्रांसफर होकर जहाँ-तहाँ चले गए। एक-दो लोग जो इस शहर में बचे रह गए हैं, उनसे भी पिता की मुलाकात कभी-कभार ही हो पाती है। हाँ, जब कभी वे अपने किसी पुराने साथी से मिलकर आते तो उनके चेहरे की प्रफुल्लता देखते ही बनती। ऐसे में घर भर को सुनाकर वे माँ से कहते—"अरे, सुनती हो, अपने सक्सेना साहब का बेटा इंजीनियर हो गया। अमेरिका जा रहा है आगे की पढ़ाई के लिए। अब शायद वहीं रहे। सक्सेना साहब बता रहे थे।"

माँ की स्मृति इधर कमजोर हो गई है। वे अपनी स्मृति पर जोर डालकर पूछती हैं, "कौन सक्सेना साहब?" पिता थोड़ा उदास हो जाते हैं। फिर हँसकर कहते हैं—"अरे वही सक्सेना साहब जो पहले अक्सर हमारे यहाँ आते थे खाने पर...ये देखो...", पिता अपना रिटायरमेंटवाला ग्रुप फोटो निकालकर उसमें सक्सेना साहब को खोजकर दिखाते हैं जो अब धुँधला गया है और जिसमें चित्र साफ नजर नहीं आते।

"अच्छा वे!" माँ अन्यमनस्क भाव से कहती हैं।

पिता फिर थोड़ा उदास हो जाते। फिर कहते—"कभी मेरे बॉस थे लेकिन बॉस होने का रौब कभी नहीं डाला, हमेशा दोस्त की तरह व्यवहार किया। दफ्तर में सभी उनकी तारीफ करते थे।...आजकल अपने बेटे की शादी के लिए लड़की ढूँढ़ रहे हैं। कह रहे थे कि लड़का अमेरिका जा रहा है, कहीं किसी गोरी मेम-वेम के चक्कर में पड़ गया तो सारी इज्जत मिट्टी में मिल जाएगी। मैंने कहा, मेरी भी वही हालत है। लड़की पढ़ी-लिखी है, परमानेंट नौकरी है, मगर उसके लायक लड़का नहीं मिल रहा। चप्पलें घिस गईं लड़का ढूँढ़ने में...सोच रहा था कि अपनी शुभ्रा के लिए सक्सेना साहब के लड़के की बात चलाऊँ।"

"पागल हुए हो क्या? ब्राह्मण होकर कायस्थों में लड़की दोगे?" माँ की जुबान कैंची की तरह चलती है और जब चलती है तो पिता खामोश हो जाते हैं। वैसे, माँ लोंदा नहीं थीं। शादी के बाद जब से वे इस घर में आईं तभी से उनके हाथ-पाँव, नाक-कान, मुँह-आँख सब कुछ ठीक से काम कर रहे हैं। वे पूजा-पाठ भी नहीं करतीं, बल्कि अपने पूरे शरीर का भरपूर उपयोग करती हैं। हाँ, इधर उन्हें गठिया और अधकपारी की शिकायत ज्यादा रहने लगी है। फिर भी पूरा घर एक तरह से उन्हीं के बूते चल रहा है। पिता को घर से कभी कोई खास मतलब नहीं था। रिटायरमेंट से पहले वे पूरे शालिग्राम थे जिसे सिर्फ भोग लगाया जाता है। भोग लगाने के बाद वे एक लम्बी डकार लेते। थोड़ा टहलते और फिर अपने बिस्तर पर चुपचाप जाकर लेट जाते। सुबह वे देर से उठते और उठकर नहा-धोकर चाय पीते हुए अखबार पढ़ते। इसके बाद तैयार होकर सीधे ऑफिस जाते। बीच-बीच में कभी-कभार वे हम बच्चों को पढ़ाई-लिखाई के लिए डाँटते या मारते। इस बीच माँ की कैंची जैसी जुबान लगातार चलती रहती जिस पर पिता कान ही न देते।

हाँ, रिटायरमेंट के बाद उनके जीवन में, व्यवहार में जमीन-आसमान का अन्तर आ गया था। रिटायरमेंट से पहले वे अपने हाथ से पानी तक लेकर नहीं पीते थे। साहबी रौब-रुतबा था।

पर अब जब से रिटायर हुए हैं तब से अपना सारा काम खुद ही करते हैं। यहाँ तक कि अपने कपड़े भी खुद ही धोते हैं। जो पिता रिटायरमेंट तक किसी लोंदे की तरह लगते थे, अब अचानक उस लोंदे में हाथ-पैर निकल आए थे। अब वे हर सुबह नित्यकर्म के बाद सैर को जाते जहाँ उनके कुछ हमउम्र दोस्त भी बन गए थे। एक देशी झबरीला कुत्ता भी उनके मुँह लग गया था। वह कुत्ता पूरी सैर भर उनके साथ रहता। सैर से लौटकर वे क्यारियों को पानी देते और फूल-पत्तियों की छँटाई करते। नाश्ता भी अब वे पहले की तरह 'हैवी' नहीं लेते। एक कटोरी दलिया और बिना चीनी की चाय उनका नाश्ता था।

'इससे स्वास्थ्य ठीक रहता है'—वे अक्सर कहते। नाश्ता करते हुए वे नियमित अखबार पढ़ते। अखबार पढ़ने का उनका तरीका भी अजीबोगरीब था। वे अखबार के मास्टहेड से लेकर प्रिंट लाइन तक एक-एक शब्द ध्यान से पढ़ते। पढ़ते-पढ़ते वे बीच-बीच में माँ से बात भी करते रहते। रिटायरमेंट से पहले तक माँ से उनकी ज्यादातर बातचीत वेतन और महीने के खर्च को लेकर होती थी, लेकिन अब उनकी बातचीत कुछ इस तरह होने लगी थी—

पिता—"जानती हो, शर्माजी की बेटी की शादी तय हो गई। बेचारे बड़े दिनों से परेशान थे।"

माँ—"हाँ, मिसेज शर्मा बता रही थीं। तिलक में पूरे बारह तोला सोना चढ़ा।"

पिता—"प्याज और गैस के दाम फिर बढ़नेवाले हैं।"

माँ—"कौन कह रहा था?"

पिता—"अरे, अखबार में लिखा है। सोना भी दिन-पर-दिन महँगा होता जा रहा है।"

फिर थोड़ी देर सोचकर कहते, "आज तो दिव्यानन्द जी का प्रवचन टीवी पर नहीं आएगा। भागवत पर बड़ा अच्छा बोलते हैं, तबीयत खुश हो जाती है।"

माँ कहतीं, "मटर भी आज बीस रुपये किलो मिली। मौसमी सब्जियाँ भी इतनी महँगी हो गई हैं कि पूछो मत।"

पिता कहते, "घुटने में दर्द हो रहा है। सोते समय थोड़ा चीता तेल मल देना।"

माँ कहतीं, "शुभ्रा कह रही थी कि इस साल उसकी फीस भी बढ़ गई है।"

पिता कहते, "छोटा भी आजकल घर में कम ही दिखता है। सारा दिन कहाँ रहता है, पता नहीं।" उनके चेहरे पर चिन्ता की रेखाएँ उभर आतीं। माँ अपने घुटने का दर्द दबाए रसोई में घुस जातीं। पिता अखबार पढ़ते हुए वहीं से चिल्लाते, "देखो इस बार किसकी सरकार बनती है। इस सरकार ने तो नरक मचा रखा है। छोटा भी घर में कम ही रहता है। अखबार पढ़ो तो पता चले कि शहर में क्राइम कितना बढ़ गया है। जरा-जरा से बच्चे चोरी-डकैती करने लगे हैं।" वे अखबार के राजनीतिक-आर्थिक विश्लेषणों की एक-एक लाइन बार-बार पढ़ते और स्वगत ही अपनी राय देते जाते। माँ उनकी बात का जवाब न देतीं। दरअसल, देश की सामाजिक और आर्थिक हालत पर पिता की चिन्ताएँ वाजिब होते हुए भी गैरवाजिब थीं क्योंकि अब वे खुद निरर्थक होते जा रहे थे। उन्हें अपने होने का मतलब तलाशना था जो वे तलाश नहीं पा रहे थे। इस तलाश के लिए उन्होंने धार्मिक साहित्य का सहारा लिया। स्थानीय लाइब्रेरी से रोज वे कोई-न-कोई धार्मिक किताब ईश्यू करा लाते और देर तक उसका पाठ करते। यह उनका नया नशा था जो उन्होंने जिन्दगी में कभी नहीं किया था। इधर जब से टीवी पर धार्मिक चैनलों की बाढ़ आ गई तब से उनके लिए दिन काटना और भी आसान हो गया। किस समय, किस चैनल पर कौन-सा साधु-संन्यासी या महात्मा प्रवचन करनेवाला है, इसकी उन्हें पक्की जानकारी रहती। अब टीवी का रिमोट ज्यादातर उन्हीं के हाथों रहता। प्रवचन सुनते-सुनते वे इतने भाव-विह्वल हो जाते कि रोने लगते।

एक बदलाव और आया था उनमें इन दिनों। वे कभी भी किसी के साथ बैठकर बतियाने लगते। इनमें धोबी, नाई और माली सब शामिल थे। कभी भीषण रौब-दाबवाले पिता का इस तरह धोबियों, नाइयों, मालियों से घुल-मिलकर बतियाना हमें बड़ा अजीब लगता। वे इन लोगों से भी अपनी बेटी शुभ्रा की शादी की बातें शेयर करते और उन्हें भी लड़का खोजने के अभियान में लगा देते। शुभ्रा दी की शादी के लिए उन्होंने अब अपने भगवान को भी पटाना शुरू कर दिया था और पूजा के समय भगवान से अपनी बेटी की शादी की भीख माँगा करते। रो-रोकर गुहार करते—

*जऊ घर बार कुल होई अनूपा।*
*करिय विवाह सुता अनुरूपा॥*

इसी साल शुभ्रा दी ने एमए किया था और अब प्राइवेट एमबीए कर रही थीं। लेकिन पता नहीं क्या था कि उनके लायक लड़का ही नहीं मिल रहा था और मिलता भी तो कोई–न–कोई अड़ंगा लग जाता। कभी कुंडली नहीं मिलती तो कभी दहेज का चक्कर फँस जाता। कभी मंगली तो कभी कालसर्प दोष। हालाँकि मेरा व्यक्तिगत रूप से इन सबमें कोई विश्वास नहीं था, लेकिन पिता मानते थे और उनके तर्क का मेरे पास कोई जवाब नहीं था। जैसा कि मैंने पहले कहा कि झूठ के हाथ–पैर, नाक–कान कुछ नहीं होते उसी तरह पिता के इस कुंडली प्रेम के भी हाथ–पैर, नाक–कान कुछ नहीं था। फिर भी झूठ था और अपने ठोस रूप में था।

यह झूठ शुभ्रा दी को लेकर था। अपने कॉलेज के एक लड़के के साथ उनका अफेयर था जिसे वह हमेशा झुठलाया करती थीं। लेकिन सच के तो हाथ–पैर, मुँह–नाक सब कुछ होता है इसलिए यह सच छुप न सका और वह पैदल चलते–चलते घर तक आ गया। माँ की कैंची जैसी जुबान में जैसे और धार आ गई। लेकिन इस सच के आगे पिता हार गए थे और उस पूरे दिन उन्होंने न कुछ खाया न किसी से कुछ कहा। अब उनकी पहली चिन्ता शुभ्रा दी की शादी की थी। मैं शुभ्रा दी का हमराज था जो इस सच को जानता था और उनके झूठ में सहयोग देता था। झूठ हम सब बोलते थे सिवाय पिता के। पिता ने जीवन में कभी झूठ नहीं बोला था। वे सत्यनिष्ठा के कायल थे। उनके इस तरह राजा हरिश्चन्द्र बनने के चक्कर में हम सब रंक बनते जा रहे थे। नौकरी में आने के बाद भी उनकी यह सत्यनिष्ठा बरकरार रही। जहाँ सब लोग घूसखोरी करते हुए अमीर हुए जा रहे थे, पिता अपनी ईमानदारी का डंका बजाते हुए गरीब के गरीब ही बने रहे। इस सबका असर घर पर तो पड़ना ही था। सो पड़ा। आए दिन घर में कलह होने लगी। एक हमारे घर को छोड़कर कॉलोनी में सबके घरों में रंगीन टीवी, फ्रिज, वीसीआर सब आ गए थे। पूरी कॉलोनी में एक हमारा घर ही सबसे अलग था, सबसे अजूबा। अपनी सत्यनिष्ठा और ईमानदारी के कारण पिता की सीआर लगातार खराब होती रही। इस बात से पिता ही नहीं, घरवाले भी लगातार दुखी होते रहे। उधर पिता राजा हरिश्चन्द्र बने हुए थे और हम रंक होते जा रहे थे। शुभ्रा दी ने तो जैसे–तैसे ट्यूशन वगैरह पढ़ाकर एमए कर लिया था, लेकिन मेरी हालत बद से बदतर होती जा रही थी। घर की बदतर होती हालत से शुभ्रा दी भी वाकिफ थीं, लेकिन वे कुछ कर नहीं सकती थीं सिवाय कुछ और ट्यूशन पढ़ाने के, जिससे कुछ खास बनना–बिगड़ना नहीं था। आखिर एक दिन घर की हालत से आजिज आकर वे अपने उस प्रेमी के साथ घर से भाग गईं जिसके बारे में सिर्फ मुझे पता था। पिता तब भी खामोश रहे। हालाँकि माँ की कैंची–जैसी जुबान लगातार चलती रही और पिता को उनकी अकर्मण्यता के लिए कोसती रहीं। हालाँकि यह भी बहुत बाद की बात है। यहाँ एक क्षेपक ही सही लेकिन पिता से जुड़ा एक किस्सा याद आता है जो शायद उन्हें खुद भी अपनी बेटी के प्रेम–प्रसंग

के बारे में सुनकर याद आया हो और उस याद ने ही उन्हें खामोश कर दिया हो। या शायद उन्हें कुछ भी याद न आया हो और मैं यहाँ खामखा ही अटकलें लगा रहा होऊँ। जो भी हो, किस्सा दिलचस्प है और पिता के व्यक्तित्व की रुक्षता को देखते हुए हमें आज भी इस पर यकीन नहीं होता।

दरअसल, किस्सा पिता के प्रेम-प्रसंग का है जिसकी कल्पना से ही हमें गुदगुदी होने लगती है और मन में शर्म की जगह हँसी का एक गुबार उठने लगता है। यों तो प्रेम में हर आदमी मूर्ख होता है, लेकिन इस किस्से में पिता की मूर्खता एक शास्त्रीय किस्म की मूर्खता थी जो आज के दौर में एक विरल पवित्रता का अहसास कराती है। याद नहीं यह किस्सा मुझे किसने सुनाया था—चाचा ने, माँ ने या किसी और ने। पता नहीं। शायद किसी ने भी नहीं। हो सकता है कि माँ, चाचा आदि इसे लेकर आपस में कभी हँसी-ठिठोली कर रहे हों और चुपके से किसी वर्जित आख्यान कीं तरह मैंने इसे सुन लिया हो।

बहुत पुरानी बात है। पिता ने शहर में नई-नई टेलीफोन ऑपरेटरी की नौकरी ज्वाइन की थी। गाँव से शहर में वे अपनी मासूमियत या कहें कि गावदीपन भी साथ लेते आए थे। न ढंग से पहनने-ओढ़ने का शऊर न उठने-बैठने, बोलने-बतियाने का। ले-देकर श्रीराम चाचा से ही उनकी बातचीत थी जो धीरे-धीरे गहरी दोस्ती में बदल गई। इतनी गहरी दोस्ती कि श्रीराम चाचा हमारे सगे से भी सगे चाचा हो गए थे। श्रीराम चाचा बताते हैं कि उन दिनों पिता के साथ एक महिला भी टेलीफोन ऑपरेटरी करती थी। पूरे दफ्तर में एक वही महिला कर्मचारी थी और पूरे दफ्तर की रौनक। क्या तो नाम था उसका...गाडगिल या क्या...विधवा थी और अपने पति की जगह पर नौकरी पर आई थी। शादी के कुछ ही बरस बाद वह विधवा हुई थी सो चेहरे पर यौवन की चमक और देह में लोच अभी बाकी थी। उन दिनों छोटे कस्बों की कम ही महिलाएँ थीं जो बाहर नौकरी आदि करती थीं। ऐसी महिलाओं को अक्सर 'इजी गोइंग' या बहुत चालू समझ लिया जाता था। और मिसेज गाडगिल तो उस पर विधवा भी थीं। कस्बों में अकेली, विधवा या परित्यक्ता स्त्रियों के लिए स्थितियाँ तो खैर आज भी बहुत नहीं बदली हैं, लेकिन तब तो और भी संगीन थीं।

तो विधवा होने के कारण मिसेज गाडगिल भी तब सबके लिए हँसी-ठिठोली और दिल बहलाव की चीज थीं। अक्सर उनके बारे में फुसफुसाते सुरों में अश्लील और 'रसभरी' बातें होतीं। उनकी नित नवीन प्रेम-लीलाओं के सच्चे-झूठे किस्से शहर की हवाओं में तैरते। हालाँकि इन किस्सों का कोई भी ठोस प्रमाण किसी के पास नहीं था, लेकिन जाने क्यों मान लिया गया था कि ये सब सच हैं। बल्कि माना तो यहाँ तक जाता था कि सच्चाई इन किस्सों से भी ज्यादा संगीन है।

आज मैं सोचता हूँ कि क्या इन किस्सों की कोई भनक मिसेज गाडगिल को नहीं रही होगी ? न रही हो, ऐसा तो हो नहीं सकता, लेकिन वे कर भी क्या सकती

थीं सिवाय चुपचाप जहर का घूँट पीने के। लेकिन हाँ, ये भी सच है कि वे अकेली थीं और अकेलापन उन्हें काटता था। ऐसे में एक सच्चे साथी की उन्हें सचमुच जरूरत थी जिसके साथ वे अपना सुख-दुख बाँट सकें। पिता के गावदीपन और मासूमियत में शायद उन्हें ऐसे ही किसी साथी का अक्स नजर आया हो।

मैं कल्पना कर सकता हूँ कि शायद ऐसी ही कुछ परिस्थितियाँ रही होंगी जब शुरुआती जान-पहचान और दुआ-सलाम के बाद पिता और मिसेज गाडगिल निकट आते गए होंगे। यहाँ तक कि वे दफ्तर में साथ लंच भी करने लगे थे। मिसेज गाडगिल अक्सर पिता की पसन्द का भोजन खुद अपने घर से बनाकर लाने लगी थीं। जब भी मौका मिलता वे देर तक हँसते-बतियाते, गप्पें लगाते। कौन जाने कि तब मिसेज गाडगिल और पिता के बीच एक-दूसरे के लिए वही आदिम कोमल भाव जागा हो जो युगों से स्त्री-पुरुष के बीच जागता रहा है।

चाचा के बताए किस्से के अनुसार मिसेज गाडगिल की सोहबत में पिता का वह गावदीपन भी धीरे-धीरे जाता रहा था जो अब तक उनके व्यक्तित्व का स्थायी हिस्सा था। अब पहनने-ओढ़ने के मामले में भी उनमें एक नफासत आ गई थी। लद्धड़पने को छोड़ अब वे एक सभ्य शहरी होने लगे थे।

लेकिन पानी अब सिर से ऊपर जा रहा था और दफ्तर में पिता और मिसेज गाडगिल को लेकर अनाप-शनाप चर्चाएँ शुरू हो गई थीं। श्रीराम चाचा चूँकि हमारे पारिवारिक सदस्य जैसे थे इसलिए इन चर्चाओं से उनके कान खड़े होना स्वाभाविक था। चाचा ने इस मसले पर पहले माँ से बात की। माँ को इन बातों की रत्ती भर भनक नहीं थी इसलिए पहले वे बहुत रोई-झींकीं। फिर श्रीराम चाचा से ही मदद की गुहार की। श्रीराम चाचा ने भी माँ को भरोसा दिलाया कि वे पिता को समझाएँगे। एक दिन मौका देखकर श्रीराम चाचा ने पिता से बात की और उन्हें समझाया कि मिसेज गाडगिल भली औरत नहीं है और आप बाल-बच्चेदार आदमी हैं। ऐसी औरतों से दूर ही रहना चाहिए। श्रीराम चाचा की इस बात पर पिता को पहले तो बहुत गुस्सा आया और उन्होंने चाचा को बहुत खरी-खोटी सुनाई। दरअसल, श्रीराम चाचा की बात से पिता का विश्वास कहीं भीतर बहुत दरक गया था और वे कई दिनों तक परेशान से रहे थे। फिर पता नहीं अपनी मूर्खता या मासूमियत में एक दिन मौका पाकर उन्होंने मिसेज गाडगिल से ही सीधे पूछ लिया कि क्या वे भली औरत नहीं हैं? पिता की बात सुनकर पहले तो मिसेज गाडगिल हक्की-बक्की रह गईं। फिर जब समझ में आया तो उनका चेहरा शर्म और गुस्से से लाल हो गया। उनकी हालत देखकर पिता फिर गड़बड़ा गए और बोले कि ऐसा मैं नहीं कहता, श्रीराम ने कहा है। अब सिर्फ कल्पना ही की जा सकती कि इसके बाद पिता और मिसेज गाडगिल में क्या बात हुई होगी। शायद पिता ने मिसेज गाडगिल को समझाने की कोशिश की हो, उनसे माफी माँगी हो और मिसेज गाडगिल ने उनकी कोई बात न

सुनी हो। हाँ, इतना जरूर पता चलता है कि इस घटना के बाद कई दिनों तक मिसेज गाडगिल दफ्तर नहीं आईं और जब आईं तब भी उन्होंने किसी से कुछ खास बात नहीं की। फिर कुछ ही दिनों में उन्होंने उस कस्बे से अपना ट्रांसफर भी करवा लिया और इस तरह पिता के जीवन की एकमात्र प्रेम-कहानी का त्रासद अन्त हो गया।

पता नहीं शुभ्रा दी के प्रेम-प्रसंग के बारे में जब पिता ने सुना तो उन्हें मिसेज गाडगिल याद आई थीं या नहीं। ऐसा कोई प्रमाण तो मिलता नहीं। हाँ, जो दृश्य बना था उससे सिर्फ इतना पता चलता है कि शुभ्रा दी के बारे में सुनकर पिता खामोश हो गए थे और फिर कई दिनों तक खामोश बने रहे। ये अलग बात है कि श्रीराम चाचा और माँ आज भी पिता और मिसेज गाडगिल के उस किस्से के जिक्र भर से खूब हँसते हैं और पिता खिसिया के रह जाते हैं। हमारे लिए भी यह खासा दिलचस्प और गुदगुदानेवाला प्रसंग रहा है। हालाँकि खुलकर हमने कभी इस पर बात नहीं की।

खैर...उस साल मैं दसवीं कक्षा में था, साइंस साइड से। क्लास के सारे लड़के-लड़कियाँ प्रेक्टिकल में नम्बर बढ़वाने के लिए लगातार ट्यूशन ले रहे थे, लेकिन मैं ट्यूशन नहीं ले सकता था क्योंकि घर की हालत ऐसी नहीं थी। स्कूल की पढ़ाई तो माशाअल्ला थी ही। अक्सर हम स्कूल बंक करते और शहर के एकमात्र सिनेमा हॉल 'सिब्बल सिनेमा' में मॉर्निंग शो देखने निकल जाते। इस सिनेमा हॉल में मॉर्निंग शो में आमतौर पर दक्षिण भारत की सी-ग्रेड फिल्में ही चलाई जाती थीं जिसमें बीच-बीच में ब्लू फिल्मों के कुछ सीन डाल दिए जाते। इन फिल्मों का हम छात्रों में बड़ा क्रेज था। इन फिल्मों को हम सिर्फ उन्हीं कुछेक सीन्स की वजह से देखने जाते थे। हालाँकि कभी-कभार स्कूल के हेडमास्टर छात्रों को पकड़ने के लिए वहाँ छापा मारते। कई लड़के पकड़े जाते और उनकी जमकर धुनाई होती। इन फिल्मों के लिए पैसे हम अक्सर शहर के सबसे बड़े मन्दिर 'पंच मन्दिर' से चुराया करते थे जो वहाँ चढ़ावे में चढ़ाए जाते थे। इसी तरह साथ के कुछ लड़के 'महकती कलियाँ' या 'उभरती जवानी' टाइप किताबें भी स्कूल में लाते और इंटरवल में एकान्त में उनका बाकायदा पाठ किया जाता। स्त्री देह से पहला परिचय हमारा इन्हीं सब चीजों से हुआ था। सिनेमा हॉल में मार्निंग शो देखते हुए एक बार मैं भी पकड़ा गया था। हेडमास्टर साहब ने जो धुनाई की सो तो की ही, शिकायत घर तक पहुँच गई और मेरी जमकर कुटम्मस हुई। हालाँकि इसके बावजूद इन फिल्मों के प्रति हमारा क्रेज कम नहीं हुआ और हम नियमित इनके दर्शक बने रहे।

इधर पिता के रौब-दाब और ईमानदारी में भी कोई कमी नहीं आई। पिता स्टाफ यूनियन में भी सक्रिय थे और उन्हें 'गरम नेता' की उपाधि प्राप्त थी। जब-न-तब उनका किसी-न-किसी अफसर से पंगा होता ही रहता। उन्हें वाहवाही मिलती और वे फूलकर कुप्पा हो जाते बिल्कुल शालिग्राम की तरह गोलमटोल। वाहवाही का नशा उन पर इस कदर तारी था कि उन्हें अपने घर-परिवार और बच्चों तक की परवाह नहीं थी।

इधर मैं भी कुसंगति में पड़ता जा रहा था। नतीजा, हाईस्कूल में मैं ग्रेस मार्क्स लेकर पास हुआ। पिता को अपनी मार्कशीट दिखाना नहीं चाहता था, लेकिन जाने कैसे उन्हें वह मिल गई। पिता उस दिन बहुत नाराज हुए और छड़ी-जूता जो मिला, उसी से मेरी जमकर ठुकाई की।

लेकिन पिता की इस तानाशाही ने मुझे और भी ढीठ बना दिया था। अब मैं अपने दोस्तों के साथ खुलेआम सिगरेट पीने लगा था और ज्यादा-से-ज्यादा घर से बाहर रहने लगा था। मेरी कोशिश रहती कि ज्यादा-से-ज्यादा पिता से दूर रहूँ, उनके सामने आने से बचूँ।

मुझे याद है कि वह पिता के रिटायरमेंट का दिन था जिस दिन मैंने पहली बार शराब पी थी। मैं गहरे अवसाद में था। हाईस्कूल में मेरे नम्बर इतने कम थे कि इंटर साइंस साइड में एडमिशन सम्भव नहीं था जबकि मेरा सपना साइंस साइड में जाने का ही था। हाईस्कूल से ही मुझे मेढ़कों की चीरफाड़ और प्याज की परतों को सूक्ष्मदर्शी से देखने में मजा आने लगा था। लेकिन अब मेरा वह सपना पूरी तरह चकनाचूर हो चुका था और इसके लिए मैं पूरी तरह अपने पिता को ही दोषी पाता था। पिता को, उनकी ईमानदारी और स्पष्टवादिता को। पिता उस दिन मुझे खलनायक की तरह नजर आ रहे थे जिन्होंने अपनी वाहवाही के चक्कर में मेरा जीवन बर्बाद कर दिया था।

उस दिन पिता फूल-मालाओं से लदे-फँदे और दुनिया भर के उपहार लेकर घर आए थे। पिता उस दिन बहुत खुश थे। दरअसल, यह उनकी मुक्ति का दिन था। अगले दिन से उनकी दिनचर्या पूरी तरह बदल जानेवाली थी। पिता की चिन्ताओं में फिलहाल बेटी शुभ्रा की शादी और कहीं भी कैसे भी करके मेरी नौकरी का जुगाड़ था। अगले दिन से उन्हें इन्हीं दोनों मोर्चों पर जुट जाना था। अगले दिन से ही अब तक शालिग्राम की तरह रहे पिता के हाथ-पैर निकलने थे और माँ की कैंची जैसी जुबान को काबू में आना था।

ठीक और ठीक उसी दिन मैंने जीवन में पहली बार शराब पी थी। पिता फूल-मालाओं से लदे हुए घर आए थे। उनके एक हाथ में मिठाई का एक डिब्बा था और दूसरे हाथ में एक झोला था जिसमें दुनियाभर के वे उपहार थे जो उन्हें उनके सहकर्मियों ने उदारता और प्रेम से दिए थे। उन्होंने मिठाई का डिब्बा और झोला माँ को पकड़ाया और सबको मिठाई खिलाने को कहा। पिता के कड़क स्वभाव के हम आदी थे सो चुपचाप मिठाई खा ली। माँ से उन्होंने शाम को खास खाने का इन्तजाम करने को कहा था जिसमें उनकी प्रिय मटर-पनीर की सब्जी भी थी। लेकिन जब से मुझे पता चला कि पिता आज रिटायर हो गए हैं, मैं गहरे अवसाद में आ गया था। दरअसल, पिता के रिटायरमेंट से मेरी रही-सही उम्मीद भी अब खत्म हो चुकी थी। मैं बड़ी देर तक अपने कमरे में बिस्तर पर अकेले लेटा रहा। फिर अचानक जाने

मुझे क्या हुआ कि मैं उठा और पिता के कमरे में चला आया। पिता उस समय बाथरूम में नहाने गए हुए थे। हैंगर में उनके कपड़े टँगे थे। मैंने जीवन में पहली बार पिता की जेब से पैसे चुराए थे और चुपके से घर से बाहर आ गया था। इसी पैसे से मैंने शराब पी थी। हालाँकि जानता था कि पिता को शराब से क्या, शराब की गन्ध तक से नफरत थी। मुझे याद है कि एक बार पिता के परिचित एक बैंक मैनेजर का इंजीनियर लड़का रात को शराब पीकर हमारे घर आया था रात गुजारने। उसने अपने पिता का हवाला दिया और उनके हाथ की लिखी चिट्ठी भी दिखाई थी। लेकिन पिता ने उसे घर के दरवाजे से ही दफा कर दिया था और देर तक बड़बड़ाते रहे थे। उनका मानना था कि शराब से बड़ा ऐब दुनिया में कोई नहीं। शराब पीकर नाली में पड़े लोगों के दृश्य अक्सर वे हमारे सामने खींचा करते। जब कभी वे ऐसा करते हमें भी शराब से नफरत होने लगती।

पिता के जो-जो अफसर शराब पीते थे, पिता के लिए वे दुनिया के सबसे घृणित प्राणी थे। लेकिन मजबूरी थी कि उन्हें ऐसे अफसरों की निजी शराब पार्टियों में कभी-कभार जाना ही पड़ता। ऐसे मौकों पर अक्सर उनके लिए फलों का जूस या टमाटर का सूप आता। पीकर बहकनेवाले अफसरों से उन्हें सख्त नफरत थी। 'अंडा-मांस-शराब' जैसे कुफ्र थे उनके लिए जिसका उन्होंने ताउम्र पालन किया।

बहरहाल, शराब लेने के लिए मुझसे बड़ी उम्र का एक लड़का गया था और हमने गोलचक्करवाले पार्क में छककर शराब पी थी। इतनी कि अब हमसे चला नहीं जा रहा था। बड़ी मुश्किल से लड़खड़ाते कदमों से रात ग्यारह बजे मैं घर पहुँचा था। सामने पिता थे। आज उनकी आँखों में क्रोध नहीं था, बल्कि एक अजीब दयनीय-सा आत्मग्लानि का भाव था। उनकी आँखों में शायद आँसू भी थे। वे मुझे अपने हाथों से पकड़कर बिस्तर तक ले गए। उधर माँ की जुबान कैंची की तरह चल रही थी और वे लगातार मेरी लानत-मलामत कर रही थीं। पिता ने मेरे लिए खुद अपने हाथ से खाना निकाला और अपने ही हाथों से मुझे जबरन खिलाया। इस सब चक्कर में उनके कपड़े भी गन्दे हो चुके थे। खाना खिला चुकने के बाद उन्होंने एक गहरी, लम्बी साँस ली और मुझे लिटाकर मेरे शरीर को कंबल से ओढ़ा दिया। मैं अर्द्धनिद्रा में था पर बगल के कमरे से आ रही धीमी-धीमी सिसकियों की आवाज सुन सकता था, लेकिन कुछ कर नहीं सकता था। हाँ, उधर शालिग्राम के अब हाथ-पाँव निकल आए थे।

# अभिशप्त

अभी-अभी पेड़ से एक पत्ता टूटकर गिरा।

अभी-अभी हवा का एक झोंका आया। मैं जहाँ बैठा था वहीं बैठा रहा। वह चुपके से आकर मेरे बगल में बैठ गई और मैं सुनता रहा सूखी धरती पर पड़ने वाली पहली बारिश की तरह उसकी वह निर्मल हँसी। बिना बारिश भीग गया मैं। न आँख में आँसू हैं, न, दिल में गुबार...। एक सूनापन चारों ओर। पहाड़ हैं और बादलों में छिपे उनके शिखर। सबसे ऊँची चोटी हाथी टिप्पा। इसकी तलहटी में खड़ा है राजा का भुतहा महल। चारों ओर जंगलों से घिरा। रात-बिरात जंगली जानवर भी आते होंगे। आदमी तो नहीं आते।

—"नहीं, आते हैं कुछ तुम्हारे जैसे पगले।" शिल्पी ने कहा था। मैं स्तब्ध। यह जादूगरनी है क्या...मन की बात पढ़ने वाली। पता नहीं, मैंने कन्धे उचकाए। जादूगरनी मुस्कुरा दी। मैं डरने लगा हूँ इससे। दूर तक देखती है यह। गजब का पैनापन है इसकी आँखों में। मुग्ध हूँ इन आँखों पर मैं। इसकी मुस्कान जैसे कत्ल करने के बाद किसी कातिल की होती है...पुरकशिश।

शिल्पी का हाथ मेरे हाथ में है और मैं राजा के भुतहे महल में घुसने की फिराक में। सुनता हूँ सदियों लम्बी चीख। परिन्दे फड़फड़ाने लगते हैं।

—"कौन रहता होगा यहाँ?"

—"आदमी तो नहीं रह सकता, प्रेत ही रहें तो रहें।" शिल्पी ने फिर कहा।

मैं शिल्पी को घूरकर देखता हूँ। उसकी नाक की लौंग महल के अँधेरे कोने में चमक उठती है...बिल्कुल जुगनू की तरह।

—"आखिर कहाँ जा रहे हैं हम?" शिल्पी की आँखों में भी वही प्रश्न है जो पाँच साल पहले जया की आँखों में था।

थोड़ी देर मैं खामोश रहा। फिर बेतरह जया की याद आई। जया की याद आते ही मैं पसीने-पसीने हो गया।

—"क्या हुआ शशांक?" शिल्पी ने फिर लय तोड़ी।

—"कुछ नहीं...अचानक भूला हुआ एक बुरा सपना याद आ गया।" शिल्पी की पैनी निगाहों ने मुझे घूरकर देखा। मेरे बदन में हजारों-हजार सुराख हो गए।

—"न अब कुछ नहीं हो सकता। सब खत्म।" मैंने सोचा।

—"मगर हम जा कहाँ रहे हैं?" शिल्पी की फिर वही टेक।

—"एक लम्बी यात्रा पर। उसकी पगडंडियाँ इन्हीं खंडहरों के बीच से जाती हैं। पाँच सौ साल पहले कोई चला था इन पर और मर गया। सुनो उनकी चीख...। सुन रही हो न?" जया को भी यही कहा था मैंने ठीक पाँच साल पहले।

—"मगर मुझे तो कुछ सुनाई नहीं देता...।" शिल्पी का जवाब।

—"अपनी चीख तो सुनाई देती होगी। जो अपनी चीख सुन सकते हैं, दूसरों की चीख भी उन्हीं को सुनाई देती है।" पता नहीं मैंने जया से कहा या शिल्पी से।

उसने कुछ नहीं कहा। मैंने भी जवाब की प्रतीक्षा नहीं की। मैं टार्च की रोशनी में महल की झरती दीवारें देखने लगा। लगा कि अभी भहराकर गिर पड़ेंगी। उनके बीच किसी विशालकाय पेड़ ने जड़ें जमा ली थीं। दीवारें दोफाड़। दीवार पर चाक से कुछ नाम लिखे थे—पुनीत-शालू, रजनी-विजय, सुशील-प्रतिमा...। कुछ लोग अपने प्रेम को इसी तरह जिन्दा रख पाते हैं शायद—मैंने सोचा।

—"अजीब पागल लोग होते हैं न ये भी। प्यार करते हो तो करो, बेमतलब उसका प्रचार क्यों करते हो। देखो कमबख्तों ने सारी दीवारें गन्दी कर रखी हैं।" मानो प्रलाप कर रही थी शिल्पी। मैं फिर चौंका।

दाईं तरफ थोड़ी रोशनी दिखाई दी। रोशनी सीढ़ियों की तरफ से आ रही थी। सीढ़ियाँ परकोटे में खुलती थीं। हम सीढ़ियों पर चढ़े। सीढ़ियों के आस-पास ढेर सारे बरबाद कंडोम और शराब की खाली बोतलें पड़ी थीं। उन्हें देखते ही शिल्पी के चेहरे पर अजीब-सी दहशत छा गई। वह उबकाई लेने को हुई और चेहरे पर रूमाल रख तेजी से ऊपर भागी।

—"मुझे ये कहाँ ले आए तुम शशांक?" शिल्पी चिड़चिड़ाई। हम दोनों परकोटे पर आ गए थे।

—"घबराओ नहीं, यह सब आदमी की ऊब और निरर्थकता की निशानियाँ हैं। ध्यान से देखो, क्या हर चीज यहाँ बेमतलब और फालतू नहीं लगती, प्यार भी?"

शिल्पी बिना कुछ बोले परकोटे की तरफ निकल आई और गहरी गहरी साँसें लेने लगी। परकोटे से विशाल गगनचुम्बी पर्वत श्रृंखलाएँ देखते ही बनती थीं। वहाँ से दूर सर्पीली सड़कों पर दौड़ती-भागती बसें और गाड़ियाँ छोटे-छोटे खिलौनों की तरह नजर आ रही थीं।

मैंने परकोटे से नीचे झाँककर देखा। नीचे खाई थी, इतनी गहरी कि सोचकर अब भी डर लगता है। यह विचार कि यहाँ से गिरे तो क्या होगा, हालाँकि निरर्थक था मगर भीतर कहीं बहुत गहरे डराने भी लगा था।

यह अजीब है लेकिन मेरे साथ ऐसा अक्सर होता है। जिस वक्त ऊँचाइयों से मैं डर रहा होता हूँ ठीक उसी वक्त वहाँ से कूद पड़ने की एक आत्मघाती इच्छा भी मेरे भीतर जोर मारने लगती है। परकोटे से खाई को देखते हुए भी मेरे मन में एक बार वहाँ से कूद जाने का विचार आया। शिल्पी ने मेरी आँखों में शायद मौत के उस आत्मघाती विचार को पढ़ लिया था। वह फौरन मेरे पास आई और मेरा-हाथ पकड़कर पचासों सीढ़ियाँ एक साथ उतर गई। वह बेतरह घबरा चुकी थी।

—"क्या हुआ?" मैंने पूछा।

—"कुछ-नहीं। मैं डर गई थी थोड़ा।"

—"क्यों?"

—"पता नहीं, अचानक तुम्हारी आँखों में मुझे मौत की वीरानी और उजाड़ नजर आया। तुम खुद को मारना चाहते थे, क्यों?"

—"मैं अपने डर को मारना चाहता था।"

—"पता नहीं, तुम डर को मारना चाहते थे या डर तुम्हें। मैं अब तुम्हें यहाँ और नहीं रहने दूँगी।" मेरा हाथ पकड़े-पकड़े वह तेजी से बाहर आई। अब हम महल के बाहर प्रांगण में थे। बाईं ओर से पुजारी जी आते दिखे। शिल्पी ने झुककर उनके पाँव छुए। मैंने हाथ जोड़कर प्रणाम की मुद्रा बनाई।

—"खुश रहो बिटिया।" पुजारी जी बोले। फिर मुझे देख धीरे-से कहा, "कैसे हो शशांक?"

—"ठीक हूँ पुजारी जी...काफी दिनों बाद आज आपके दर्शन हुए।" मैंने कहा।

—"हाँ, देवी सुजाता के मन्दिर में एक बड़ा अनुष्ठान होने वाला है। उसी की तैयारियों में थोड़ा व्यस्त था? लेकिन यह बिटिया कौन है, पहले कभी देखा नहीं?"

—"ये शिल्पी है पुजारी जी, मेरी दोस्त। जल्द हमलोग शादी करने वाले हैं।"

—"ओह, बड़ी संस्कारी बच्ची है। मेरा आशीर्वाद तुम लोगों के साथ है।"

मुझे लगा पुजारी जी कुछ और कहना चाहते हैं लेकिन कह नहीं पा रहे। मैं विषयांतर का प्रयास करता हूँ, "पुजारी जी, महल के भीतर वर्षों से मैं एक शिलापट देख रहा हूँ जिस पर एक अजीब-सी बात लिखी है।"

—"क्या?"

—"यही कि 'स्त्रियाँ जन्मजात शासक होती हैं। वे एक साथ क्रूर, दयालु और महान हैं। कोई भी हद उनके आगे नहीं जा पाती।' इसका क्या मतलब है?"

एकाएक पुजारी जी गम्भीर हो गए। कुछ सोचते हुए बोले, "वह शिलापट ही खंडहर होते इस महल का सच है बेटा। उसे अपनी मृत्यु से पहले इस छोटे-से पहाड़ी राज्य के राजा ने खुदवाया था कभी। रानी सुजाता की प्रतिष्ठा में। वही अन्तिम राजा था यहाँ का। उसके बाद न कोई राजा हुआ न रानी। तब से यहाँ सिर्फ मृत्यु का हाहाकार है।"

—"यह सुजाता कौन थी पुजारी जी?" शिल्पी ने पुजारी जी को बीच में ही टोक दिया। पुजारी जी ने सिर उठाकर पल भर उसे देखा। उनकी आँखें भर आईं।

—"सुजाता राजा का दुर्भाग्य थी बिटिया। राजा से ज्यादा खुद अपना। एक मामूली गड़रिया की लड़की थी सुजाता। अपूर्व सुन्दरी और महान महत्त्वाकांक्षी। रानी बनने का स्वप्न देखा था उसने और उसके लिए माँ भवानी की विकट साधना भी की थी। तब यहाँ राजा रुद्रसेन काफी वृद्ध हो चले थे, लेकिन उस अवस्था में भी उनकी कामलिप्साएँ चरम पर थीं। एक दिन दुर्योग से वे जंगल गए शिकार करने और वहाँ गड़रिया की बेटी सुजाता की मदमाती मांसल देह के सम्मोहन में फँस गए। वे नहीं जानते थे कि सुजाता के लिए माँ भवानी का वरदान अभिशाप बन चुका है। माँ भवानी ने कहा था, 'सुजाता निर्भय हो। तू विधाता की इच्छापूर्ति का माध्यम है। तू रानी बनेगी लेकिन कोई सामान्य पुरुष जब भी स्वर्णकंचन-सी दिपदिपाती तेरी देह को छूने का प्रयास करेगा, अपाहिज हो जाएगा।' और इसी प्रयास में राजा अपाहिज हो गए बिटिया।...पाँच सौ साल पहले इस छोटे पहाड़ी राज्य की महारानी हुई देवी सुजाता। उधर बगल वाले मन्दिर में उसकी मूर्ति आज भी रखी हुई है अपने उसी चंडालिनी रूप में। कहते हैं राज्य के सभी पुरुषों को उसने बधिया करा दिया था। इसलिए, सुजाता के मन में यह बैठ गया था कि कहीं उसके रूप के आकर्षण में राज्य के सभी पुरुष अपाहिज न हो जाएँ। अभिशप्त रानी की सनक ने पूरे राज्य को वीर्यहीन कर दिया। हर दिशा, हर घर, हर चौराहे पर या तो स्त्रियाँ दिखतीं या फिर किन्नर।"

—"सुजाता को माँ भवानी ने वह अभिशाप क्यों दिया था, पुजारी जी?" शिल्पी की आँखों में किस्से-कहानियों का कौतुक था और पुजारी जी की आँखों में एक उदासी।

—"कौन जाने बिटिया। सृष्टि में बहुत-से असम्भव और अभेद्य तर्क भी साँस लिया करते हैं। अकारण ही। हो सकता है कि माँ भवानी का वह अभिशाप भी सृष्टि का वैसा ही कोई असम्भव और अभेद्य तर्क रहा हो। या शायद यह सत्ता की अपनी ठसक थी जिसने महारानी सुजाता के सौन्दर्य को विषैला बना दिया था। अपनी कुटिलता और षड्यंत्रों से उसने सिंहासन के हर सम्भावित उत्तराधिकारी को ठिकाने लगाया। कहते हैं जब भी कोई उत्तराधिकारी मारा जाता, महारानी नौ दिनों के लिए अपने शोकभवन में चली जाती और जी भरकर रोया करती।"

—"लेकिन आपका यह आख्यान अधूरा है पुजारी जी। आप महारानी सुजाता की कथा से बिल्लेश्वर को कैसे हटा सकते हैं?" मेरी बुदबुदाहट से पुजारी जी चौंके।

—"हाँ, सच है शशांक, सच है। बिल्लेश्वर को कैसे हटा सकते हैं?"

—"अब यह बिल्लेश्वर कहाँ से आ टपका पुजारी की?" शिल्पी की जिज्ञासा चरम पर आ गई थी।

—बिल्लेश्वर सुजाता के बचपन का साथी था बिटिया। जंगल में जानवर चराता था। सुजाता से उसे प्रेम था और सुजाता भी उस पर बहुत विश्वास करती थी। मगर वह राजा नहीं था और सुजाता को रानी बनना था जिसके लिए उसने माँ भवानी को प्रसन्न किया था। सुजाता जब रानी बनी तब बिल्लेश्वर को ही उसने अपना प्रधान अंगरक्षक नियुक्त किया। बिल्लेश्वर की वीरता के तमाम किस्से लोग आज भी बड़े गर्व से सुनाते हैं। सुजाता की प्रसन्नता के लिए बिल्लेश्वर ने भी हर अपमान सहा और अपनी सभी व्यक्तिगत इच्छाओं की बलि दे दी। मगर जब महारानी सुजाता की सनक और क्रूरताएँ हद से गुजरने लगीं, तब राजशाही से विद्रोह का नेतृत्व भी उसी को करना पड़ा।

उसी रात महारानी सुजाता पर उसने अपना प्रेम प्रकट किया। मृत्यु सामने खड़ी थी। सुजाता एक भीषण अट्टहास के साथ चीख रही थी। अपाहिज राजा कुछ कहना चाह रहे थे, लेकिन उनके मुँह से गों-गों की कुछ अस्फुट-सी आवाजें ही निकल पा रही थीं। महारानी सुजाता के अत्याचारों से त्रस्त होकर प्रजा विद्रोह पर उतारू थी और महल को चारों ओर से घेरकर उसमें आग लगा दी गई थी। बिल्लेश्वर ने अन्तिम बार भरी आँखों से महारानी सुजाता को प्रणाम किया और बाहर निकलकर हिमालय की कंदराओं में खो गया। हालाँकि कुछ लोग यह भी मानते हैं कि बिल्लेश्वर बाहर नहीं आया था और महारानी के साथ उसने भी अग्निसमाधि ले ली थी। बिल्लेश्वर बाहर आया या नहीं भगवान जाने, लेकिन प्रजा के विद्रोह की गोपनीय योजना बिल्लेश्वर की ही बनाई हुई थी। इसके पर्याप्त प्रमाण हैं। बिल्लेश्वर प्रेम और कर्तव्य के बीच आजीवन तिल-तिल मरता रहा। जीवन अजीब होता है। हमेशा अनोखा और चमत्कारिक।'' पुजारी जी खामोश हो गए। धुँधलका उतरने लगा था। हर तरफ एक खौफनाक खामोशी थी। ख़ामोशी के भीतर ही दुःस्वप्नों का कोलाहल भी था।

—''शशांक, क्या सचमुच कोई बिल्लेश्वर, कोई सुजाता, कोई राजा था कभी?'' शिल्पी ने बाहर आते हुए पूछा! मैंने कोई जवाब नहीं दिया। उस समय मैं सुजाता और बिल्लेश्वर के बारे में सोचते हुए जया के बारे में सोचने लगा था। उसके घातक सौन्दर्य और असम्भव आकांक्षाओं के बारे में। क्या दिन थे वे भी। दिन सोने तो रातें चाँदी जैसी होती थीं। मैं जया के पागल प्यार की खुमारी में था। हर वक्त जैसे हम बादलों पर सवार रहते। सिर्फ वही थी जो बिना आहट जब चाहती मेरे सपनों के रंगमहल में चली आती और दूर से ही मैं उसकी देहगन्ध पहचान लेता। अक्सर उसकी देह टटोलते हुए मैं उससे पूछता कि आखिर कहाँ छपाई है तुमने वह कस्तूरी?'

—''कौन कस्तूरी?''

—''वही जो मेरे सपनों में भी तुम्हें महकाती रहती है।''

—"पागल..." वह बच्चों की तरह खिलखिलाती।

यह जया थी। जयश्री सिंघानिया। पेज थ्री की मायावी दुनिया में बाद में उसे इसी नाम से जाना गया। लेकिन तब वह जयश्री सिंघानिया नहीं, सिर्फ जया थी। जया जिसे मैं बेतरह चाहता था। उस वक्त वह एक मामूली घर की कस्बाई लड़की थी। मैं भी तब एक मामूली-सा ट्यूटर था जो वर्षों से बेरोजगारी की मार झेलते-झेलते ज्योतिषियों के बताए उस दिन के इन्तजार में जी रहा था जब अचानक रातों-रात-ऐसा कुछ होगा कि मेरी किस्मत बदल जाएगी, मगर वह दिन था कि आने का नाम ही नहीं ले रहा था।

वह जया का बी.ए. फाइनल ईयर था। तन-मन में कबूतरों की फड़फड़ाहट की खतरनाक उम्र।

मैं उन खतरों से वाकिफ नहीं था। सो ट्यूशन पढ़ते हुए कब वह मुझे ही पढ़ाने लगी, पता ही नहीं चला। बस एक दिन अचानक तन-मन में कबूतर फड़फड़ाए और हम कस्बे से भागकर बम्बई आ गए। वह कहती कि कस्बे में उसका दम घुटता है। उसकी माँ भी कस्बे में दम घुटने से ही मरी थी। फिर उसके पिता ने दूसरी शादी कर ली। तब नई माँ के साथ-साथ उसे अपने पिता से भी नफरत हो गई थी। एक बार उसने मुझे बताया कि उसकी माँ कुल्टा है और पिता को पूरी तरह उसने अपने चंगुल में फाँस लिया है। ऐसा कहते हुए उसका चेहरा खतरनाक ढंग से विकृत हो गया था। फिर बोली, माँ मेरी खूबसूरती से जलती है। मैं मॉडल बनना चाहती हूँ। माँ मेरी इस बात पर हँसती है। मैं मॉडल क्यों नहीं बन सकती शशांक? आखिर कमी क्या है मुझमें? नहीं...मैं इस छिनाल को दिखा दूँगी कि मैं क्या कर सकती हूँ। बोलो...क्या तुम मेरा साथ दोगे?" मैं खामोश रहा। उसने फिर पूछा तब झिझकते हुऐ धीरे-से मैंने सिर हिला दिया था।

शुरू के कुछ महीने बम्बई में हमें एक छोटी-सी चाल में काटने पड़े। मैं सुबह-सुबह काम-धन्धे की तलाश में निकल जाता और जया अपना प्रोफाइल बनाते-सँवारते मशहूर फोटोग्राफरों और मॉडलिंग एजेंसियों के चक्कर काटती। मॉडलिंग के उसके शौक को तब मैंने गम्भीरता से नहीं लिया था जबकि शुरू में तो उसके इस सपने को मैंने ही हवा दी थी। वैसे उसकी देह का एक-एक कोण बड़ी-से-बड़ी मॉडलों को मात देता था 34-24-37 का आइडियल स्टैटिक्स। उसे इसके जादू पर बहुत भरोसा था।

इधर दो महीने लगातार सड़कों पर चप्पलें चटकाने के बावजूद मुझे कहीं नौकरी नहीं मिली थी, अलबत्ता जया को जरूर छोटी-मोटी मॉडलिंग एजेंसियों में चांस मिलने लगा था। पैसा भी उसके पास ठीक-ठाक हो चुका था। कुछ समय बाद हम चाल छोड़कर फ्लैट में आ गए थे। फिर जया की सिफारिश पर मुझे भी एक एड एजेंसी में कॉपी राइटिंग का काम मिल गया। उस दिन सचमुच मैं बहुत-शर्मिन्दा

था। लेकिन जया के रोम-रोम से उस दिन जैसे मेरे लिए प्यार-ही-प्यार छलक रहा था। अपनी सम्पूर्ण देहराशि उसने खुलकर उस रात मुझ पर लुटाई थी। जैसे कोई नदी थी जिसमें गहरे.. बहुत गहरे मैं डूब-उतरा रहा था। उस रात वह मुझे स्वतन्त्र और अपने से बहुत महान-सी लगी थी। यों कस्बे से भागते समय देवी सुजाता के मन्दिर में हमने अनौपचारिक रूप से शादी कर ली थी, लेकिन जया ने जाने क्यों मुझे यह कसम दी थी कि फिलहाल इस रिश्ते के बारे में मैं किसी से कुछ न कहूँ।

इस बारे में मैंने सचमुच कभी किसी से कुछ नहीं कहा।

धीरे-धीरे मेरा भी काम चल निकला था और जया को लेकर मैंने सपने बुनने शुरू कर दिए थे। जया भी मॉडलिंग से खासा नाम और पैसा कमा रही थी। अब अक्सर शराब के नशे में वह रात को देर से घर लौटती और लड़खड़ाते हुए बिस्तर पर पसर जाती। आमतौर पर उसके साथ कारवाला कोई रईसजादा होता था जिससे लिफ्ट लेकर वह घर लौटती। शुरू-शुरू में एक-दो बार मैं भी इन पार्टियों में गया था, लेकिन फिर मुझे लगने लगा कि मेरे साथ होने से जया बहुत असहज महसूस करती है। शायद मेरे कस्बाई तौर-तरीके वहाँ लोगों को हास्यास्पद लगते थे। फिर कोई अगर उससे मेरे बारे में पूछता तो वह बेपरवाही से 'जस्ट अ फ्रेंड' या 'रिलेटिव' कहकर बात टालने की कोशिश करती। मैं खुद को बहुत अवांछित-सा महसूस करने लगता। बाद में वह मुझे समझाती कि इन पार्टियों की उसके प्रोफेशन में कितनी अहमियत है और अगर किसी को पता चल गया कि हम शादीशुदा हैं तो मेरा तो कॅरियर ही चौपट हो जाएगा। 'सो डोंट टेक इट सीरियसली...बी कूल।' वह सिगरेट के छल्ले उड़ाते हुए कहती। मैं भौंचक देखता रह जाता। एक मामूली कस्बाई लड़की में अब तक कहाँ छुपा था यह बिन्दासपन, यह आत्मविश्वास, यह दुनियादारी। मैं बौखला जाता तो वह हँस पड़ती। फिर हिरणी की तरह कुलाँचे भरते हुए मेरे पास आती और अपने सीने में मुझे छुपा लेती। मेरे कान में उसकी फुसफुसाहट उभरती...'पागल।'

यह हमारे सम्बन्धों के तीसरे साल की बात है। वह बुरी तरह बौखलाई हुई थी। आते ही अपने बड़े-बड़े नाखून मेरे चेहरे पर गड़ाते हुए चीखने लगी—"तुम इतने लापरवाह कैसे हो सकते हो शशांक ?"

मैं भौंचक—"आखिर हुआ क्या ?"

—"वही जो नहीं होना चाहिए था।"

—"मतलब ?"

—"कुछ दिनों से मन अजीब-सा हो रहा था। आज मैं डॉक्टर से मिली। यू नो आई एम प्रेगनेंट।"

—"वाउ...वैरी गुड।" मैं खुशी से चहकने लगा। वह रो पड़ी। शर्म, गुस्से और हताशा में उसका चेहरा अजीब-सा हो रहा था।

—"क्या कहा, वैरी गुड। आर यू स्टूपिड शशांक? तुम्हें पता भी है कि तम्हारी इस बेवकूफी से मेरा पूरा कॅरियर तबाह हो सकता है। बम्बई क्या मैं तुम्हारे बच्चे पैदा करने आई थी? ओह गॉड! अगर किसी को पता चल गया तो?" वह रोते-रोते चीखने लगी। मैं अपराधी की तरह खड़ा चुपचाप उसे देख रहा था। जुबान जैसे तालू से सिल गई। उस रात वह देर तक रोती रही थी और मैं उसे समझाने की नाकाम कोशिशें करता रहा। मुझे लगा कि यह उसका शुरुआती भय है और मातृत्व का अहसास शीघ्र ही उसे भयमुक्त कर देगा। हालाँकि उन दिनों जया और सिंघानिया के अफेयर की चर्चा भी उड़ते-उड़ते मेरे कानों में पड़ी थी। सिंघानिया फिल्मी दुनिया में बड़े रसूख वाला फाइनेंसर माना जाता था। जया को उसी के जरिए किसी मल्टीनेशनल के लिए एक बड़ा ब्रेक मिला था। हालाँकि पहली बार जब जया और सिंघानिया के अफेयर की चर्चाएँ सुनी थीं तो थोड़ा अपसेट भी हुआ था, लेकिन फिर यह सोचकर चुप रह गया कि इस तरह की अफवाहें भी यहाँ बिजनेस का हिस्सा होती हैं। वैसे प्रेग्नेन्सी की खबर के दो दिन पहले जया ने खुद मुझसे कहा था कि सिंघानिया सर के साथ अगले हफ्ते वह पेरिस जा रही है। "तुम यकीन नहीं करोगे...बहुत बड़ा वेंचर है यह। कसम से अगर यह टूर सक्सेसफुल रहा तो समझो हमारी तो निकल पड़ी। मिस जया फिर इंटरनेशनल सेलिब्रिटी बन जाएगी। क्यों क्या ख्याल है?" उसने इठलाते हुए पूछा था। पता नहीं क्यों उस दिन उसकी वह अदा मुझे बिल्कुल अच्छी नहीं लगी थी। वह मुझे किसी पतुरिया की तरह लग रही थी। हालाँकि इस सोच के लिए बाद में मैंने खुद को धिक्कारा भी था।

अब मुझे उसके होने वाले बच्चे की फिक्र होने लगी थी। किस पर गया होगा वह...मुझ पर या जया पर। सोच-सोचकर खुश हो रहा था कि अचानक मेरे भीतर ही कोई मेरा दुश्मन पैदा हो गया। वह मेरी खिल्ली उड़ाते हुए कहने लगा, "क्यों? अगर संघानिया पर गया हो तो?"

मैं बुरी तरह परेशान हो गया। घड़ी देखी। रात के ग्यारह बज रहे थे। तीन पैग हलक से नीचे उतारने के बाद एक-एक कर मैं अपने दुश्मनों से लड़ने लगा। जया अब तक नहीं लौटी थी। जैसे-जैसे समय गुजर रहा था, मेरे दुश्मनों की संख्या भी बढ़ती जा रही थी। वे सब मुझे घेरकर मारना चाहते थे। मेरा दम घुटने लगा। तभी दरवाजे की घंटी बजी। जया लौट आई थी। उसका शरीर गिरा-गिरा सा था। बीमार-सी लग रही थी। मैंने उससे पूछना चाहा कि अब तक कहाँ थी वह। वह चुप रही। मेरे बार-बार पूछने पर सिर्फ इतना कहा, "मेरी तबीयत ठीक नहीं है। सुबह बात करेंगे।" और वह बिस्तर पर गिरते ही नींद में चली गई या शायद बेहोश...। सुबह उसे सोता छोड़कर ही मैं दफ्तर चला आया। रात को जब लौटा तो जया घर पर ही थी। मुझे बेपनाह खुशी हुई। मैंने कहा, "अच्छा किया जो जल्दी आ गईं। इन दिनों वैसे भी तुम्हें ज्यादा देर तक बाहर नहीं रहना चाहिए। बच्चे पर असर पड़ेगा।"

वह ठठाकर हँस पड़ी। बोली, "पागल हुए हो। आज तो मैं कहीं गई ही नहीं। सारे अपाइंटेमेंट कैंसिल। डॉक्टर ने रेस्ट करने को बोला था। और ये बच्चा-वच्चा क्या लगा रखा है। मैंने तो कल ही अबॉर्शन करा लिया।"

...लगा जैसे किसी ने दसवें माले से मुझे नीचे धकेल दिया हो। कुछ भी तो मेरी समझ में नहीं आया। थोड़ी देर हकबकाकर मैं उसे देखता ही रहा। मुझे लगा मेरे भीतर के सारे दुश्मन बाहर आ गए। मुझे लगा सब मिलकर मेरी खिल्ली उड़ा रहे हैं। वह कह रही थी, "नेक्स्ट वीक मुझे पेरिस जाना है। तुम्हारी समझ में तो कुछ आता नहीं। सिंघानिया सर को अगर पता चलता तो मेरी तो जान ही ले लेते। पेट फुलाकर मैं क्या खाक मॉडलिंग करती।...थैंक गॉड, सब अच्छे से निबट गया।"

—"लेकिन एक बार मुझसे पूछा तो होता। आफ्टरऑल मैं तुम्हारा पति हूँ। जनम-जनम तक साथ रहने की कसमें खाई थीं हमने।" मैं जैसे नींद में बड़बड़ा रहा था।

—"पागलपन की बातें मत करो। ठीक है कि एक गलती हो गई थी मुझसे लेकिन बार-बार उसी गलती को दोहराना कहाँ की अकलमन्दी है। फिर तुम्हारी हैसियत ही क्या है! ये गाड़ी, ये फ्लैट सब तुम्हारी बीवी बनकर मुझे नहीं मिला...समझे।"

—"लेकिन मैं तुम्हें प्यार करता हूँ।" मैं रोने-रोने को हो आया। वह ठठाकर हँसी। बोली, "आखिर रहे तुम वही मिडिल क्लास मास्टर ही न! प्यार करते हो, हुँह...लो करो प्यार, किसने रोका है?" उसने अपना गाउन खोल दिया था। अब वह अपादमस्तक नंगी थी। मेरे भीतर के सभी दुश्मन बाहर आ चुके थे। सबके हाथों में नंगी तलवारें थीं। अब कुछ ही क्षणों में मेरा कत्ल कर दिया जाएगा। जया ने एक अंगड़ाई ली। मैं नपुंसक हो गया।

जया को उसी हालत में छोड़कर मैं उस रात शिल्पी के पास चला आया था। जया की चीखें मेरा पीछा कर रही थीं।

शिल्पी बार-डांसर थी। जया की अनुपस्थिति में पिछले कुछ दिनों से मेरी शामें उसी के साथ गुजर रही थीं। शिल्पी के साथ आते ही उसकी गोद में सिर रखकर मैं जार-जार रो पड़ा। उसने कुछ नहीं पूछा। बाद में भी शिल्पी ने इस बारे में कभी कुछ नहीं पूछा। क्या वह सब जानती थी। अगर नहीं तो कैसे वह मेरे आँसू पी सकी?

बाद में सिंघानिया से शादी करके जया जयश्री सिंघानिया बन गई। उन दिनों मीडिया में भी इस शादी को लेकर काफी चर्चा थी। इसी मौके पर सिंघानिया ने एक टीवी इंटरव्यू में घोषणा की थी कि जल्द ही वह जयश्री को लेकर एक मल्टीस्टारर फिल्म लाँच करने जा रहा है। हालाँकि वह फिल्म कभी नहीं बनी। अभी हाल ही

में एक पार्टी में सिंघानिया का एक्स-सेक्रेटरी सोलंकी जरूर मिला था। कम्बख्त देखते ही मुझे पहचान गया। पास आकर जाम टकराते हुए बोला, "तो आखिर चिड़िया उड़ ही गई न दोस्त!" उसकी अश्लील मुद्रा देखकर मुझे गुस्सा आ रहा था मगर मैं जब्त कर गया। वह नशे में बड़बड़ा रहा था, "सिंघानिया भी साला बड़ी कुत्ती चीज निकला। शादी-वादी तो खैर सब नाटक था। अपुन सब जानता है। बोले था कि मल्टीस्टारर फिल्म बनाएगा। मेरा ये बनागा फिल्म। अबे फिल्म क्या फोकट में बनता है। साले का सारा पैसा तो शेयर में डूब गया। रत्ती-रत्ती का हिसाब था मेरे पास। लेकिन जया,...क्या बोले कि सोने की चिड़िया थी मेरी जान। कमीने ने उसकी ब्लू फिल्में बना ली थीं। रातो-रात जब साला दिवालिया हुआ तो जयश्री के गहने तक बेच डाले कमीने ने और ये उड़ा, वो उड़ा। लेके पहुँच गया न्यूयार्क। और जयश्री, साली क्या झक्कास माल है यार...। आजकल न्यूयार्क में टॉप इंडियन पोर्न-स्टार है। अपुन देखेला एक-दो बार। तबीयत खुश।" आगे वह कुछ बोलता, उसके पहले ही मैंने उसका कॉलर पकड़कर दो हत्थड़ रसीद कर दिए थे। पार्टी में खासा हंगामा मच गया था। मेरे भीतर के दुश्मनों ने फिर मुझे घेर लिया था। फिर क्या हुआ...पता नहीं। सुबह उठा तो मेरे सिर पर पट्टी बँधी थी और शिल्पी मेरे पास बैठी सुबक रही थी।

रात गहरा चुकी है। मैं देखता हूँ सामने एक खाई है। लगता है मैं अभी इसमें गिर पड़ूँगा। खाई की तलहटी से जैसे कोई मुझे पुकार रहा है। आखिर ये चीखें किसकी हैं? सुजाता की या जया की। पता नहीं। शायद मेरी ही।

—"हम रास्ता भटक गए शायद।" मैं बोला।

—"नहीं हम घर की तरफ ही चल रहे हैं।" शिल्पी ने फिर एक बार मेरा हाथ पकड़ लिया। हाँ, अब मैं निश्चिन्त था। हम घर की तरफ ही जा रहे थे।

# मोना डार्लिंग और जार्ज बुश

घड़ी की सुई रात के ग्यारह बजा रही थी। दिल्ली जाने वाली अन्तिम बस अब तक नहीं आई थी। स्टेशन पर मातमी सन्नाटा था। अधिकतर सवारियाँ जा चुकी थीं। जैसे-तैसे वक्त बीत रहा था। मेरी बेचैनी बढ़ती जा रही थी। सुबह अगर समय से मीटिंग में नहीं पहुँचा तो ये नौकरी भी गई समझो। बॉस सरेशाम से ही अपनी 'मोना डार्लिंग' के साथ दिल्ली के लिए निकल चुका है। मुझे छोड़ गया यहाँ बसों में धक्के खाने। खुद इस समय रँगरेलियाँ मना रहा होगा। मैंने बॉस को एक भद्दी-सी गाली दी और सिगरेट सुलगा ली।

बगल में एक औरत बैठी थी अपने दुधमुँहे बच्चे को अपनी गोदी में सँभाले। मैंने उसे देखा। पसीने से चिपचिपाया उसका चेहरा। मुझे वितृष्णा-सी हुई। फिर दया आई। यह मोना डार्लिंग नहीं हो सकती, मैंने सोचा। अँधेरा बढ़ने के साथ-साथ स्टेशन के मातमी सन्नाटे में अब एक खौफ भी घर करने लगा था। पता नहीं वह खौफ औरत के चेहरे पर था या मेरे मन में। औरत ने अपने दुधमुँहे बच्चे को और कसकर अपनी छाती से चिपका लिया।

अक्सर ऐसे अँधेरे वक्त में ही मेरे भीतर के तीनों दुश्मन जाग जाते हैं। मैंने महसूस किया कि उनकी अँगड़ाइयाँ शुरू हो चुकी हैं। थोड़ी देर में बाहर आकर वे मेरा जीना हराम कर देंगे। मेरे इन तीनों दुश्मनों में पहला कुछ प्रगतिशील किस्म का है। मैं इसे फिलॉसफर कहता हूँ। दूसरा लफंगा है और हमेशा औरतों को देखकर लार टपकाता रहता है। तीसरा है पोंगा पंडित पर सबसे घाघ। जब आता है मुझे परेशान करके चला जाता है। लफंगा किसी भी चीज को गम्भीरता से नहीं लेता और जहाँ तक फिलॉसफर की बात है तो वो साला और भी बड़ा पागल है। मन को हमेशा द्वन्द्व में डाले रखता है। लेकिन दोस्ती गजब की है तीनों में। पल में तोला पल में माशा। दुनिया इधर-की-उधर हो जाए, रहेंगे साले साथ ही। जैसे ही मुझे लगा कि तीनों मुझे घेरने के लिए तैयार हो चुके हैं, मैं स्टेशन से बाहर आ गया। वह खौफजदा औरत भी मेरे पीछे-पीछे बाहर आ गई।

बाहर एक ढाबा है जहाँ कुछ चारपाइयाँ और कुछ मेजें बिछी हैं। फूस की छत से लटके तीन-चार बल्ब टिमटिमा रहे हैं। फिजा में सिगरेट का धुआँ है और शराब

का सुरूर। लोगों की बातचीत मक्खियों की भिनभिनाहट की तरह लगती है। बीच-बीच में ढाबे के सरदार मालिक और ग्राहकों की आवाजें आ रही हैं—'छोटू पानी ला', 'छोटू ये बर्तन उठा'। हाफ पैंट और फटी कमीज लटकाए छोटू फिरकनी की तरह नाच रहा है।

ढाबा मालिक के काउंटर पर एक पोर्टेबल टीवी भी रखा हुआ है जिस पर खबरें आ रही हैं। खबरों में अमेरिकी राष्ट्रपति जार्ज बुश का भाषण चल रहा है। डेमोक्रेसी, ह्यूमन राइट्स, वार अगेंस्ट टेररिज्म जैसे कुछ बिन्दास शब्द सुनाई देते हैं। मैं उकता जाता हूँ। बुश मुझे किसी पगलाए बन्दर की तरह लगता है हालाँकि स्क्रीन पर बार-बार हथकड़ी-बेड़ियों में लिपटा सद्दाम हुसैन दिखाया जाता है। महान गिलगमेश का यह वंशज आज किसी बदहवास भालू की तरह लग रहा है जैसे बता रहा हो कि बगदाद में अलिफ-लैला की कहानियाँ दम तोड़ चुकी हैं और दजला-फरात के पानी में अब वह ताब नहीं है। मुझे सब अश्लील लगता है। चुपचाप मैं एक कुर्सी खींच लेता हूँ। मेरे तीनों दुश्मन जाग चुके हैं और मेरे ही सामने मेज पर आकर बैठ जाते हैं।

अचानक मेरा लफंगा दुश्मन शराब की फरमाइश करने लगता है। मैं छोटू को एक अद्धा लाने को कहता हूँ। बदले में लफंगा मुझे मोना डार्लिंग और बॉस की रंगरेलियों के किस्से सुनाता है। सुन-सुनकर मैं उत्तेजित हो रहा हूँ कि तभी पंडित बिदक जाता है और इश्तिहारी अन्दाज में कहता है कि शराब स्वास्थ्य के लिए हानिकारक है।

''लेकिन मोना डार्लिंग से ज्यादा नहीं'', लफंगा बचाव की मुद्रा में है। मुझे आश्चर्य होता है कि फिलॉसफर अब तक चुप कैसे है? हम तीनों की नजरें एक साथ फिलॉसफर की ओर उठ जाती हैं। फिलॉसफर अपना गिलास सिप करते हुए धीरे-से कहता है, ''यारों, बेफिक्र रहो। बुश के भाषण से ज्यादा न शराब हानिकारक है और न मोना डार्लिंग।'' पोंगा पंडित खिसियाकर कसमसा जाता है। पंडित आगे कुछ कहता इससे पहले हम सबकी नजरें ढाबे के बाहर झटके से रुकी एक चमचमाती कार पर जा टिकती हैं। शहर के बाहर इस फटेहाल से ढाबे पर इस तरह रात के साढ़े ग्यारह बजे किसी चमचमाती कार का आकर रुकना हम सबको थोड़ा विचित्र लगता है। लेकिन हम हल्के नशे में हैं और साँस रोके उस तरफ देखते रहते हैं। ढाबे में हलचल इस बीच कुछ ज्यादा ही बढ़ गई है।

कार से तीन लोग उतरते हैं। पचास साल का एक अधेड़ जो सादी पैंट-शर्ट में किसी चिरकुट क्लर्क की तरह लग रहा है। उसके साथ जींस-टी-शर्ट में एक खूबसूरत बाँका नौजवान है और इन दोनों के साथ है बीस-पच्चीस साल की एक छमिया (लफंगा लड़कियों के बारे में इसी भाषा में बात करता है।)

बेशक लड़की खूबसूरत है और बिन्दास। उसके कन्धे पर इम्पोर्टेड पर्स और हाथ में महँगा मोबाइल है। जींस-टी-शर्ट में उसकी देह का हर गोलार्द्ध जैसे फट

पड़ने को आतुर है। लड़की का हाथ लड़के के हाथ में है। वे तीनों मेरे सामने वाली मेज पर आकर बैठ जाते हैं। इधर हम चारों अभी इस झटके से उबरे भी नहीं थे कि देखते हैं कि अधेड़ एक अद्धा और तीन गिलास लाने का आदेश छोटू को देता है। छोटू लड़की को देखता है, हल्के-से मुस्कुराता है और तत्परता से अपने काम में जुट जाता है। लड़की अंग्रेजी में कुछ बुदबुदाती है।

इधर लफंगा पूरी तरह मूड में आ चुका है। बड़े अश्लील ढंग से आँख मारते हुए वह मुझसे पूछता है, "क्यों, क्या ख्याल है? कौन हो सकती है ये छमिया?"

"पता नहीं, उम्र से तो बाप-बेटी और भाई का रिश्ता लगता है।" मैं बताता हूँ। लफंगा मेरी मूर्खता पर जोर-से हँसता है। पोंगा पंडित हस्तक्षेप करता है, "मुझे तो कोई बदचलन लड़की या वेश्या लगती है। कोई खानदानी लड़की तो इस तरह खुलेआम मर्दों के बीच शराब नहीं पिएगी।" अब फिलॉसफर की आवाज में भी एक तुर्शी आ गई है। वह अटक-अटककर धीरे-से कहता है, "हाँ भाई, खानदानी औरतें तो सिर्फ बिस्तर पर ही वेश्या होती हैं। वैसे वेश्या भी औरत ही होती है, है न पंडितजी?" पंडित फिर खिसिया जाता है और हें-हें करने लगता है।

लड़की अपना दूसरा पेग ले चुकी है। अधेड़ ने तीसरा पेग खत्म कर लिया है और अब थोड़ा-थोड़ा बहकने लगा है। वह बार-बार लड़की से लाड़ जताने लगता है। कभी उसके गालों पर चिकोटी काटता है, कभी उसकी हथेलियाँ सहलाने लगता है। लड़की हर बार अपना हाथ झटक लेती है और अपने मोबाइल से चिपक जाती है। बार-बार वह लड़के से सटने की कोशिश करती है। लड़के ने भी अपने तीन पेग लेकर सिगरेट सुलगा ली है। इस बीच खाने का ऑर्डर भी दिया जा चुका है। अधेड़ चौथा पेग लेकर बार-बार अपने ही गिलास से लड़की से दो घूँट लेने का आग्रह कर रहा है। लड़की बाल झटककर बार-बार 'नो नो इट्स टू मच' कह रही है। इसके बाद वह लड़के के हाथों से सिगरेट लेकर कश लगाने लगती है। लड़का फिलहाल सन्तुलित दिख रहा है। अधेड़ नशे में तारी है और लड़की भी झूमने लगी है। इस बीच लड़की के मोबाइल पर किसी का फोन आता है। थोड़ी देर लड़की हँसते-खिलखिलाते बतियाती है, फिर चीख-चीखकर रोने लगती है। फिलॉसफर उसकी एक-एक हरकत को गौर से देख रहा है। वह ऊहापोह में है। इतनी सुन्दर लड़की को वह वेश्या या कॉलगर्ल मानने को तैयार नहीं। अपने अव्यवहारिक तर्कों से वह लड़की के सार्वजनिक रूप से शराब पीने के अधिकार की तरफदारी कर रहा है। उसका कहना है कि कोई पिता जब अपने बेटे के साथ शराब पी सकता है तो बेटी के साथ क्यों नहीं पी सकता? हालाँकि गुत्थी है कि तब भी नहीं सुलझ रही। लफंगे और पोंगा पंडित ने साफ निर्णय दे दिया है कि लड़की निश्चित रूप से हाई क्लास कॉल गर्ल है और लोगों को उल्लू बनाने के लिए यहाँ 'पापा-पापा' कर रही है। लेकिन सवाल ये है कि अगर वह हाई क्लास कॉल गर्ल है तो यहाँ इस फटेहाल ढाबे

में क्या कर रही है? पोंगा पंडित मुँह बिचकाते हुए इस पर एक वाहियात-सी थ्योरी देता है। उसके अनुसार सम्भव है कि अधेड़ लड़की का बाप ही हो। देखने से साला चिरकुट लगता है। लड़का रईस है। हो सकता है कि अधेड़ और लड़के के बीच लड़की को लेकर कोई सौदा हुआ हो और वे यहाँ उसे शराब पिलाने लाए हों। शराब पीकर बूढ़ा जा पड़ेगा कहीं और, फिर चिड़िया उड़ेगी लड़के के बिस्तर पर...कलजुग है भई...कुछ भी हो सकता है।

पंडित की बातों से फिलॉसफर खीझ रहा है। वह कहता है, "तुम साले हमेशा जार्ज बुश की तरह ही बातें करते हो। तथ्य सिर्फ इतना है कि एक लड़की है जो शराब पी रही है। हो सकता है कि वह अपने मित्रों के साथ सिर्फ शराब पीने ही आई हो जैसे तुम लोग आए हो। चूँकि वह शराब पी रही है इसलिए तुम लोगों की नजर में वह अनिवार्य रूप से बदचलन होगी ही होगी जैसे बुश की नजर में सद्दाम अनिवार्य रूप से मानवता के लिए खतरा है। भले रसायनिक हथियारों के नाम पर उसके पास पिद्दी का शोरबा भी न मिला हो।" बहस एक बार फिर लड़की से हटकर बुश की ओर मुड़ जाती है। तभी लड़की उठ खड़ी होती है। लड़का भी उसका हाथ पकड़कर खड़ा हो जाता है। बूढ़ा बिल चुकाता है और बचे पैसे लड़की के पर्स में ठूँस देता है। लड़का और लड़की तेजी से कार की ओर बढ़ जाते हैं। अधेड़ उनके पीछे लड़खड़ाते हुए चला जा रहा है।

मैं फिर घड़ी देखता हूँ। बारह बज चुके हैं। मेरे तीनों दुश्मन अब नींद के आगोश में जाना चाहते हैं। मैं उठकर ढाबे से बाहर आ जाता हूँ। कार स्टार्ट हो चुकी है। कार की खिड़की से लड़की मुझे देखती है। शराब के सुरूर में उसकी आँखें मतवाली हुई जा रही हैं। वह मुझे आँख मारती है और हौले से मुस्कुरा देती है। मैं उसकी इस मुस्कान का अर्थ नहीं लगा पाता। कार जा चुकी है। दिल्ली की अन्तिम बस अब तक नहीं आई। वह खौफजदा औरत जरूर अपने दुधमुँहे बच्चे को अपनी छाती से चिपकाए चुपचाप कोने में खड़ी है। पसीने में चिपचिपाया उसका चेहरा देखकर इस बार मुझे बिल्कुल वितृष्णा नहीं हुई। हाँ, मोना डार्लिंग पर जरूर थोड़ी दया-सी आई। बॉस की अब मुझे कोई परवाह नहीं, न बुश की जो अब भी टीवी के पर्दे पर चीख रहा था। दरअसल, शराब का नशा भी तो अब अपने पूरे उरूज पर था।

# काला गुलाब

**सूखते झरने का जलस्रोत यानी गुलाब का ग।**

हवा में नमी थी। उतनी ही जितनी कि बारिश के बाद होती है। बारिश का होना न होने जैसा बिलकुल नहीं था। बारिश हुई थी और दिन के दूसरे पहर तक रुक भी गई थी। बारिश का होना कई एक स्त्रियों की समवेत खिलखिलाहटों के जैसा था और बारिश का रुकना, उन तमाम खिलखिलाहटों पर पड़नेवाले उल्कापात के जैसा...।

बारिश में धुली-पुँछी साफ-शफ्फाफ सड़कें बता रही थीं कि इस खामोशी का भी एक अर्थ है जैसे प्रेम का एक अर्थ होता है...जैसे घृणा का एक अर्थ...।

किसी भी अनर्थ की सूचना इन धुली-पुँछी साफ-शफ्फाफ सड़कों पर नहीं थी। वह थी तो सिर्फ शरद की उन आँखों में जहाँ एक मृत ज्वालामुखी न फट पाने की अपनी विवशता के साथ जी रहा था। शरद को वहाँ आए अभी महज चौबीस घंटे ही हुए थे यानी एक पूरा दिन...इस पूरे दिन का कुल किस्सा सड़कों पर बिखरी हुई वह खामोशी थी जो कभी-कभार रह-रहकर शरद के भीतर उतर जाती। खामोशी के साथ-साथ शरद के भीतर एक अर्थहीन कोलाहल भी था जो कभी इस खामोशी का अतिक्रमण करता तो कभी उसके डर से चुप हो जाता।

कोलाहल जब चुप हो जाता तो उसकी जगह फिर वही खामोशी पसर जाती और खेल चलता रहता...।

शरद को लगा जैसे वह इस खेल में रेफरी बन गया है। खामोशी और कोलाहल के बीच की किसी जगह पर वह कहीं खड़ा है और इस खेल का मजा ले रहा है। क्या सचमुच खामोशी और कोलाहल के बीच कहीं कोई स्पेस था जहाँ वह खड़ा था? पता नहीं...।

थोड़ी ही देर में शरद को खीझ-सी होने लगी। वैसी ही जैसी सुबह-सुबह उसे होटल के अपने कमरे में घुसते समय हुई थी। कमरे का ताला उसकी लाख कोशिशों के बाद भी नहीं खुल रहा था। बार-बार की होल में जाकर चाबी फँस जाती।

शरद बार-बार चाबी निकालता और उसे फिर लगाता, मगर ताला था कि खुल ही नहीं रहा था।

शरद को लगा कि यह चाबी पिछले बीस वर्षों से इसी ताले में फँसी हुई है। बीस वर्ष पहले भी वह इस शहर में आया था, अपने बूढ़े बीमार पिता के साथ...। होटल भी यही था और...।

...और एक पूरी कहानी थी जिसमें शरद के अलावा सब कुछ था। एक छोटे-से उजाड़ शहर की खूबसूरती...थोड़ा-सा खुला आसमान...हवा...पानी... परिन्दे...धूप...बारिश...चाँदनी का एक टुकड़ा,.. और भी जाने क्या-क्या...।

हाँ, उसमें उसके पिता की बीमारी और उसकी अपनी बेरोजगारी भी तो थी।

'कितना कुछ बदल गया इन बीस वर्षों में'...—शरद ने सोचा।

और वह उस ताले में फँसी हुई चाबी को फिर से कसने लगा। ताला फिर भी नहीं खुला। शरद की खीझ स्वाभाविक थी जो बढ़ती ही जा रही थी।

खीझते-खीझते शरद को एकाएक गुस्सा आ गया। गुस्से के उसी आवेग में उसने एक जोरदार लात दरवाजे पर मारी। दरवाजा शायद लतखोर था। लात पड़ते ही खुल गया।

दरवाजे के खुलते ही बेसाख्ता फूटती एक हँसी खनखनाती हुई शरद के कानों तक आई। शरद को लगा कि इस हँसी में कहीं एक व्यंग्य है। उसे यह भी लगा कि उस व्यंग्य के भीतर कल-कल करते किसी झरने का अनायास जल है।

जल के जाने कितने बिम्ब एक पल में उसके मन में आए और चले गए। जब तक वह मुड़कर देखता, तब तक झरना सूख चुका था और हँसी गायब...।

अब वहाँ सिर्फ एक कमरा था जैसे कोई चित्र...। चित्र के भीतर वह सब कुछ था जो उस कमरे में था। कमरे के भीतर एक लड़की थी और चित्र के भीतर...चित्र के भीतर लड़की की ही एक मूर्ति थी...आदिम और ठोस...।

कमरे से चित्र तक और चित्र से कमरे तक आते—आते एक पूरा युग बीत गया। शरद ने सोचा—कहाँ है चित्र?

चित्र कहीं नहीं था। सिर्फ एक कमरा था और कमरे में चित्र जैसा ही सब कुछ था। कमरे में एक लड़की थी और उसके चेहरे पर हल्की-सी लाली थी। शरद ने लाली को देखा। लाली कुछ और लाल हो गई।

लड़की का चेहरा अब उतना ही लाल था जितना कि लाल गुलाब का फूल...। लाल गुलाब का फूल धीरे-धीरे सारे कमरे में महकने लगा। शरद को लगा कि चित्र की खंडित मूर्ति भी अब गुलाब हो रही है।

उसने झट से एक गहरी साँस अपने भीतर उतार ली।

मेज पर रखा काँच का थर्मस प्रिज्म बन गया था और उससे फूटती कई-कई रश्मि रेखाएँ गुलाब को गुलाब कर रही थीं।

अचानक लड़की का हाथ हिला जैसे गुलाब की पंखुड़ी...। लड़की ने कहा, ''हाय!''

शरद को लगा जैसे गुलाब उसे अपने पास बुला रहा है। लड़की ने कहा, ''एनी प्रॉब्लम?''

शरद को लगा कि गुलाब उससे पूछ रहा है कि क्या उसने सूखते हुए झरने के जलस्त्रोत को देखा?

शरद फिर उस चित्र में खो गया जहाँ उस लड़की की खंडित मूर्ति थी जो अब गुलाब हो रही थी। मूर्ति भी गुलाब थी, लेकिन उतनी नहीं। शरद ने मूर्ति से पूछा कि क्या उसने सूखते झरने के जलस्त्रोत को देखा?

मूर्ति ने कहा, ''हाँ!''

शरद ने कहा, ''कहाँ?''

मूर्ति ने अपनी आँखों से एक अस्पष्ट-सा इशारा किया और अपने खंडित, भग्न अवशेष शरद के सामने रख दिए।

शरद ने देखा कि ये इतिहास के कुछ पृष्ठ थे, विस्मृति की गर्द में दबे हुए...।

उस वक्त शरद इतिहास के उन विस्मृत दबे हुए पृष्ठों को लेकर अपने कमरे में आ गया। बाहर हवा में नमी थी, लेकिन कमरा सुरमई रोशनी में जगमगा रहा था। कमरे में एक बिस्तर था और उसके साथ था एक टेबिल लैम्प। शरद ने स्विच दबाकर लैम्प जलाया। सुरमई रोशनी एकाएक दूधिया चाँदनी में बदल गई। शरद स्तब्ध था। उसने कमरे में चारों ओर नजर दौड़ाई। उसे आश्चर्य हुआ। आखिर सब कुछ वैसे का वैसा कैसे रह गया? पलंग, चादर, तकिया, गिलाफ, लैम्प, खिड़की, परदे और यह स्टूल...क्या सचमुच पिछले बीस वर्षों में कुछ भी नहीं बदला? बिस्तर पर उसे पिता की एक कराहती हुई-सी आवाज सुनाई दी, ''कहाँ चला गया था रे...शरद!''

''हूँ.. अ...अस्पताल! शायद कल वे तुम्हें भर्ती कर लें...।''

'' देखो...डॉक्टर साहब से पहले ही चिट्ठी लिखवाकर लाते तो ठीक था। तेरी माँ भी घर पर अकेली होगी। क्या जिन्दगी पाई है साली, एक पल को भी चैन नहीं, हाँ तेरा ट्यूशन तो ठीक चल रहा है न? बता के तो आया होगा, नहीं तो इतने दिन के पैसे काट लें।''

पिता जाने क्या-क्या बड़बड़ाते रहे थे। शरद उनके सामने यहीं स्टूल पर बैठा था, बाहर खिड़की की तरफ देखते हुए। पिता की बड़बड़ाहट पर वह बौखला जाता तो कहता, ''अब चुप करो और सो जाओ, नहीं तो फिर दौरा पड़ जाएगा।''

उन दिनों हर दो घंटे बाद पिता को दौरा पड़ता था। बड़बड़ाते-बड़बड़ाते अचानक वे चीखने लगते। फिर दे खून की उल्टियाँ पर उल्टियाँ और फिर सब शान्त।

'पिता इतनी शराब क्यों पीते थे?' —शरद ने सोचा और एक गहरी साँस ली। बाहर शायद हवा बहुत तेज चल रही थी। कमरे की खिड़की अचानक से खुल गई। बाहर से हल्का-सा प्रकाश खिड़की के भीतर आया। खिड़की से हवा भी आई। हवा शरद के शरीर को छूकर निकल गई। शरद की देह में एक सिहरन-सी हुई।

...उसे लगा बीस वर्ष पहले भी ऐसा ही हुआ था।

हवा अब दीवार पर टँगे कैलेंडर के पास चली गई थी। कैलेंडर गुलाब की पंखुड़ियों की तरह फड़फड़ा रहा था। कैलेंडर में शायद किसी यक्षिणी की खंडित मूर्ति थी। शरद ने देखा कि मूर्ति भी अब गुलाब हो रही है।

शरद मूर्ति की भरी-पूरी नग्न देह देखता रहा। वह देह नहीं थी। कोई आदिम गुलाब था। मूर्ति की आँखें जैसे कोई जलाशय। जलाशय में दो भरे-पूरे नग्न गुलाब केलि-क्रीड़ा कर रहे थे।

सब कुछ किसी सपने के जैसा था। सपने में ही जल, जलाशय और गुलाब। शरद को एक पुरानी कथा याद आई। कथा में दो प्रेमी थे। दोनों ही जुआरी। आजीवन वे प्रेम के वास्तविक स्वरूप पर बहस करते रहे। एक कहता कि प्रेम जलाशय में आई हुई बाढ़ है, उद्दाम जीवन रस का नैसर्गिक प्रवाह। जिन्दगी में यह सिर्फ एक बार ही आती है और अपने साथ सब कुछ बहा ले जाती है। फिर सब कुछ निरर्थक हो जाता है।

दूसरे का कहना था कि नहीं, प्रेम बारिश का वह जल है जो बार-बार सूखते हुए जलाशय को भरता है। हर तरफ, हर कहीं, हर किसी के लिए।

सदा से ऐसा ही था, सदा ऐसा ही रहेगा।

यह एक ऐसी बहस थी जिसका कोई अन्त नहीं था। यह तब तक जारी थी जब तक कि शरद ने उस मूर्ति की भरी-पूरी नग्न देह नहीं देखी थी।

शरद को लगा कि उन जुआरी प्रेमियों में एक वह खुद है, दूसरा वह गुलाब जो अभी, बिल्कुल अभी, उससे पूछ रहा था कि क्या उसने सूखते हुए झरने के जलस्रोत को देखा?

सूखते हुए झरने का जलस्रोत जितना पास था, उतना ही दूर था, ठीक कथा के उन दो प्रेमियों की तरह जो जिन्दगी भर प्रेम के वास्तविक स्वरूप पर बहस करते रहे और अन्त में उन्होंने एक शर्त बदी!

शर्त के अनुसार उन्हें इस दुनिया में एक ऐसे दुर्लभ गुलाब की तलाश करनी थी जो सिर्फ एक बार ही खिलता है और फिर कभी मुरझाता नहीं। अगर कहीं ऐसा कोई गुलाब मिल जाता तो पहला प्रेमी जीतता...नहीं तो दूसरा...। कहते हैं कि—दोनों बरसों देश-देशान्तर भटकते रहे। गुलाब की सैकड़ों किस्में खोजीं, लेकिन-उन्हें वह गुलाब नहीं मिला जो सिर्फ एक बार ही खिलता था। फिर भी, वे जहाँ कहीं भी जाते लोग उनसे उस गुलाब के अनुपम सौन्दर्य, उसकी सुगन्ध और माधुर्य की

चर्चा जरूर करते। सबको विश्वास था कि ऐसा कोई गुलाब कहीं होता तो जरूर है तभी तो यह दुनिया अपनी धुरी पर टिकी है।

पहले प्रेमी की जिद थी कि वह उस गुलाब को (जहाँ कहीं भी हो) ढूँढ़ेगा जरूर! दूसरा भी अपनी जिद पर कायम था इसलिए वह उसके साथ था। वे दोनों उसे तब तक ढूँढ़ते जब तक कि खुद गायब नहीं हो गए।

वह अन्तहीन बहस जारी रही।

शरद को लगा कि वह गुलाब कहीं नहीं, यहीं आस-पास कहीं है। पिछले बीस वर्षों से वह जैसे उसके रोम-रोम में महक रहा है। खामोशी में लिपटे एक सुगन्धित अहसास की तरह।

वह झट से उठा और उसने अपने बैग से एक पुरानी डायरी निकाल ली। डायरी के पन्ने पीले और जर्जर हो चले थे। लाल रंग का उसका कवर भी अब चिथड़ा बनता जा रहा था। टेबिल लैम्प जलाकर शरद डायरी को पढ़ने लगा। पहले ही पृष्ठ पर कुछ आड़ी-तिरछी रेखाएँ थी। बीच में कई गोल घुमावदार चक्कर। एक समय था जब ये रेखाएँ बोलती थीं। उनके एक मानी होते थे। लेकिन अब?

अब वे सिर्फ रेखाएँ थीं। आड़ी-तिरछी। गोल और घुमावदार।

शरद को याद आया कि इन्हीं रेखाओं के जरिए उसने एक रात उसका एक स्केच खींचा था। अजीब थी वह रात भी। अस्पताल का जनरल वार्ड और पिता मृत्युशैया पर। फिजा में हर तरफ दवाई या फिर दवाइयों की गन्ध।

पिता बड़बड़ा रहे थे, ''शरद, अम्मा को कहना आज रोटियाँ न बनाए। लालाजी के यहाँ आज मुर्गे की दावत है।''

पिता की बड़बड़ाहट सुन वह हौले-से मुस्करायी। बोली, '' घबराओ नहीं, सब ठीक हो जाएगा।'' और उसने पिता को नींद का एक इंजेक्शन दे दिया था। पिता गहरी नींद में सो गए थे।

''कोई खतरा तो नहीं?'' शरद ने पूछा था।

''नहीं, मैं हूँ न...तुम इतना घबराते क्यों हो?'' वह खिलखिलाकर हँस पड़ी थी।

उसकी हँसी धीरे-धीरे फैलती थी, स्पन्दित करती हुई, गुलाब की खुशबू की तरह।

अस्पताल के जनरल वार्ड में तब लगभग अँधेरा था और उसकी वह हँसी भी उसी लगभग अँधेरे में थी।

कितना कुछ बिखर जाता है इन लगभग अँधेरों में। शरद ने सोचा और डायरी के पृष्ठ पलट दिए।

टेबिल लैम्प की झीनी-झीनी रोशनी डायरी के पृष्ठ पर थी और डायरी के पृष्ठ अँधेरे में। अँधेरे में रोशनी, अँधेरे का एकमात्र सहारा थी।

वह बार–बार शरद से पूछती कि जिस झरने के जलस्त्रोत की तुम तलाश में हो, वह आखिर सूखा कैसे?

शरद कोई जवाब नहीं देता। उसके पास कोई जवाब था भी नहीं। जवाब देना इतना आसान है क्या?

''नहीं, मुश्किल है, बहुत मुश्किल!'' उसने कहा था। बीस वर्ष पहले की बात है यह। डायरी में हू–ब–हू दर्ज। शरद को लगा कि उसके भीतर अचानक कहीं कोई जंगल उग आया है। स्मृतियाँ रात के खौफनाक सन्नाटे की तरह उसके नजदीक आ रही थीं।

''तुम पेंटिंग करते हो?'' उसने शरद को कोंचते हुए पूछा था। शरद सकुचा रहा था।

''नहीं, ऐसे ही कभी–कभी।''

पता नहीं, उसे इतनी सारी जानकारियाँ कहाँ से मिल जाती थीं।

''मेरा पोर्ट्रेट बनाओगे? इनाम मिलेगा।'' उसने एक मादक मुस्कान बिखेरते हुए कहा था। उसकी आँखों में चपलता थी जिसे सह पाना शरद के लिए मुश्किल हो रहा था।

तभी उसने एक अँगड़ाई ली। साँवला–सलोना बदन, कसी हुई सफेद ड्रेस के भीतर चरमराने लगा। पूरे शरीर में एक तरह की वक्रता आ गई। शरद मुग्ध भाव से देखता रहा।

''क्या देख रहे हो?'' उसने मुस्कराते हुए पूछा था।

''कुछ नहीं, बस ऐसे ही...'' हड़बड़ाहट में शरद ने अपनी पेन्सिल और स्केचिंग पैड निकाल ली थी।

''कल सुबह जो पेशेन्ट आया था, आज उसकी डेथ हो गई।'' उसने एक गहरी साँस लेते हुए कहा था। शरद को कुछ समझ नहीं आया। उसने तो बस यही पूछा था कि लोग यहाँ मरने आते हैं कि जीने?

''पता नहीं...''

''तुम्हें डर नहीं लगता?''

''किससे?''

''मरनेवालों से...''

''मरनेवालों से कोई डरता है क्या?''

''सिस्टर नैंसी कह रही थी कि उसने एक बार यहाँ बाथरूम में एक भूत देखा था।''

'' देखा होगा...'' उसने मुँह बिचकाते हुए कहा, ''उस कुतिया को तो हर मर्द भूत ही लगता है, तुम मेरा स्केच बनाओ न। फालतू की बात क्यों करते हो?'' और वह सिर, झटककर शरद के पास आ गई थी। शरद डर गया था। कहीं पिता जग गए तो? पिता ने उसी समय करवट बदली थी।

करीब घंटा भर बाद शरद ने मुद्रा बदली। स्केच पूरा हो गया था। उसने स्केचिंग पैड शरद के हाथों से लगभग छीन ली और देर तक उसे घूरती रही।

"धत्,...मैं क्या ऐसी लगती हूँ!" उसने लजाते हुए कहा था।

"ऐसी नहीं तो कैसी?"

"पता नहीं, मगर शायद मैं इतनी सुन्दर नहीं।"

"हाँ...इतनी तो नहीं, बस थोड़ी-सी कम।" शरद ने हँसते हुए कहा था और वह मुग्ध हो गई थी।

प्रिया था उसका नाम, मगर शरद ने कभी उसे इस नाम से नहीं पुकारा। वह उसे कुछ भी कह लिया करता था। फूल, हवा, पानी, जंगल कुछ भी। चित्र को उसने काला गुलाब कहा था। वह नाराज हो गई थी। "धत् मैं क्या इतनी काली हूँ?"

शरद क्या कहता! हमेशा की तरह खामोश रहा, गुमसुम, कभी पिता को देखता, कभी अस्पताल के इस जनरल वार्ड को, जहाँ रोज कोई नया मरीज आ जाता था। हैरान...परेशान!

लोग यहाँ मरने आते हैं कि जीने?

पता...नहीं...।

(यही तो यक्ष प्रश्न था!)

'कल सुबह जो पेशेन्ट आया था, आज उसकी डेथ हो गई।'...कितना आसान था उसके लिए यह सब कहना!

सचमुच स्मृतियाँ रात के खौफनाक सन्नाटे की तरह ही आती थीं। डायरी के पीले जर्जर पृष्ठों पर जो टूटी-बिखरी इबारतें दर्ज थीं, वे भी उसी खौफनाक सन्नाटे की गवाही देतीं।

शरद ने एक इबारत पढ़ी। लिखा था—

वहाँ सबके अपने अपने दुःख थे।
हर दुःख की अपनी एक कथा थी।
हर कथा में एक सूखता हुआ झरना था।
हर झरने में एक गुलाब था।
जाने कितने झरने थे...
जाने कितने गुलाब...।

यह बीस वर्ष पहले की इबारत थी। स्याही धूमिल हो चली थी और अक्षर अस्पष्ट...। फिर भी कुछ था जो बचा रह गया था। क्या था वह?

धूमिल अक्षरों के बीच उभरते स्पेस में शरद को कई एक चेहरे झाँकते नजर आए। हर चेहरे पर एक दुःख था और हर दुःख की अपनी एक कथा थी। शरद को लगा कि दीवार पर टँगे कैलेंडर में उन सब दुःखों का एक कोलाज बन गया

है और खंडित यक्षिणी की नग्न मूर्ति चिल्ला-चिल्लाकर कह रही है—'यूरेका...यूरेका।'

## चाँद, चाँदनी और ओस की बूँद

'लिखना आसान होता है। लिखते हुए रुक जाना मुश्किल...। इसी मुश्किल में शायद जिन्दगी का रहस्य है।'—शरद ने कभी यह अपनी डायरी में लिखा था। आज अपने उसी लिखे हुए को पढ़ना कैसा अजीब लगता है, शरद ने सोचा। उसने कलम उठाई और अपने उसी लिखे हुए के आगे लिखा—"क्योंकि दुनिया की हर कहानी अधूरी है...हर चित्र अपूर्ण...इसलिए लिखना आसान होता है और रुकना मुश्किल। लेकिन जो रुकते हैं, वे भी कहाँ रुकते हैं?"

बीस वर्ष तक उसका रुकना क्या सचमुच में रुकना था?

'रुकना और फिर रुककर देखना। देखना कि उस रुकने में भी कितनी गति थी। कितना प्रवाह!'

जैसे तट से बँधी कोई नदी।
जैसे आसमान से टूटता कोई तारा।
जैसे चटखते मन की कोई कसक।

शरद बार-बार लौटता है बीस वर्ष पुराने खंडहर होते समय में। तब चाँद पूरा निकलता था। चाँदनी छिटककर आती थी।

और ओस की बूँदें ऐसे जैसे मदनोत्सव में किसी सुकुमारी के रक्ताभ होठों पर झिलमिलाता कोई श्रमिक समय...।

शरद का यह उपमान अच्छा लगा। याद आया कि ऐसे ही एक दिन सुबह वह अस्पताल के बगीचे में टहल रहा था। चारों ओर तरह-तरह के रंग-बिरंगे फूल थे। डहेरिया, बोगेनवेलिया, गुलाब और भी जाने क्या-क्या। गेंदे का पौधा एक कोने में, था, उपेक्षित-सा। माली ने बताया था कि इसकी कोई कद्र नहीं। कहीं भी उग जाता है। यानी जो कहीं भी उग जाता था उसकी कोई कद्र नहीं थी। कद्र के लिए किसी का भी दुर्लभ होना जरूरी था।

शरद टहलते हुए वहीं गया जहाँ वह उपेक्षित गेंदे का पौधा था। लाल, पीले, नारंगी तरह-तरह के रंगों में एक जिद की तरह वह खिल रहा था। शरद ने काँपते हाथों से उसे छुआ। हाथों का कम्पन पौधे में उतर गया। फूल जैसे झनझना उठे थे। उसी झनझनाहट में ओस की कई बूँदें छिटककर जमीन पर आ गिरीं।

शरद ढूँढ़ता रहा। जमीन पर उनका कोई अंश बाकी नहीं बचा था।

वैसे भी, जमीन पर कब, किसका, कौन-सा अंश बाकी बचा है? सब धूल, मिट्टी और इतिहास की अन्तहीन कन्दराओं में गुम हो जाते हैं...अन्ततः।

शरद जमीन का नहीं, आसमान का वासी था। दूर...ऊँचे उड़ते हुए परिन्दे उसे अच्छे लगते। जब छोटा था तब सोचता था कि मरकर आदमी ऐसे ही आसमान में उड़ जाता होगा।

'मरकर आदमी परिन्दा हो जाता है...।' पिता भी अक्सर कहा करते। माँ ने इस बारे में कभी कुछ नहीं कहा...पूछने पर भी नहीं। माँ को डर था कि कहीं घर के और लोग भी परिन्दे न बन जाएँ। पिता का धीरे-धीरे परिन्दा बनते जाना वे खूब देख रही थीं।

पिता अकसर रात को देर से शराब पीकर घर आते और माँ की गोद में गिरकर रोने लगते। माँ जब उन्हें ढाँढस बँधाती तो उनकी रुलाई और तेज हो जाती। माँ से भी फिर सहन न होता और वे भी उनके साथ रोने लगतीं।

किसकी रुलाई से कौन रो रहा होता, यह पता नहीं चलता था। कभी-कभी तो लगता जैसे दोनों की रुलाई मिलकर एक हो गई है और दुःख के किसी महान संगीत की तरह सम्पूर्ण ब्रह्मांड में गूँज रही है।

शरद को अपनी शिराओं में भी वही संगीत गूँजता हुआ-सा लगता।

लेकिन फिर धीरे-धीरे सब खत्म होने लगा।...

माँ और पिता की रुलाई अब दुःख के किसी महान् संगीत की तरह नहीं बजती थी। वह खोखले बाँस से निकलनेवाली कोई खोखली-सी ध्वनि होती या फिर हजारों साल पुराने किसी सूखे पेड़ की सूखी डाली पर बैठी किसी अकेली चिड़िया की खोई-सी आवाज।

शरद को नहीं मालूम कि पिता क्यों रात को देर से शराब पीकर घर आते थे और माँ की गोद में गिरकर रोने लगते!

पिता के शराब पीकर देर से घर आने और माँ के रोने के बीच न मालूम क्या और कैसा सम्बन्ध था। शरद को सब कुछ रहस्यमय लगता। कभी वह छुपकर दोनों को देखता तो रहस्य और भी गहरा जाता।

शरद को उस रहस्य से कई एक रहस्य झाँकते हुए से लगते। उसमें पिता की बीमारी से लेकर उनके असफल प्रेम, डूबता व्यापार और घर की डाँवाडोल अर्थव्यवस्था तक सब कुछ होता। लेकिन इन सबके बावजूद रहस्य, रहस्य था और उसका कोई तर्क नहीं था।

शरद ने अपनी डायरी में लिखा कि 'क्या रहस्य का कोई तर्क हो सकता है?' रहस्य के तर्क रहस्य में थे। शरद को लगता कि तर्क भी एक रहस्य है।

स्वर्ग के अपने रहस्य थे, नर्क के अपने! नर्क का रहस्य स्वर्ग का रहस्य नहीं था। अलबत्ता स्वर्ग के रहस्य में नर्क का रहस्य जरूर एक बेशर्म ख्वाहिश की तरह आ जाता था।

ऐसा क्यों था कि स्वर्ग के रहस्य में जहाँ हर तरफ काँटों भरे गुलाब थे, वहीं नर्क का रहस्य एक उपेक्षित गेंदे के फूल से भी वंचित था। उस दिन जब वह गेंदे

के फूल से झरती ओस की बूँदें देख रहा था तभी वह बाग में आई। उसकी मुस्कराहट बाग के हर फूल की मुस्कराहट थी।

"पिता कैसे हैं?" उसने पूछा।

"इंजेक्शन दे दिया है। कुछ घंटों के लिए सो जाएँगे।"

"हूँ...अब उन्हें सो जाना चाहिए।"

उसने कभी नहीं कहा, लेकिन वह जानता था कि क्या चाहता है। उसे हर क्षण पिता की मृत्यु की प्रतीक्षा थी।

उसने लिखा भी कि 'काश, पिता काल के एक विराट क्षण की तरह मरें! ऐसे जैसे मैदान में दौड़ता कोई धावक एकाएक गायब हो जाए...और वहाँ की हवा, रूप, रस, गन्ध सब उसके भीतर उतर आएँ।'

क्या अस्पताल के उस वार्ड में पिता का होना मैदान में दौड़ते किसी धावक का होना था?

शरद कल्पना करता, लेकिन कल्पनाएँ स्मृतियों के साथ गड्डमड्ड होने लगतीं। दृश्य कुछ और होता, मन कुछ और सोचता। सोचने और देखने के बीच इतना लम्बा अन्तराल था कि घबराहट होती थी।

कितनी वीभत्स कल्पना थी पिता की मौत...उसने सोचा—"क्या पिता के साथ कहीं वह खुद भी नहीं मर गया था या पिता के रूप में उसने खुद अपनी ही मौत नहीं चाही थी।"

वैसे भी जीने की इच्छा से प्रबल होती है मरने की इच्छा। याद नहीं कैसा लगा था उसे जब उसने पहली बार एक मरे हुए आदमी को देखा...बुद्ध तो नहीं था वह लेकिन...

प्रिया ने झिड़का था उसे, "ये क्या अंट-शंट सोचते रहते हो तुम। मरना-जीना क्या अपने बस में है?"

"शायद!" उसने कहा था।

चीजें कैसे एकदम से दिमाग से उतर जाती हैं। बरसों पुरानी कोई निरर्थक-सी चीज आज भी शीशे की तरह साफ है, लेकिन कल जो घटा वह जाने कहाँ एक धुँधली-सी परछाईं बनकर मन के कोने अन्तरों में खो जाता है। वो भी जिसे हमने कभी दीवानगी की हद तक चाहा था, पल भर में कपूर की तरह उड़ जाता है और याद...याद रह जाती है कोई मेज, कुर्सी, फूल, पत्थर या ऐसी ही कुछ निरर्थक-सी चीज। जैसे शरद को याद रह गई थी उसकी चुटिया—काली और घुमावदार।

जरा-सा झटकती तो हवा में साँप से बलखाते बाल नाचने लगते। उसे डर लगता। प्रेम में आदमी मृत्यु के अहसास में डूबने लगता है और मृत्यु जैसे प्रेम का ही दूसरा नाम थी उस वक्त।

शरद से किसी ज्योतिषी ने कहा था कि तुम्हारी मृत्यु किसी काले साँप के डँसने से होगी। जब भी वह निकट आती, शरद उसकी चुटिया अपने दाँतों के बीच दबा लेता। ताँबई चेहरे के पास उसकी गर्म साँसें किसी साँप की फुँफकार-सी लगतीं।

उसकी नर्म, नाजुक गोद में छुपकर वह अकसर भूल जाता कि मौत का चेहरा कितना क्रूर और वीभत्स होता है।

मौत...हाँ पिता की मौत निरन्तर निकट आती जा रही थी।

एक दिन उन्होंने शरद को अपने पास बुलाकर कहा, ''बेटा अब मैं नहीं बचूँगा। अपनी जिन्दगी मैंने एक घर के लिए तबाह कर दी। घर एक सपना था मेरे लिए बचपन से ही। फोटो में जब किसी के घर को देखता तो अपने घर की कल्पना करता। कितनी शान्ति...कितना सन्नाटा होता था उस घर में। लेकिन घर सन्नाटे में नहीं बनते। सन्नाटे में कब्रिस्तान बनते हैं। जिन्दगी भर मैं आखिर कब्रिस्तान का ही बाशिन्दा रहा।''

पिता की मुस्कान बहुत फीकी थी। उसने सोचा पिता की बीमारी से उपजी बड़बड़ाहट है यह।

उसी रात पिता चले गए एक पुरसुकून घर का सपना लिए। जरूर पिता कोई परिन्दा बन गए होंगे—घर की तलाश में उड़ता एक बेचैन आवारा परिन्दा।

मौत ऐसे ही आती थी। चुपचाप। खामोश कदमों के साथ। पिता किसी दौड़ते धावक की तरह एकाएक मैदान से गायब हो गए। जहाँ से गायब हुए वहाँ अब सिर्फ ओस की कुछ बूँदें थीं। मैदान खाली था। शरद खोजने लगा—हवा में शायद कहीं पिता की देहगन्ध कुछ बची हो...। लेकिन नहीं, कहीं कुछ नहीं बचा था। मैदान एकदम से खाली था। शरद को झुरझुरी हुई–' क्या मैदान हमेशा ही खाली रहेगा?'

## नरक, नरक में गुलाब

किस्से-कहानियाँ सिर्फ कल्पना में नहीं बनते, न दुनिया इतनी काल्पनिक होती है। दरअसल, दुनिया सच और झूठ का एक अबूझ संगम है, जहाँ सच सच नहीं होता और झूठ...शरद को लगता कि झूठ का एक जादू है। सच से कहीं ज्यादा आकर्षक और ज्यादा जीवन्त। झूठ न होता तो कितनी बोझिल होती जिन्दगी। कल्पना और झूठ...कितना कम अन्तर था दोनों में। कल्पनाएँ मुक्त करतीं थीं। झूठ सहारा देता था। जिन्दगी में भी सच उतना ही था जितना कि किस्से-कहानियों में। झूठ के सहारे एक जादुई और विराट दुनिया खुल जाती थी। जहाँ असम्भव कुछ भी नहीं था। असम्भव को सम्भव करनेवाले जाने कितने झूठ शरद की आँखों के सामने ही गुजरे। आँखें उन सबको पकड़ने की कोशिश करतीं, लेकिन सच की तरह झूठ भी कभी

पूरी तरह पकड़ में नहीं आता था। आँखों की अपनी सीमा थी। शरद उस सीमा के बाहर के जादू की कल्पना करता—

यही उसका यथार्थ था। जैसे पिता का यथार्थ था एक घर। जैसे माँ का यथार्थ था घर की चहारदीवारी। जैसे प्रिया का यथार्थ था हँसना और सिर्फ हँसना। सबके अपने अपने यथार्थ थे।

सड़क पर खड़ी उस नंगी औरत का भी अपना एक यथार्थ था जो अपनी जाँघों के बीच उँगली गड़ाए सारी दुनिया को मुँह बिरा रही थी; और उन लोगों का भी अपना, जो उसे देखते हुए भी अनदेखा कर रहे थे।

'अश्लील'....शरद ने पल भर जो ठहर कर देखा तो सारी दुनिया उसे अश्लील नजर आने लगी।

मूर्खता का अपराजेय इतिहास ढोते हुए सदियों पुराने रणबाँकुरे चले आ रहे थे। ऋषि, मुनि, सुर, नर, गन्धर्व...सब।

उन्हीं में थे हाथ में रक्तसनी तलवार लिये एक से एक आततायी योद्धा जिनके भुजबल से कभी दुनिया काँपती थी।

शरद ने देखा कि लाखों-लाख नरमुंड धरती के कोनों-अन्तरों में बिखर गए हैं...चप्पा-चप्पा खून से सना हुआ है।

...विधवाओं का विलाप...बच्चों का क्रन्दन...भूख...बेबसी...लाचारी।

वहीं शान्त निरभ्र लता-कुंजों में बैठे थे वेदपाणि जो शान्ति-पाठ कर रहे थे।

...सर्वे भवन्तु सुखिनः !

मोक्ष की तलाश में कोई आकाश की तरफ देख रहा था। कोई आत्मा के अनन्त अध्याय लिख रहा था। और कुछ नहीं तो किसी-किसी ने अपनी जिह्वा ही सिल ली थी।

जटाजूट बढ़ाए ज्ञान के हाथी बढ़े आ रहे थे जंगलों की तरफ...एक...दो...तीन...। अनन्त सम्पत्ति, अनन्त लिप्सा-सौन्दर्य के सारे प्रतिमान रनिवासों में केलिक्रीड़ा कर रहे थे।

'मृत्यु ?' पूछता है नचिकेता। छह साल का बच्चा। इतिहास धन्य हो उठता है। दिशाएँ जय-जयकार करने लगती हैं, लेकिन कोई नहीं पूछता—'नचिकेता कहाँ चला गया था तुम्हारा बचपन ?'

हजारों सालों से सोई लाशें एकाएक जाग उठीं। कहीं बुद्ध बैठे हैं...कहीं कालिदास। जुलाहा कबीर है कि चर्खा कातने में व्यस्त। फुर्सत ही नहीं दीन-दुनिया की।

बुद्ध ने कहा—'मृत्यु ?'

कबीर ने कहा—'जीवन !'

कालिदास ने कहा—'सौन्दर्य ?'

'सब नाटक है !'—शरद ने कहा।

इतिहास के मायावी प्रेत हवा में तैरने लगे थे। सच-झूठ का अन्तर समाप्तप्राय था। स्थितियाँ इतनी गड्डमड्ड थीं कि कुछ समझ में नहीं आता था।

जेहादी तेवरों से लैस कुछ षड्यंत्रकारी और दुर्धर्ष योद्धा थे जो अपने एकाकीपन में दयनीय और अपाहिज बूढ़े लग रहे थे। नीरो, रासपुतिन, हिटलर, महमूद और न जाने कौन-कौन...

"मैं एक कलाकार था!" नीरो ने निर्लिप्त भाव से कहा।

"और मैं दुनिया का रहस्य खोजने चला था।" रासपुतिन की खोजी आँखें अँधेरे में चमक रही थीं।

"मैंने भी बस एक सपना देखा था।" हिटलर मुस्कुराया।

"मूर्खों को क्या मालूम कि लूट में क्या मजा है।" महमूद चिल्लाया।

एक गहन खामोशी और इतिहास हिनहिनाने लगा...।

"कौन-सी दुनिया है यह...कौन-सा काल?"

"मत पूछो..." कहीं से कोई चिल्लाया, "काल के समीकरण बिगड़ चुके हैं और तुम अपनी दुनिया से बाहर एक अजनबी दुनिया में हो...", शरद हक्का-बक्का उस अजनबी दुनिया में झाँकता है।

तो मेरी अपनी दुनिया?

"कहीं नहीं...दरअसल तुम्हारी अपनी कोई दुनिया थी ही नहीं...जो था वह सिर्फ एक संस्कार था।"

ये आप्त वाक्य...ये गूढ़ वचन समझ से परे थे। शरद धुत्त नशे में हँसने लगा...एक जंगली हँसी...। चार्वाक से लेकर नीत्शे तक सब उपदेशक की मुद्रा में उसे समझा रहे थे...मृत्यु...।

उसकी आँखों के आगे एक पूरा-का-पूरा नरक उग आया।...बिलबिलाते शरीर और चमड़े की भयानक दुर्गन्ध...।

शरद ने हड़बड़ाकर आँखें बन्द कर लीं और नाक भी। खिलते गुलाब-सी वह खिलखिलाई। शरद ने चौंककर देखा। क्या यह सपना था? —नहीं, यही हकीकत थी। डायरी में अब भी लिखा था—

वहाँ सबके अपने अपने दु:ख थे।
हर दु:ख की एक कथा थी।
हर कथा में एक झरना था।
हर झरने में एक गुलाब...।

## अन्त से पहले

शरद ने फिर खंडित यक्षिणी की उस नग्न मूर्ति को भर नजर निहारा। उसे लगा कि उसकी आँखों में आँसू हैं। उसकी दोनों भुजाएँ काट दी गई थीं। नाक क्षत-विक्षत...।

वर्षों पुरानी कहानी के उस पेड़ की तरह जिसके हर पत्ते पर नोक भर इतिहास और चुटकी भर उजास थी। जब भी काटा जाता, इतिहास झड़ जाता। लेकिन उस पेड़ की जड़ें मजबूत थीं। नए पत्ते उग आते। हरियाली और उजास पहले की तरह। लेकिन मूर्ति की जड़ें नहीं थीं। होतीं भी नहीं और यक्षिणी? उसे तो हमेशा खंडित ही रहना था। अभिशप्त थी वह।

सूखते झरने का जलस्त्रोत। हाँ, यह भी यहीं आस-पास कहीं था। नोकभर इतिहास और चुटकी भर उजास के बीच कहीं।

बगल के कमरे से खिलखिलाने की आवाज आई। शरद को लगा कि जलस्त्रोत फूट पड़ा है। उसने झाँककर बाहर देखा। काल के सारे समीकरण फिर गड़बड़ाने लगे। वह स्तब्ध। यह कैसे सम्भव था। जिन्दगी में इतनी नाटकीयता कहाँ होती है?

वह चिल्लाया, "प्रिया!"

दो जोड़ी आँखें उसकी ओर घूमीं। वक्त ठहर गया।

एक लगभग बूढ़ी और मोटी-सी औरत दौड़कर उसके पास आई।

"तुम?"

" हाँ!"

"यहाँ कैसे?"

"ऐसे ही!"

फिर दोनों हँस दिए। प्रिया के साथ में जो लड़की थी वह इन दोनों को कौतुक से देख रही थी।

"उस दिन आपके कमरे का ताला कैसे खुला?" उसने पूछा। शरद को याद आया कि उस दिन जब कमरे का ताला नहीं खुल रहा था तो गुलाब की पंखुड़ियों की तरह इसी का हाथ हिला था...'हाय...!' और शरद को लगा था कि वह उसे अपने पास बुला रही है।

शरद को खंडित यक्षिणी की मूर्ति में फिर उसी का चेहरा झाँकता नजर आया। उसकी दोनों भुजाएँ काट दी गई थीं और नाक क्षत-विक्षत। लेकिन वह हँस रही थी। बहुत मासूम और निर्मल हँसी।

"एक मिनट! अभी आई।" और वह बाहर लॉन की तरफ भाग गई।

"यह तुम्हारी ही बेटी है!" प्रिया ने कहा।

"क्या?"

"हाँ जब पिता की मौत हुई, उस रात तुम मेरे साथ थे...हॉस्टल के कमरे में। मेरी कोख में यह उसी रात आई थी।"

शरद का चेहरा सफेद पड़ गया। वह उस प्रसंग को याद नहीं करना चाहता था। शरद ने प्रिया का जो स्केच बनाया था—हॉस्टल की वह रात उसी का इनाम थी।

कितनी अश्लील थी वह रात। पिता उसी रात घर की तलाश में परिन्दा बन गए थे और माँ छटपटाती रहीं।

"मुझे तो लगा कि उस रात पिता के साथ मैं भी मर गया हूँ। जहाँ पिता थे और उनका वह घर...वहीं मैं भी था और माँ भी।"

" नहीं, उस सबके बीच तुम्हारी देहगन्ध भी थी और वह खिलखिलाता जीवन जो अब मर रहा है।"...

" हर जीवन मरता है।" शरद ने गहरी साँस ली।

" नहीं, हर जीवन नहीं। बस यही। और यह भी नहीं, उसका एक अंश।" शरद भौंचक रह गया था और वह शून्य में बोल रही थी, "इसे कैंसर है...अभी तक इसे पता नहीं। बस, छह महीने और।"

शरद पूछना चाहता था कि "प्रिया, तुम्हारी वह निर्मल और गुलाब की तरह महकने वाली हँसी कहाँ गई?" लेकिन उसने पूछा, "तुम्हें डर नहीं लगता?"

" किससे?"

"मौत से?"

वह मुस्कराई और बोली, "अब लगने लगा है।"

उन दोनों के बीच एक अजीब-सी खामोशी पसर गई थी जिसमें सन्नाटा हाँफ रहा था। इतना कि संवाद असम्भव हो चला था।

दोनों एक दूसरे से बहुत कुछ कहना चाहते थे, लेकिन क्या? कुछ पता नहीं था।

लड़की फिर दौड़ती हुई आई हाथ में रंग-बिरंगी तितली पकड़े।

"हाँ, तो कैसे खुला आपका ताला?" अब भी उसका सवाल वहीं था।

"बस एक धक्का दिया और खुल गया।"

वह हँसने लगी, "अच्छा!"

"देखिए तितली! कितनी प्यारी है न। अच्छा आप उधर पहाड़ों पर गए हैं?"

"हाँ!"

"वहाँ तो खूब तितलियाँ होंगी और फूल भी। है न!"

"हाँ!"

"आप मुझे वहाँ ले चलेंगे। तितली, फूल और पहाड़ों के बीच। ममा नहीं ले जाती।"

"हाँ, बिल्कुल ले चलेंगे।" और उसने एक सिगरेट सुलगा ली। बहुत मुश्किल था उसके लिए यह सब।

तितली लड़की के हाथ से छूटकर उड़ गई और वह उसके पीछे भाग गई।

"कहाँ चले गए थे तुम...शहर छोड़कर?" प्रिया ने पूछा।

शरद ने एक उड़ती-सी नजर उस पर डाली। लगा जैसे किसी चालू फिल्म का कोई सीन चल रहा है और पहले से ही सारे संवाद तय हैं। उसे घृणा हुई और चुप रहा।

प्रिया बोल रही थी, "तुम्हारा वह स्केच अब भी मेरे पास है। ले लेना किसी दिन। मैं भी उसका क्या करूँगी। इसके पेट में आने के बाद बहुत परेशान हुई। सोचा गिरवा दूँ लेकिन मन नहीं माना। नैंसी सही कहती थी। अस्पताल के उस बाथरूम में एक भूत रहता था। मैंने भी देखा एक दिन। फिर नौकरी छोड़कर चली आई। बहुत डर लगता था वहाँ।"

"हूँ...नैंसी कहाँ है?"

"कनाडा चली गई शादी करके।...पाँच साल पहले उसने सुसाइड कर लिया।"

शरद के चेहरे पर कोई भाव नहीं आया। वह बोलती रही, "बहुत दुःखभरी जिन्दगी थी उसकी। कनाडा जाने से पहले वह कहती थी, देखना एक दिन घोड़े पर बैठकर मेरे सपनों का राजकुमार आएगा और उड़ा ले जाएगा मुझे...दूर बहुत दूर। फिर घर बनेगा।"

"घर!" शरद चौंका।

"हाँ...घर! लेकिन वह उसे नहीं मिला। कनाडा से उसकी कई चिट्ठियाँ आईं। शुरू-शुरू में बहुत खुश थी। अपने सपनों की जादुई दुनिया के बारे में बताती। खुशियों-भरी शाम...रंगीन रातें...चमकते दिन। लेकिन यह सब कुछ ही दिनों में खत्म हो गया। वह एक अँधेरी गुफा में धकेल दी गई थी। एकदिन उसके पति ने ही उसका सौदा कर दिया। उसने लिखा था कि बाथरूम का वह भूत यहाँ कनाडा तक चला आया है। लेकिन अब डर नहीं लगता। किसी से नहीं।"

प्रिया रोने-रोने को हो आई थी। शरद ने सिगरेट ली और अपने कमरे में आ गया।

लाल कवर चढ़ी डायरी अब भी वैसी ही थी—खुली हुई। उसमें दर्ज अक्षर अब भी किसी वीराने में सन्नाटा बुन रहे थे।

खंडित यक्षिणी की नग्न मूर्ति! शरद ने फिर उसे देखा। वह रो नहीं रही थी। अपनी जड़ आँखों से हँस रही थी। शरद को लगा कि अभी हँसते-हँसते वह गायब हो जाएगी और मैदान फिर खाली-का-खाली।

उस जादुई समय में यह असम्भव भी नहीं था। लोग चित्रों में ही उगकर गायब हो रहे थे। किसी के बारे में कोई पक्की सूचना किसी के पास नहीं थी। सब अफवाहें थीं और अफवाहों के स्रोत दुनिया के सबसे सच्चे लोग थे।

जिस क्षण अच्छाई और बुराई दोनों ही संदिग्ध थी, ठीक उसी क्षण शरद कटे पेड़ की तरह बिस्तर पर भहरा गया और...और उसने देखा कि उसके चारों ओर बर्फ की सफेद चादर तान दी गई है और वह उसमें कैद होता जा रहा है।

"जाने कितने साल हुए इस कैद में...न जी सकते हैं...न मर...।"

यह अभिशप्त अश्वत्थामा की नियति थी। सुना है कि वह अब भी इन्हीं पहाड़ों में भटकता है, सफेद घोड़े पर सवार। माथे से चूते मवाद के बीच वह दर्द से बिलबिला उठता है। कन्दराओं में अक्सर उसकी भयानक चीखें गूँजती हैं।

बर्फ की सफेद चादर ने धीरे-धीरे शरद को ही नहीं, पूरी दुनिया को जकड़ लिया था। हजारों-लाखों अश्वत्थामा उसमें कैद थे। ये वे लोग थे जिनकी आँखों में न अब नींद थी, न सपने ही।

हाँ, डायरी के कटे-फटे पृष्ठ अब भी वहाँ थे और एक खिलता हुआ गुलाब भी।

शरद ने एक हिचकी ली और डायरी बन्द कर सपनों से बाहर आ गया।

# मैं और मेरा पुराना समय

# वतन में भी हैं और सफर में भी हैं...

*वह देस की आजादी का साल था जब पिता जन्मे*
*वह देश में आपातकाल का समय था जब मैं जन्मा*
*वह देश में उदारीकरण और मेरी भयानक बेरोजगारी का साझादौर था जब मेरी पहली कहानी जन्मी।*

यों तो यह सब महज एक संयोग भी हो सकते हैं, लेकिन संयोग भी सिर्फ संयोग ही तो नहीं होते। कुछ न कुछ तर्क तो उसके भी होते हैं इसलिए कई बार लगता है कि इन संयोगों के भी अपने कुछ सामाजिक और राजनीतिक सन्दर्भ हैं जिसने अलग-अलग हमारे जीवन को ही नहीं हमारे सम्बन्धों को भी प्रभावित किया है।

पिता तब एक मामूली टेलीफोन ऑपरेटर थे। पूरे खानदान में अब तक शायद दूसरे ऐसे व्यक्ति जिसे सरकारी नौकरी मिली। आज भी उस क्षेत्र में सरकारी नौकरी करने वाले को लाट साब से कम नहीं माना जाता, तब तो खैर कहने ही क्या थे। माँ बताती हैं कि वे भीषण गरीबी के दिन थे। दोनों जून रोटी मिलने तक का भरोसा न रहता था। यों बाबा हाथी पर चलते थे। प्रकांड पंडित लेकिन उतने ही औघड़। किसी अमूर्त ज्ञान की तलाश में वे छह-छह महीने के लिए घर से गायब हो जाते और साधुओं की संगत करते। घर में तब सचमुच भूखों मरने की नौबत आ जाती थी। भगवान् जाने कैसे-कैसे अइया (दादी) ने अपने सात-आठ बच्चों को पाला। अइया रईस घर की बिटिया थीं मगर ससुराल में उन्हें हर तरह का अभाव ही मिला। वे बड़े जीवट की महिला थीं, वैसा जीवट मैंने अब तक किसी दूसरी औरत में नहीं देखा। चार-पाँच बेटियों के जन्म के

बाद पति बैरागी होता गया और ससुर जो खासे रईस माने जाते थे, बेटियाँ जनने वाली उस औरत से इस कदर नफरत करने लगे कि जीते-जी उन्हें फूटी कौड़ी नहीं दी और सारी सम्पत्ति दूसरों पर लुटा दी। विधि का विधान देखिए कि परदादा के मरने के बाद ही अइया ने दो बेटों को जन्म दिया। घर की आर्थिक स्थिति बेतरह चरमरा उठी थी।

देश में उसी साल आजादी आई थी और मेरे पिता का जन्म हुआ था। पता नहीं देश की आजादी की खबर उस गाँव तक पहुँची थी या नहीं, लेकिन आजादी का सपना तो वहाँ जरूर ही पहुँचा होगा। वरना भीषण अभाव के बावजूद पूरे खानदान में बीएससी करके सरकारी नौकरी पाने वाले पिता पहले व्यक्ति न होते। और तब खुद मैं कहाँ होता, कहना मुश्किल है।

बाबा ने कभी स्कूल का मुँह नहीं देखा, मगर पिता ने बीएससी की। बाबा को प्रकांड पंडित माना जाता था। आज भी उनके बारे में गाँव में तमाम किस्से और कहानियाँ सुने-सुनाए जाते हैं जिनमें कई तरह के अलौकिक किस्से भी उनके साथ जोड़ दिए गए हैं। शायद इन किस्सों और बाबा के भव्य-दिव्य व्यक्तित्व का ही प्रभाव है कि मैं हमेशा उन्हें अलौकिक पुरुष के रूप में ही याद कर पाता हूँ। जहाँ तक पिता की बात है तो मेरे जीवन में उनकी उपस्थिति बहुत मानवीय रही है। हालाँकि बचपन में हम उनसे भी बहुत ही आतंकित रहा करते थे। बहरहाल...उत्तर प्रदेश के सुल्तानपुर जिले के उस बेहद, पिछड़े गाँव से पिता का बीएससी तक पढ़ सकना मुझे हमेशा ही एक बड़ी घटना लगती रही क्योंकि शिक्षा की वहाँ आज भी कोई खास सुविधा नहीं है। दुनिया के 21वीं सदी में आने के बावजूद मेरा गाँव आज भी उतना ही जड़, मूर्ख, अनपढ़ और जाहिल है। यह कहते हुए सचमुच मुझे बहुत दुख होता है, मगर हकीकत यही है और मैं इसे नकार नहीं सकता। उस गाँव को जीवन की मूलभूत चीजें आज भी ठीक से मुहैया नहीं हैं। शिक्षा-स्वास्थ्य, की कोई समुचित व्यवस्था नहीं। आप आश्चर्य करेंगे कि बिजली उस गाँव में अब तक सिर्फ इसलिए नहीं आई कि गाँव का कोई परिवार बीस-बीस रुपये जमा करने की स्थिति में नहीं था। अब आ गई है लेकिन कभी-कभार ही रहती है। अखबार आज भी वहाँ नहीं आता। अखबार पढ़ने तीन-चार किलोमीटर दूर—

अलीपुर के बाजार में आना पड़ता है। सूचना और मनोरंजन का एकमात्र साधन गाँव में आज भी रेडियो है जो आठवें दशक में अधिकतर घरों में दहेज के रूप में ही आया था। उस समय घड़ी-साइकिल-रेडियो का ऐसा क्रेज था कि जिसे दहेज में ये चीजें मिल जातीं, वह महीनों सीना फुलाए घूमता था। अब टीवी भी कई घरों में है। लेकिन केबल या डीटूएच नहीं है।

गाँव में बैटरी से, चलने वाला पहला, ब्लैक एंड व्हाइट टीवी तब आया जब रामानन्द सागर ने दूरदर्शन पर अपना बेहूदा सीरियल रामायण प्रस्तुत किया था। गाँव में इस सीरियल को देखने इस कदर भीड़ उमड़ती थी कि आश्चर्य होता था। कभी-कभी तो बहुत हास्यास्पद-सा दृश्य हो जाता। सीरियल शुरू होने से पहले बाकायदा टीवी की आरती उतारी जाती और लोग भोग लगाया करते। पता नहीं इस विषय पर कभी कोई समाजशास्त्रीय अध्ययन हुआ है या नहीं, लेकिन मुझे हमेशा लगता रहा है कि अयोध्या में बाबरी मस्जिद के ध्वन्स और देश में साम्प्रदायिक उन्माद की पृष्ठभूमि में इन तथाकथित धार्मिक धारावाहिकों की बड़ी भूमिका रही है। कुछ नहीं तो रामायण-माहाभारत और चाणक्य जैसे सीरियलों ने देश में साम्प्रदायकिता के स्वीकार की एक मानसिकता तो बनाई ही जिसका विराट और वीभत्स रूप 2002 में हमने गुजरात में देखा।

स्कूली किताबों में हम पढ़ते थे कि भारत गाँवों में बसता है। उसे धर्मनिरपेक्ष राष्ट्र की संज्ञा मिली थी। लेकिन जितने दिन भी मैं गाँव में रहा मुझे भूख, गरीबी, जहालत, जातिवाद, सामन्ती अन्याय और शोषण के ही दृश्य देखने को मिले। कहाँ थी धर्मनिरपेक्षता और कहाँ था—प्रजातन्त्र? हर तरफ दबंगों का राज था।

मैं अब सोचता हूँ कि जितने दिन भी मैं गाँव में रहा (बचपन के कुछेक साल और बाद में कुछेक महीने और दिन) हरिजन टोला में क्यों नहीं गया, जो गाँव से बाहर था। एक-दो बार गया भी तो अपनी जिद या मजबूरी के चलते। कहीं-न-कहीं कुछ तो दबाव रहे ही होंगे। वैसे मेरा गाँव ब्राह्मणों का नहीं, अहीरों का है। पूरे गाँव में कुल चार परिवार ब्राह्मणों के हैं। अल्पसंख्यक होने के बावजूद एक श्रेष्ठता-ग्रन्थि ब्राह्मणों में शायद जन्मजात होती है। मूर्ख-से-मूर्ख ब्राह्मण भी खुद को

देवता से कम तो नहीं ही समझता। गाँव में मैं देखता था कि दूसरी जातियों के बड़े बुजुर्ग तक ब्राह्मणों के जरा-जरा से बच्चों तक के पैर छूकर आशीर्वाद लिया करते थे। चूँकि मैं अधिकतर शहर में रहा, जहाँ इस तरह की परम्पराएँ नहीं थीं और मुझे सिखाया गया था कि बड़ों का आदर करना चाहिए। लिहाजा गाँव में एक दिन मैंने एक बुजुर्ग अहीर के पैर छू लिए। उनके लिए मेरे मन में इसलिए भी सम्मान था कि वे बड़ी उम्दा किस्म की गप्प लड़ाया करते थे और मुझे एक-से-एक अनूठे किस्से सुनाते। उन किस्सों को अब याद करता हूँ तो लगता है कि अरे, वे तो सचमुच जादुई यथार्थवाद के बाप थे। खैर...मैंने जैसे ही झुककर उनके पैर छुए, मुझे याद है वे बेतरह काँपने लगे थे। उनके चेहरे की दहशत मैं भली-भाँति पढ़ सकता था। फौरन उन्होंने मेरे पैर पकड़ लिए और यह कहते हुए दसियों बार उस पर माथा रगड़ा कि 'काहे, महाराज...काहे हमका नरक पठावत हया।'

तब सचमुच मेरी समझ में नहीं आया था कि बुजुर्ग होकर वे क्यों मेरे पैर छू रहे हैं और मेरे पैर छू लेने से वे क्यों नरक में जाएँगे? मगर वे नहीं माने और घर आकर बाबूजी के सामने भी गिड़गिड़ाते रहे। अपनी इस हरकत पर घर में मेरी मूर्खता की खूब खिल्ली उड़ाई गई। कुछ लोगों ने तरस खाते हुए कहा, 'शहरातू हैं, दुनियादारी का जानैं बेचारू!' (यह बात कुछ इस अन्दाज में कही गई थी कि शहरी आदमी अनिवार्यतः मूर्ख होता है।)

उस क्षण मुझे बहुत गुस्सा आया था और वह मेरे जीवन का एक निर्णायक गुस्सा था। शायद तभी से मान्य परम्पराओं के प्रति विद्रोह मेरे स्वभाव का हिस्सा हो गया। परिवार के बड़े बुजुर्गों और ब्राह्मणवादियों से एक तरह की चिढ़-सी पैदा हो गई मेरे मन में।

यों तो मेरी प्रारम्भिक शिक्षा मथुरा के एक विख्यात क्रिश्चियन स्कूल में हुई थी। जन्म हुआ मुरैना (मध्य प्रदेश) में। पिता की पहली नियुक्ति भी वहीं हुई थी। फिर वहाँ से मथुरा और मथुरा से रुद्रपुर (उत्तराखंड)। रुद्रपुर से इलाहाबाद, सुल्तानपुर, बरेली, नोएडा, जालंधर और फिर दिल्ली। बीस-पच्चीस वर्षों का छोटा-सा कालखंड है यह जो मेरे निर्माण का

काल भी रहा और किसी अर्थ में पतन का भी। आज इस उम्र में जब मैं यह सब बैठकर सोच रहा हूँ तो लगता है कि इस छोटी-सी अवधि में मैंने कई एक सदियों की यात्रा की है। एक पूरी दुनिया जैसे मेरे सामने ही जादू की तरह लुप्त हुई। मसलन गाँव में वीडियो आने के बाद नौटंकी लुप्त हो गई। कई-कई नौटंकियाँ मैंने रात-रात-भर जागकर देखी थीं। डाकू छप्पन छुरी, सुलाना डाकू और जाने क्या-क्या। अमूमन इन नौटंकियों के कलाकार हरिजन ही हुआ करते थे। ऐसा क्यों था? पता नहीं। असल में नौटंकी और नाच-गाने को सवर्ण समाज में कभी बहुत सम्मानजनक पेशा नहीं माना जाता था। अजीब विडम्बना थी। रात में मंच पर लिपे-पुते जो कलाकार हमारा दिल जीत लेते थे, सुबह वही उदास, थके-हारे, मैले-कुचैले कपड़े पहने बीड़ी का सुट्टा लगाते हुए अजीब से लगते।

कहानियाँ तब भी मेरे लिए किसी जादू से कम नहीं होती थीं। गाँव में तब बिसाती वगैरह खूब आते थे। रात में अक्सर वे हमारे यहाँ रहते। बाटी-चोखा बनाते और देर रात तक हमें दीन-दुनिया के किस्से सुनाते। किस्से सुनाते हुए हुँकारी भरना उनकी शर्त हुआ करती थी। असल में हुँकारी न भरना किस्सागो का अपमान मान लिया जाता था। नानी तो हुँकारी न भरने पर बुरी तरह कान ही उमेठ दिया करती थीं।

शहरों में आजकल मार्केटिंग एक्जीक्यूटिव जैसे भारी-भरकम पदनाम लिए जो सेल्समैन घर-घर घूमा करते हैं, बिसाती दरअसल इन्हीं के आदिम पुरखे थे। घर की महिलाओं से उनके काफी रागात्मक सम्बन्ध हुआ करते थे। सबके दुख-सुख में भागीदार। उनके आते ही महिलाएँ और हम बच्चे खुशी से खिल जाते। उनकी पिटारी हमें जादू के बक्से की तरह लगती थी जिससे अभी माँ, बुआ, भाभी आदि के लिए सिन्दूर, टिकुली, काजल और महकउआ पाउडर निकलेगा और हमारे लिए किसिम-किसिम के खिलौने। वे बताते कि किसकी बिटिया किससे ब्याही,किसके बच्चा हुआ, कौन हारी-बीमारी में है आदि दुनिया भर की बातें। हर परिवार की सात पुश्तों का इतिहास तो जैसे उनकी जुबान पर रहता था। आज जब टाई लगाए सेल्समैनों को दिन-दोपहर घर की घंटी बजाते और बिल्कुल मशीनी अन्दाज में अपने प्रोडक्ट की खूबियाँ

गिनाते देखता हूँ तो बहुत वितृष्णा होती है और उन बिसातियों की याद आती है जो अब गाँव में भी नहीं आते। बाजार कैसे मनुष्य को वस्तु में बदल देता है और कैसे एक भरी-पूरी दुनिया गायब हो जाती है। शेष रह जाती है कुछ धुँधली यादें, कुछ खंडित स्मृतियाँ...। इधर गाँव भी बहुत बदल गया है। कई सालों से मेरा भी उधर जाना नहीं हो पाया। पिछली बार जब गया था तो कुछ ही दिनों में घबराकर भाग आया। असल में जिस गाँव में मेरा बचपन बीता, वह अब कहीं नहीं है। अब वहाँ प्रेत बसते हैं और नफरत का एक दरिया बहता है। मानवीय रिश्तों की ऊष्मा भी ठंडी पड़ चुकी है। जरा-जरा-सी बात पर लट्ठ निकल आते हैं। खून-खराबा और मुकदमेबाजी में तबाह हो रहा है मेरा गाँव। राजनीति के नाम पर गुंडागर्दी का बोलबाला है। बीए-एमए किए तमाम लड़के बेरोजगार बैठे हैं या मुम्बई-दिल्ली की ओर भाग रहे हैं। हंस सम्पादक राजेन्द्र यादव अक्सर मजाक में छेड़ते थे कि सुल्तानपुर के ज्यादातर लोग या तो बम्बई जाकर टैक्सी ड्राइवर बन गए, या फिर हिन्दी के लेखक हो गए। मजाक ही सही, मगर राजेन्द्रजी के इस मजाक के पीछे भी एक कड़वी सच्चाई है। मेरे जिले की ज्यादातर जमीन ऊसर है। उद्योग-धन्धे भी वहाँ न के बराबर हैं। रोजगार के दूसरे साधन हैं नहीं। सामन्ती मानसिकता का हाल यह है कि जो थोड़े बहुत साधन-सम्पन्न लोग हैं, वे अपने बच्चों को कलेक्टर से नीचे तो कुछ बनवाना ही नहीं चाहते। बरसों उनके बच्चे इलाहाबाद में आईएएस की तैयारी में घास खोदते रहते हैं। अब सब तो कलेक्टर बन नहीं सकते। सो बाद में ज्यादातर बम्बई-दिल्ली की ओर भागते हैं कमाने। हिन्दी साहित्य को इस जिले ने सबसे महत्त्वपूर्ण और प्रतिभाशाली लेखक दिए हैं। कभी-कभी मैं सोचता हूँ कि क्या इसका भी कोई सम्बन्ध यहाँ की गरीबी, जहालत और जातीय सांस्कृतिक विषमता से है। शायद हाँ। साहित्य अगर मुक्ति का मार्ग है तो इन विषमताओं ने जरूर कुछ लोगों में मुक्ति की आकांक्षा जगाई होगी। यह बात मुझे इसलिए भी ठीक लगती है क्योंकि मेरे जिले का एक भी लेखक तथाकथित सौंदर्यवादी और कलावादी नहीं हुआ। फिर चाहे वह बाबा त्रिलोचन हों, संजीव हों, शिवमूर्ति हों या

अखिलेश—सभी संघर्षशील लेखकीय परम्परा से आते हैं और लगातार सक्रिय बने हुए हैं। हत्यारों से लोहा लेते हुए मानबहादुर सिंह अपनी हत्या के बाद भी हमारे मन में कहीं संघर्ष और स्वाभिमान का प्रतीक-बनकर आज भी जिन्दा हैं।

इतराने को तो मैं भी इतरा सकता हूँ कि कुछेक कहानियाँ लिखकर जैसा-जैसा लेखक तो मैं भी हो ही गया, मगर जब भी वरिष्ठों की ओर देखता हूँ तो खुद को लेकर गहरा असन्तोष और बेचैनी का भाव उतर आता है। मैं क्या हूँ ? कौन हूँ ? और क्या अब तक कुछ भी सार्थक कर सका ? इस अनन्त ब्रह्माण्ड में मैं कहाँ हूँ और मेरे होने का मतलब क्या है। इस जीवन की निरर्थकता कई बार मुझे गहरे बेचैन कर जाती है। यह सवाल खुद से मैं अब तक सैकड़ों बार कर चुका हूँ कि आखिर मैं लिखता क्यों हूँ ? हर लेखक कभी-न-कभी खुद से यह सवाल जरूर करता है और वे खुशनसीब होते हैं जिन्हें मुकम्मल जवाब मिल जाते हैं। मैं इतना खुशनसीब कभी नहीं रहा। एक बार राजेन्द्रजी से भी मैंने यही सवाल किया था। यह सोचकर कि देखें, इन्हें अब तक इसका कोई जवाब मिला या नहीं। आमतौर पर गूढ़ और दार्शनिक-लगने वाले सवालों को राजेन्द्रजी मजाक में टाल जाते थे, लेकिन उस दिन वे सचमुच गम्भीर थे और जवाब में उन्होंने एक दूसरा ही सवाल दाग दिया कि आखिर हम जीते क्यों हैं ?

मेरे पास आज तक इसका भी कोई जवाब नहीं है, बल्कि कुछ और भी सवाल उठ खड़े हुए हैं। कोई जिन्दगी निरर्थक हो सकती है। आमतौर पर हम सबकी जिन्दगी निरर्थक ही होती है, लेकिन कोई रचना, कभी निरर्थक नहीं होती। शायद इसीलिए रचना का सच, जीवन के सच से हमेशा ही बड़ा माना जाता है। फिर लिखना तो मेरे लिए जिन्दा होने का सबूत है और मनुष्य होने का भी। सम्पूर्ण चराचर सृष्टि में मनुष्य ही ऐसा प्राणी है जो साहित्य रच सकता है। सुना है कि हाथी, बन्दर और भालू तक पेंटिंग बना लेते हैं, नाच-गा लेते हैं, मगर अब तक नहीं सुना कि किसी हाथी, भालू या बन्दर ने कोई कविता या कहानी लिखी हो। विज्ञान कितना भी विकास कर ले। उन्नत से उन्नत रोबोट बना ले और उसमें दुनिया भर के चाहे जितने डाटा फीड कर ले, लेकिन कोई मौलिक कविता या

कहानी तब भी नहीं रच सकता। सृष्टि में यह वरदान सिर्फ और सिर्फ मनुष्य को मिला है कि वह अपनी या दूसरी की भावनाओं, विचारों और अनुभूतियों को रचनात्मक अभिव्यक्ति दे सके। यह रचनात्मक अभिव्यक्ति दरअसल अपनी एक अलग दुनिया बनाने की कोशिश की तरह है। उसी तरह जैसे विश्वामित्र ने कभी इन्द्र से नाराज होकर अपना एक अलग स्वर्ग बनाने की कोशिश की थी। हालाँकि वह बन नहीं पाया और शायद तभी से हर रचनाकार अपने अपने ढंग से उसे बनाने की कोशिश कर रहा है। आगे भी-यह कोशिश शायद तब तक की जाती रहेगी जब तक कि मनुष्य है और उसका सपना। लोग कितना ही इतिहास के अन्त या विचार के अन्त की घोषणाएँ कर लें, लेकिन जब तक मनुष्य है तब तक उसका इतिहास, उसके विचार और सपने जिन्दा रहेंगे ही। औरों की नहीं कहता, लेकिन अपनी पीढ़ी में कम-से-कम मैं इस गफलत में कभी नहीं पड़ा।

यों देखा जाए तो मेरा ढंग से वैचारिक प्रशिक्षण कभी हुआ ही नहीं और एक तरह से यह अच्छा ही रहा कि चीजों को अपनी आँख से देखने की क्षमता मैंने खुद अपने संघर्षों से ही अर्जित की। हालाँकि इसके लिए मुझे अपना ढेर सारा सुख-चैन भी खोना पड़ा। फिर भी अपने लेखक बनने के संकल्प पर मुझे कभी पछतावा नहीं हुआ। सच कहूँ तो लिखना मेरे लिए प्रेम करने की तरह है। जैसे प्रेम में आदमी या तो होता है या फिर नहीं होता। ऐसा नहीं हो सकता कि कोई दिन में चार घंटे प्रेम में रहे और बाकी समय उससे बाहर। रचनाधर्मिता के साथ भी कुछ ऐसा ही है। ऐसा नहीं होता कि कोई चार घंटा लेखक बना रहे और बाकी समय बेटा, पति या दफ्तर में बॉस का आज्ञाकारी कर्मचारी। शब्द, सपने और प्रेम। इन तीनों का मेरे लिए हमेशा ही बड़ा महत्त्व रहा है। क्योंकि इन्हीं तीन चीजों से हमारी चेतना का निर्माण होता है और हमारी व्यक्तिगत और सामाजिक रणनीति तय होती है। प्रेम से याद आया कि मेरे अग्रज कथाकार प्रियंवद इस मामले में एक दिलचस्प बात कहते हैं। उनके अनुसार जब आदमी पहली बार प्रेम करता है तो ईश्वर होता है। लेकिन जब दूसरी बार प्रेम करता है तो मनुष्य होता है। तीसरी बार कोई प्रेम करता ही नहीं। प्रियंवद

की इस बात को थोड़ा सुधारकर मैं कहना चाहूँगा कि पहली बार जब आदमी प्रेम करता है तो ईश्वर होता है। दूसरी बार जब प्रेम करता है तो देवता होता है। तीसरी बार प्रेम करता है तो मनुष्य होता है। हाँ, शायद चौथी बार कोई प्रेम नहीं करता।

—मेरा पहला प्रेम असफल हुआ क्योंकि मैं ईश्वर नहीं था।

—मेरा दूसरा प्रेम असफल हुआ क्योंकि मैं देवता नहीं था।

—तीसरे प्रेम के विकल्प को मैंने अभी बचा के रखा है और इसे खोना नहीं चाहता। क्योंकि एक मनुष्य की तरह मैं अब भी प्रेम करना चाहता हूँ। मनुष्य की तरह प्रेम करने का अर्थ क्या यही नहीं है कि मैं मनुष्य की तरह जीना चाहता हूँ।

यों प्रेम और ट्रेजेडी का चोली-दामन का साथ है। लेकिन वक्त के साथ-साथ ट्रेजेडी भी कई बार कॉमेडी बन जाती है। अपने पहले दोनों प्रेम प्रसंग भी अब मुझे डिवाइन कॉमेडी की तरह लगते हैं। यों भावात्मक उच्छ्वास तो कई बार महसूस हुए, मगर प्रेम जैसी चीज शायद दो बार ही महसूस हुई। पहली बार तब जब मैंने किशोरावस्था में कदम रखा था। हम लोग झोपड़ी से निकलकर सरकारी क्वार्टर में आए थे। वह हमारे पड़ोस में रहने वाली एक लड़की थी। उसे लेकर एक दृश्य मेरी स्मृतियों में आज भी अटका पड़ा है। अनंत काल का एक मामूली-सा क्षण जिसमें एक मामूली शक्लो-सूरत की लड़की अपने घर के दरवाजे से लटककर झूल रही है। लड़का तेजी से साइकिल लहराते हुए आता है। लड़की अपने घुँघराले बालों को झटककर पल भर उसे देखती है और बस, दो आत्माओं के बीच कुछ चिरन्तन, कुछ अनोखा, कुछ विशिष्ट घट जाता है। हड़बड़ाहट में लड़का साइकिल से गिर पड़ता है और लड़की खिलखिलाकर हँस पड़ती है। लड़की की वह निश्छल हँसी धीरे-धीरे अनन्त में फैलकर एक कविता को जन्म देती है।

वह मेरी पहली कविता थी। फिर दो-तीन साल में मार तमाम कविताएँ लिख-लिखकर कई डायरियाँ भर दी गईं। प्रेम के मामले में शायद हर शुरुआत इसी तरह बेहद मामूली और मूर्खतापूर्ण-सी ही हुआ करती है। बरसों तक लड़का उस सच को छुपाए रखता है। मगर ऐसी बात छुपाने से कहाँ छुपती है। वह समय भी आता है जब दोनों एक-दूसरे की एक झलक तक के लिए बेकरार रहने लगते हैं, मगर सामने पड़ने पर

नजरें चुराने का खेल भी खेलने लगते हैं। तब देश में राममन्दिर आदोलन अपने शबाब पर था। लालकृष्ण आडवाणी की रथयात्रा चल रही थी। मर्यादा पुरुषोत्तम श्रीराम का नया रूप सारी मर्यादाएँ तोड़ने पर उतारू था। फिर मंडल कमीशन के विरोध में आत्मदाहों का सिलसिला भी हवा में एक दहशत भरने लगा था। इन सबके बीच रुद्रपुर सरीखे छोटे-से कस्बे में एक लड़का प्रेम में पड़ा था और कविता लिख रहा था—हे राम! शुरू से ही लड़के के मन में यह बैठ चुका था कि वह औरों से कुछ अलग और बिशिष्ट है। जाहिर है कि इस विशिष्टता-बोध ने उसे औरों से अलग-थलग और किन्हीं अर्थों में अकेला भी कर दिया था। समय के साथ-साथ अकेलेपन का उसका अहसास गहराता गया। वह देखता था कि उसके संगी-साथी सुबहो-शाम गर्ल्स कॉलेज का चक्कर लगाया करते हैं। स्त्री देह को लेकर उसकी भी जिज्ञासाएँ और फंतासियाँ थीं। जिस पृष्ठभूमि से वह आया था, उसमें लड़के-लड़कियों के बीच किसी भी स्वस्थ सम्बन्ध की कल्पना नहीं की जाती थी। उसे लगता था कि लड़कियों के पीछे घूमने वाले उसके साथी अच्छे लड़के नहीं हैं और कोई भी अच्छी लड़की इन्हें घास नहीं डालेगी। 'अच्छा लड़का' और 'अच्छी लड़की' का यह फंडा उसके लिए बवाले जान हो जाता था जब वह देखता कि लड़कियाँ तो इन्हीं रंगबाज लड़कों पर मरती हैं। हालाँकि इस चक्कर में कई बार मार-पीट और लड़ाई-झगड़े की भी नौबत आ जाती थी, मगर 'वीर-बाँके' कहाँ मानने वाले थे। कुछ लोग अपनी चेष्टाओं में सफल रहे, कुछ असफल। सफल वीर-बाँकों ने गर्ल्स कॉलेज की कुछ लड़कियों को भगाने में कामयाबी हासिल की और बेचारे असफल 'तू नहीं कोई और सही' के सिद्धान्त पर जद्दोजहद करते रहे। मुझे याद है कि दीवानगी की उस उम्र में मेरे साथ के तीन-चार लड़कों ने अपनी प्रेमिकाओं के साथ आत्महत्या तक कर ली। बिल्कुल फिल्मी अन्दाज में यह कहते हुए कि अगर यह बेदर्द जमाना हमें मिलने नहीं देता तो हम भी इसे लात मारते हैं। लैला-मजनू की तरह इतिहास में याद किए जाने की हसरत लिए इन प्रेमियों ने जान तो दे दी, मगर इतिहास में उन्हें तब भी कोई जगह नहीं मिली। मैं अब सोचता हूँ कि अगर ये प्रेम कहानियाँ

सफल हो गई होतीं तो क्या दुनिया आज पहले से कुछ ज्यादा बेहतर न होती! खैर...हमलोगों के हाई स्कूलों का रिजल्ट आ चुका था। मैं फर्स्ट डिविजन में पास हुआ था और वो सेकेंड। हर तरफ मेरी वाहवाही हो रही थी, मगर मैं खुश नहीं था। क्यों? क्योंकि वह सेकेंड आई थी और उदास थी। उसके माता-पिता अक्सर उससे मेरी तुलना करते हुए उसे दुनिया भर की नसीहतें देते रहते। अपना फर्स्ट आना अब मुझे गुनाह लगने लगा था। छत पर अकेले बैठा अक्सर मैं देर तक रोता रहता और सोचता कि मैं भी क्यों सेकेंड डिविजन में पास न हुआ। विचित्र किंतु सत्य यह है कि प्रेम करते हुए मैं प्रेम कविताएँ नहीं लिख रहा था। वे अजीब उपदेशात्मक और आध्यात्मिक किस्म की कविताएँ थीं। 'राम तेरी गंगा मैली' की तर्ज पर हाय-हाय टाइप। पहली बार जब अपनी लिखी कविता मैंने उसे दिखाई तो मेरी आशा के विपरीत उस दुष्ट लड़की ने मेरे अरमानों का गला घोंटते हुए कहा, 'कहा से टीपीं?' उसका इतना कहना था कि मैं गुस्से में फट पड़ा और बोला, 'तुम समझती क्या हो अपने आपको? नकलची होगी तुम। ये कविताएँ तो मैंने खुद लिखी हैं...हाँ नहीं तो।' इस पर मेरा हौसला बढ़ाते हुए उसने कविताएँ मेरे हाथ से ले लीं। कविता लिखने के इस नए रोग ने मेरा खासा कचरा कर दिया। हाईस्कूल फर्स्ट डिविजन में पास करने के बाद पिता मुझे इंजीनियर बनाने का सपना देखने लगे थे। उन्हें क्या पता कि लड़का कवि होता जा रहा है। कवि-लेखक होना हमारे समाज में नालायकियत का पहला लक्षण माना जाता है। माँ लेखकों के भूखों मरने के किस्से सुना-सुनाकर अक्सर मुझे डराती रहतीं। उन दिनों माँ को भी सस्ते उपन्यास पढ़ने का रोग लगा था जिन्हें चोरी-छिपे मैं भी पढ़ लेता। गम्भीर साहित्य के नाम पर सबसे पहले मैंने प्रेमचन्द का गोदान ही पढ़ा जिसे सस्ता उपन्यास समझकर माँ धोखे से खरीद लाई थीं। साहित्य में इन सस्ते उपन्यासों को लेकर एक हिकारत का भाव हमेशा रहा है। गुलशन नन्दा, ओमप्रकाश शर्मा, वेदप्रकाश शर्मा आदि का नाम लेते ही बौद्धिकों की भौंहें टेढ़ी होने लगती हैं जबकि सच यह है कि जिसने इन उपन्यासों को नहीं पढ़ा, वह जान ही नहीं सकता भाषा की पठनीयता क्या होती है? एक समय में

ये लुगदी उपन्यास जमीनी स्तर पर एक बड़ा पाठक-वर्ग तैयार कर रहे थे। बाद में टीवी के आने से नए पाठक बनाने का यह पुल भी टूट गया। मेरी समझ में यह एक हादसा था जिसने अन्तत: गम्भीर साहित्य का ही नुकसान किया और हिन्दी कई विधाओं से वंचित रह गई। बहरहाल सस्ते उपन्यास पढ़ने के बाद गोदान को पढ़ना मेरे लिए अनोखा अनुभव था। साहित्य के नाम पर अब तक स्कूली किताबें ही पढ़ी थीं जिनसे आधुनिक साहित्य का कोई परिचय नहीं मिलता था। न परिवार में किसी को साहित्य से कुछ लेना-देना था और न मेरे आस-पास के समाज को। बल्कि मुझे जो माहौल मिला, वह काफी हद तक साहित्य विरोधी ही था। अगर उस दिन माँ धोखे से उपन्यास खरीदकर न लातीं तो क्या मेरा लेखक बन सकना सम्भव था। शायद नहीं। एक तरह के संयोग से ही मैं पाठक हुआ और संयोग से ही लेखक। वरना हमारी पीढ़ी को कॅरियर के सिवाय कुछ और सोचने-समझने का न मौका था, न माहौल। और कॅरियर भी क्या, एक भेड़चाल थी बस। हम सब अँधेरे में हाथ-पैर मार रहे थे। हमें पता ही नहीं था कि हम क्या कर सकते हैं या हमें क्या करना है। यही वह दौर था जब पहले-पहल दुनिया एकध्रुवीय हुई। रशिया का सोवियत मॉडल ढह गया। समता और समाजवाद के सारे सपनों को रौंदते हुए विश्व बाजार ने पहले-पहल भारतीय समाज में दस्तक दी। अचानक भारतीय मध्यवर्ग के बीच जैसे एक विस्फोट हुआ और, सारे मूल्य, सारी मान्यताएँ और सपने एक-एक कर ढहने लगे। सब कुछ इतनी तेजी से बदला कि हम सिर्फ भकुए की तरह ताकते रहे। बाजार ने हमारे लिए नए नायक गढ़े और नया संविधान बनाया और कहा कि यह पीढ़ी कैसी भी भावुकता से परे व्यावहारिक लोगों की पीढ़ी है। बाजार को हम रास आ गए थे क्योंकि उसके लिए मशीन बनना हमने स्वीकार कर लिया था। थोड़ी-बहुत दिक्कत छोटे कस्बों से आ रही थी जहाँ हमारी पीढ़ी के कुछ लोगों में अब भी कुछ मूल्य, कुछ सपने और प्रतिरोध का कुछ जज्बा बाकी रह गया था। यह अनायास नहीं हुआ कि हमारी पीढ़ी से जो और जैसे भी कथाकार बाद में सामने आए उनका निमार्ण कहीं-न-कहीं इन कस्बों में ही हुआ। हालाँकि इन कस्बों तक भी बाजार का

यह नारा पहुँच चुका था कि 'कर लो दुनिया मुट्ठी में'। लेकिन मुश्किल यह थी कि जब भी हम अपनी मुट्ठी खोलकर देखते, हमें वे खाली की खाली मिलतीं। यह भी अनायास नहीं है कि हमारी पीढ़ी विश्वविद्यालयों से निकलने वाली अब तक की सबसे अराजनीतिक पीढ़ी रही। या कहें कि प्रतिराजनीतिक पीढ़ी। खुद से अलग न हम कुछ देखते थे, न सोचते थे। हमें बताया जाता कि हमारे आदर्श हर्षद मेहता, अमिताभ बच्चन और ऐश्वर्या राय हैं और इसलिए हैं क्योंकि वे सफल हैं। बाजार हमसे कहता कि कल की मत सोचो।

आज कर्ज लो और ऐश करो। लेकिन हमीं में करोड़ों ऐसे भी थे जिन्हें ग्रेजुएशन किए कई साल हो चुके और अब तक एक मामूली नौकरी तक न मिल सकी। सुबह वे घर से इसलिए निकल जाते ताकि बूढ़े होते माँ-बाप की हिकारत भरी निगाहों से बच सकें। इंजीनियरिंग करके भी जिन्हें मजबूरी में तीन-तीन हजार तक की नौकरी करनी पड़ रही थी (या है !)। वे जान-पहचान वालों के सामने जलालत से बचने के लिए या तो नजरें चुराते या खामखाह ढींगें हाँकते। मिलने पर एक नकली हँसी हँसते हुए ये कहेंगे, '...साला, दाऊद इब्राहिम से ही कोई कनेक्शन भिड़ जाता तो भी...।' अनौपचारिक होते ही ये कहते, 'साली किसी सेठ की लौंडिया ही फँस जाती तो....।'

भ्रम, भटकाव और दिशाहीनता, यही हमारी पीढ़ी के कस्बाई जीवन का केन्द्रीय सच था। बाजार के लिए हम मनुष्य नहीं, महज उपभोक्ता थे। विश्व बाजार के उपभोक्ता जहाँ चीजों का सेक्सी होना उनकी उपयोगिता से ज्यादा अहम माना जाता था। (मैं मूरख आज तक नहीं समझ पाया कि आखिर ये सेक्सी होना क्या होता है।)

पहली बार टीवी मैंने तब देखा था जब राकेश शर्मा अन्तरिक्ष में गए थे। पूरे कस्बे में टीवी तब इक्का-दुक्का लोगों के पास ही था। पिता बड़े फख्र से हमें यह प्रसारण दिखाने किसी परिचित के यहाँ ले गए थे। इंदिरा गांधी पूछ रही थीं, 'राकेश, अन्तरिक्ष से हिन्दुस्तान कैसा दिखता है?' और राकेश शर्मा ने जवाब दिया था, 'सारे जहाँ से अच्छा हिन्दोस्ताँ हमारा...।' पिता गर्व से खिल उठे थे। बोले, 'शाबाश!' हम भी खुश थे।

राकेश शर्मा के जवाब से नहीं, बल्कि पहली बार टीवी पर चलती-फिरती आकृतियाँ देखकर। इससे पहले गाँव में हमने पाँच पैसे वाला बायस्कोप ही देखा था।

अजीब है कि आपातकाल के भयानक हादसे से गुजरने के बावजूद सरकार और कल्याणकारी राज्य में पिता जैसे करोड़ों लोगों की आस्था तब भी बची हुई थी। यह आस्था बहुत बाद में तब टूटी जब देश में उदारीकरण की प्रक्रिया में सार्वजनिक क्षेत्रों का निजीकरण शुरू हुआ।

केन्द्र सरकार के सार्वजनिक उपक्रम दूरसंचार को जब निगम बनाया गया और सरकार ने उसके भी निजीकरण की घोषणा की तब पिता सचमुच बहुत उदास हुए थे और उनकी वह उदासी मुझे बहुत चुभी थी। धीरे-से उन्होंने माँ से कहा था, 'अब हम भी केन्द्र-सरकार के नहीं, लाला के नौकर हो जाएँगे।'

आजादी के साल जन्मे पिता उस दिन पहली बार मुझे नेहरू युग के किसी टूटे-जर्जर सपने की तरह लगे थे। नेहरू के ही भारत में वे युवा हुए और सरकारी नौकरी में आए। एक समय में ट्रेड यूनियन में उनकी आक्रामक सक्रियता ने उस छोटे-से कस्बे में खासी उ़थल-पुथल मचाई थी। उन्हें गरम नेता माना जाता था। किसी तरह का अन्याय, शोषण बर्दाश्त न करना उनकी फितरत थी। अपनी ईमानदारी पर उन्हें बड़ा नाज था और शायद ट्रेड यूनियन की शक्ति पर भी जो तब तक अप्रासंगिक नहीं हुई थी। मुझे याद है कि सरकारी नौकरी करते हुए चापलूसों, हरामखोरों और औरतबाजों के साथ उन्होंने लगभग आत्मघाती लड़ाई लड़ी थी और बहुत कुछ भुगता था। उन्हें बहुत भरोसा था संगठन और संगठन के कामरेडों पर जो देर रात तक हमारे झोपड़े वाले घर में मीटिंग करते और संघर्ष की रणनीति बनाते। एक महिला के साथ दुर्व्यवहार करने पर पिता ने दफ्तर में ही अपने अधिकारी को जमकर पीटा था और सस्पेंड हुए। गहन हताशा में पिता का उन दिनों का संघर्ष सचमुच मुझे बहुत बल देता है। उस समय पिता के समर्थन में दूसरे विभागों के कर्मचारी भी सड़कों पर उतर आए थे। वह आन्दोलन लगभग दो साल चला। पिता जीते, मगर इसी से जुड़े एक मामले में कोर्ट में करीब दस साल तक मुकदमा चलता रहा। इन दस सालों में बहुत कुछ बदल चुका था जिसे पिता

कभी समझ ही नहीं सके। ट्रेड यूनियन भ्रष्ट और अप्रासंगिक हो चुकी थी। मुकदमे के दौरान पिता अक्सर इस बात पर दुखी रहते थे कि जिनके लिए उन्होंने इतनी लम्बी लड़ाई लड़ी, वे अब उनसे कन्नी काटने लगे हैं। यूनियन में भी वे अकेले पड़ते गए और अन्ततः उससे बाहर आ गए। उनसे बहुत-बहुत जूनियर लोग चापलूसी और भ्रष्टाचार के बल पर तरक्की करते हुए अमीर होते गए। उनके पास आज गाड़ी, बंगला, बैंक बैलेंस सब है, मगर पिता अपनी पच्चीस-तीस साल की नौकरी में जैसे-तैसे एक स्कूटर खरीद पाए। उनके भ्रष्ट और कमीने सहकर्मी अब उनकी ईमानदारी को उनकी सनक मानते हैं और कहते हैं कि वे ईमानदार इसलिए थे क्योंकि बेईमानी करने की क्षमता ही उनके पास नहीं थी। इसके बावजूद मेरे देखे पिता ने शायद ही कभी अपनी दुनियावी असफलताओं पर अफसोस जताया हो। जाने किस मिट्टी के बने हैं पिता। आर्थिक तंगी और संघर्षों के दौरान खुद मैं भी उनकी इस क्रूर ईमानदारी पर कई कई बार खीझा हूँ, लेकिन पिता, आज मुझे इस बात का गर्व है कि मैं आपका अंश हूँ। उन दिनों हमारे घर 'सोवियत रूस' और 'सोवियत नारी' पत्रिकाएँ आया करती थीं, इसलिए नहीं कि उन्हें लेकर घर में किसी को कोई विशेष रुचि थी, बल्कि इसलिए कि वे ग्लेज्ड पेपर पर रंगीन छपाई में छपती थीं जिनका उपयोग हम स्कूली किताबों पर जिल्द लगाने के लिए किया करते थे। तब न हम रूस के बारे में कुछ जानते थे, न वामपन्थ से ही हमें कुछ लेना-देना था। मगर इन रंगीन पत्रिकाओं को देखकर सोवियत रूस के प्रति एक सम्मान और जिज्ञासा का भाव जरूर था।

तब वह हमें स्वर्ग की तरह लगता था जहाँ भूख, गरीबी, गन्दगी और जहालत का नामोनिशान भी न होगा। हर तरफ नैसर्गिक सौंदर्य होगा। इन पत्रिकाओं में हम देखते और कल्पना करते कि उनकी स्त्रियाँ हमारी स्त्रियों की तरह चार हाथ का घूँघट नहीं करती होंगी, न उन्हें दिन-रात खों-खों करते हुए चूल्हा फूँकना पड़ता होगा। वे पढ़ी-लिखी और सुन्दर होती होंगी जिन्हें प्यार करने को जी चाहता होगा। उनके गोल-मटोल गदबदे बच्चे हमारी ईर्ष्या के पात्र होते और हम सोचते कि काश, हम भी वहीं पैदा हुए होते!

इसके ठीक उलट आजकल कस्बे तक के लड़के-लड़कियों के सपनों में अमेरिका बसने लगा है। शादी के लिए लड़कियों की पहली पसन्द ग्रीनकार्ड एनआरआई हो गए हैं। दुनिया हर पल छोटी होती जा रही है। जो चीजें हाल-फिलहाल तक हमारी फंतासियों का हिस्सा हुआ करती थीं, अब वे सब की सब हमारे समय के अश्लील यथार्थ का हिस्सा हो चुकी हैं। कौन जानता था कि जिन महान भारतीय संयुक्त परिवारों की स्त्रियों को हाल-फिलहाल तक चार-चार हाथ का घूँघट इसलिए करना पड़ता था कि कहीं उन्हें कोई देख न ले, उन्हीं घरों की तेरह साल की एक बच्ची अपने हमउम्र लड़के के साथ पहली ही मुलाकात में एक दिन अचानक मुख मैथुन करने लगेगी। और यह भी कब किसने सोचा था कि 'हैव अ फन' कहते हुए वह लड़का इस घटना की ढाई मिनट की विडियो क्लिप बनाएगा और देखते-ही-देखते अकेले दिल्ली के ही पचास करोड़ के पोर्न मार्केट में हमारे समूचे सांस्कृतिक पाखंड को ठेंगा दिखाते हुए वे ढाई मिनट करोड़ों का वारा-न्यारा कर देंगे। न कोई तोगड़िया दिखेगा, न कोई सिंघल, न कोई आडवाणी। कहाँ और किसने सोचा था कि अश्लीलता ही एक दिन हमारे समय की सबसे बड़ी कला होगी और जो सबसे ज्यादा बर्बर, भ्रष्ट, बेईमान और फासिस्ट होगा, वही हमारा नायक होगा।

हालाँकि यह भी सच है कि अपने समय और उसके सच को जानने का दावा करने वाले हममें से अधिकांश लोग अपने समय के बारे में ही सबसे कम जानते हैं। उसके बारे में तो शायद उतना भी नहीं जानते जितना इतिहास के बारे में जानते हैं। वर्तमान का एक बड़ा हिस्सा हमेशा ही हमारी आँखों से ओझल रहता है। उसमें जो दिखता है, वह होता नहीं और जो होता है, वह दिखता नहीं। ऐसे में रचनात्मक अन्तरदृष्टि ही एकमात्र रास्ता है जिसके कारण सूचना संजाल के इस युग में भी साहित्य की प्रासंगिकता बनी हुई और आगे भी बनी रहेगी। यों तो अपनी पहली कहानी मैंने 12-13 साल की उम्र में लिखी थी। प्रेमचन्दीय शैली में। प्रकृति वर्णन, दृश्य वर्णन, आदर्शवाद। हरिजन युवक से सवर्ण कन्या का प्रेम और परिणामस्वरूप हरिजन युवक की हत्या। कुछ ऐसी ही ऊल-जलूल कहानी थी जिसे लिखने के बाद मन बल्लियों उछला था। फिर उसे एक

बड़े अखबार में छपने भेज दिया। न वह कहानी छपनी थी, न छपी। मैं महीनों इन्तजार करता रहा, अखबार देखता रहा। फिर उदास हो गया और आगे से कहानी न लिखने का फैसला कर लिया। तुकबन्दी वाली कविताएँ अलबत्ता चलती रहीं जो छोटी-मोटी पत्रिकाओं में छपीं भी। बीएससी प्रथम वर्ष के दौरान केएन आई टी सुल्तानपुर में हमारे गणित के लेक्चरार थे डॉ वाई बी सिंह। कविता और गजल लिखते थे और अपने ही पैसों से कई छोटे-मोटे संकलन भी छाप चुके थे।

डरते-डरते मैंने अपनी कुछ कविताएँ उन्हें भी दिखाईं। यकीनन वे बहुत उम्दा कविताएँ नहीं थीं, मगर यह उनकी उदारता ही थी कि उन्होंने मेरी आठ-दस कविताओं पर केन्द्रित एक फोल्डर निकाला—'नव-आहट', जिसे वे अनियतकालिक रूप से खुद ही छापते थे और मुक्त बाँटते थे। डाकखर्च भी खुद ही झेलते। पहली बार मुझे पता चला कि कविता करना और कुछ नहीं, घर फूँक तमाशा देखना भर है। लेकिन सच कहूँ तो नव-आहट में छपी उन बाँकी-तिरछी कविताओं पर मुझे इतने प्रशंसा पत्र मिले कि किसी भारतभूषण अग्रवाल पुरस्कार विजेता को क्या मिले होंगे। इसके पीछे और कुछ नहीं, कविता के प्रति वाई बी सिंह की निष्ठा थी जो प्रतिक्रिया के लिए पाठकों के पास जवाबी पोस्टकार्ड भी खुद ही भेजते थे। ऐसे में पाठक अगर एकदम से बेगैरत नहीं हुआ तो जवाब दे ही देता।

जीवन में कविता को बचाए रखने का यह वाई बी सिंह का अपना टोटका था जो काफी कारगर भी था। लेकिन अब शायद वाई बी सिंह भी थक गए हैं क्योंकि लम्बे समय से नव-आहट की भी कोई आहट नहीं सुनी। बीएससी के बाद लौट के बुद्धू घर को आए और बेकारी का समय काटने के लिए इतिहास में एम.ए. कर डाला। पीएचडी इसलिए नहीं की क्योंकि सैद्धांतिक तौर पर बहुत पहले ही मैंने इसे एक मूर्खतापूर्ण काम मान लिया था और पीएचडी किए हुए तमाम डॉक्टर साहबों की मूर्खताएँ भुगत चुका था। यह दौर सही मायनों में छिटपुट ट्यूशनों की जलालत का था जिसे-लेखक मित्रों के बीच लाज छुपाने के लिए मैं 'फ्रीलांसिंग' कहा करता। मुख्यधारा के साहित्य से इन्हीं दिनों मेरा सम्पर्क हुआ और पता चला कि दुनिया कितनी आगे निकल चुकी है और हिन्दी के कूढ़मगज डॉक्टरों के

चक्कर में हम छायावादियों की छाया से उबर ही नहीं पा रहे हैं। बस कुछ नया करने की चाह मन को कचोटने लगी। यह कचोट इतनी गहरी थी कि रातों की नींद हराम हो गई और एक नीमबेहोशी में ही मैंने चार-पाँच कहानियाँ लिख डालीं। 'तद्भव' उन्हीं दिनों निकली थी। साहित्य की दुनिया में इसका प्रकाशन एक बड़ी घटना के रूप में देखा जा रहा था। पहले अंक से ही इस पत्रिका ने जो प्रतिष्ठा हासिल की, वह अभूतपूर्व थी। रुद्रपुर जैसे कस्बे में तब साहित्य-संस्कृति से वास्ता रखने वाले बहुत कम लोग थे। इक्का-दुक्का लेखक किस्म के जो लोग थे वे तद्भव के प्रकाशन के बाद अखिलेश से अपने सम्बन्धों की बात करके मुझ पर रुआब गाँठा करते। सो, चिढ़कर मैंने एक कहानी 'एक बूढ़े की मौत' तद्भव में छपने के लिए भेज दी। इसी बीच, किसी कार्यक्रम में मेरा लखनऊ जाना हुआ और संयोग से अखिलेशजी से एक बहुत औपचारिक-सी मुलाकात भी हुई। तब तक मेरी कहानी उन्होंने नहीं पढ़ी थी और उनके सामने मेरी अपीरियंस भी बहुत डल थी। तब चलते-चलते अखिलेशजी ने मुझसे एक बात कही थी जो मुझे कभी नहीं भूलती। उन्होंने कहा था, 'जब भी किसी लेखक से मिलो चाहे वह कितना ही बड़ा या महान क्यों न हो, बराबरी के स्तर पर मिलना चाहिए, खुद को कभी छोटा या हीन समझकर नहीं।' यह बात मुझे कभी नहीं भूलती क्योंकि इसी ने मुझे हमेशा के लिए अखिलेशजी का मुरीद बना दिया। खैर...इसके चार-पाँच दिन बाद रात करीब 11 बजे मेरे पास अखिलेशजी का फोन आया। भगवान जाने कहाँ से उन्होंने मेरा नम्बर हासिल किया क्योंकि तब मुझे कोई जानता तक नहीं था। खुद मैं भी आश्चर्यचकित था। दरअसल तब तक अखिलेशजी ने मेरी कहानी पढ़ ली थी और इतने उत्साहित थे कि तुरन्त सम्पर्क करना चाहते थे। खत लिखने में समय लगता सो कैसे भी करके उन्होंने मुझे फोन किया। कहानी की दुनिया में मेरे जैसे रंगरूट के लिए सचमुच यह एक बड़ी घटना थी। मैं रात भर सो नहीं सका था।

हालाँकि मेरी पहली कहानी तद्भव में नहीं वागर्थ में छपी थी—'पलायन' जिसे वागर्थ के तत्कालीन सम्पादक डॉ. प्रभाकर श्रोत्रिय ने मुझसे दो बार लिखवाया था। (जो अभी तक मेरे

किसी संग्रह में नही आ सकी) किसी नए लेखक की रचनाओं पर इतनी मेहनत अब कम ही सम्पादक करते हैं लेकिन इस मामले में मैं शायद खुशनसीब हूँ कि एकदम शुरू में ही अखिलेश, हरिनारायण और डॉ. प्रभाकर श्रोत्रिय जैसे सम्पादकों ने मुझ पर भरोसा किया। उनके इस भरोसे पर मैं कितना खरा उतरा...कहना मुश्किल है क्योंकि सीमाओं के बावजूद अब तक मैं जो भी थोड़ा-बहुत कर सका, उसने बजाय सन्तुष्टि के मुझे असन्तुष्ट ही ज्यादा किया है। इस असन्तुष्टि के पीछे एक कारण तो शायद यह है कि जो मैं लिखना चाहता था, वह अब तक नहीं लिख सका। उसकी तलाश में कई स्खलित रचनाएँ जरूर कागज पर उतर आईं। लेकिन आज भी मैं सिर्फ एक ही कहानी लिखना चाहता हूँ। एक मुकम्मल कहानी जिसे लिखने के बाद फिर कुछ और लिखने की जरूरत न रहे। पता नहीं ऐसा कुछ कभी लिख पाऊँगा या नहीं, लेकिन उस दिशा में कुछ कदम चलना जरूर चाहता हूँ। यह जानते हुए कि इस यात्रा की कोई मंजिल नहीं। यात्रा की मंजिल फिर एक नई यात्रा है। रचने के सुख-दुःख जो भी हैं, इसी में हैं। सर टॉमस मान के शब्दों में कहूँ तो एक लेखक के लिए लिखने से ज्यादा मुश्किल और क्या हो सकता है? कम-से-कम अपने बारे में तो फिलहाल मैं यही कह सकता हूँ।